한국 근대문학과 이중어연구

-김사량을 중심으로-

김혜연

국학자료원

한국 근대문학과 이중어연구

―김사량을 중심으로―

김혜연

국학자료원

한국 근대문학 연구를 시작하면서 내가 가장 집중한 문제는 국가와 언어의 관계였다. 근대 국가 형성에 언어가 수행한 역할을 밝혀 국가와 언어의 관계를 규명하는 것이다. 근대 국가와 언어의 극단적인 형태인 친일문학은 내 문제의식을 해명하는 가장 좋은 주제였다. 그러나 공부를 해갈수록 내 연구가 국가 권력의 물리적 형태에 치우쳐졌다는 것을 깨닫고 언어와 문학의 관계를 더욱 깊이 파고들 필요를 느꼈다. 그 결과 한국 근대문학에서 이중어 문제는 피해갈 수 없다는 잠정적인 결론을 내렸으며, 이 문제에 가장 천착한 작가가 바로 김사량이었다.

이중어라는 렌즈로 식민지 조선을 들여다보면 단일 민족 공동체의 신화는 쉽게 깨어진다. 민족뿐만 아니라 계급과 성별, 지역 등 민족 공동체를 구성하는 층위들도 새로운 단면을 드러낸다. 민족어와 민족문학을 창조한 식민지 조선 문인들은 거의 대부분 이중어 사용자였으나 근대문학론에서 이 사실은 종종 잊혀 진다. 사실 다중어 문제는 비단 식민지 시대에만 국한되지 않으며 국가를 초월한 전지구적 경제 공동체가 형성되어 있는 현시대를 통찰하는 주요한 키워드이다. 각종 언어 학습과 인터넷을 통한 실시간 번역으로 언어 장벽은 점점 낮아지고 있지만 근대적 정체성의 혼란은 아직 오리무중이다. 예전에는 언어가 계급과 민족을 표시해주었지만 이제는 더 이상 그렇지 않기 때문이다.

이중어를 통해 근대가 이식되었다는 면에서 한국과 일본은 크게 다르지 않다. 식민지 시대 말기의 조선어 말살 정책에는 이중어 문제를 해소함으로써 근대를 이식받은 역사를 은폐하려는 무의식이 깔려 있었다. 조선어라는 타자를 해소하려는 노력이 극단적으로 나타난 것은 그러한 강박관념의 일환이었다. 여기에 식민지 조선 문인들은 민족과 언어의 관계를 배타적으로 강화하는 역논리로 대응했으나 역부족이었다. 일제의 탄압을 뛰어넘기 위해서는 국가와 언어의 관계를 새롭게 해석하고 문학적으로 실천해야 했기 때문이다. 그러나 이러한 지점까지 언어의식을 발전시킨 식민지 작가는 드물었다.

그중 이중어 문제를 가장 고민한 작가는 김사량이었다. 같은 시기 그만큼 모어와 근대어의 관계를 깊이 의식한 작가는 찾아보기 힘들 정도이다. 동시에 김사량은 상당히 정치적인 전략이 뛰어난 작가이기도 하다. 문학적 완성도는 물론 일제의 검열을 피해 본래 의도를 전달하는 데 탁월한 솜씨를 발휘하고 있기 때문이다. 그는 한중일이 제국수의 전쟁에 뒤엉켜 서로 죽고 죽이는 한복판에서 민족적 양심과 문학적 자유를 찾아 목숨을 건 용기를 보이기도 했다. 김사량의 중국 탈출은 일제 말기 동아시아의 비국가적 공간을 창출해냈다는 면에서 여느 독립투쟁과 다른 문학적 해석을 요구한다. 뜻있는 사람들 사이에서 동아시아 평화 공동체가 구상되는 요즈음 김사량은 일제 말기 삼중국은 물론 북한까지 동아시아 전체와 두루 인연을 맺고 있는 보기 드문 인물이다.

1940년대는 근대 세계가 붕괴되기 시작하는 시기였으며, 이 때 생겨난 분단과 전쟁, 민족 갈등 등의 문제는 아직 해결되지 못하고 있다. 우리는 아직 이 시기에 만들어진 체제 속에서 살고 있기 때문이다. 일제 말기의 연구는 근대의 숙제를 풀지 못하고 있는 현대의 문제와 여러 모로 겹쳐 있다. 그래서 근대와 근대 문학을 연구하는 것은 1945년까지 죽어간 유령들을 아쉬움 없이 떠나보내는 작업이기도 하다.

논문을 쓰는 과정을 따뜻하게 지도해주신 이승하 선생님과 전영태 선생님께 감사를 표하고 싶다. 학부 시절부터 그늘을 드리워주신 정현기 선생님께 늘 부끄러운 기분이다. 제멋대로 살려는 자식을 지켜보느라 속을 태워온 부모님과 학문과 인생의 동반자 김두진 선생에게도 애정과 감사를 전한다. 마지막으로 고향 평양을 두고 실향민으로 살아오신 할아버님과 할머님에게 이 책을 드리고 싶다.

2011년 가을
김 혜 연

___________ 차 례

■ 책머리에

I. 서론

1. 문제 제기와 연구 목적

본고는 1930~1940년대 식민지 공간을 살아간 작가들의 일본어 작품 중 김사량의 작품을 중심으로 살펴보고자 한다. 이제까지 근대 한국 작가들의 일본어 작품은 잠정적 친일 행위 혹은 일본문학의 일부로 간주되어 한국 근대문학사에 포함되지 않았다. 그러나 일제 말기 식민지 조선의 역사를 살펴보면 한국 근대문학사에서 중요한 위치를 차지하는 이광수 · 김동인 · 김사량 · 강경애 · 유진오 · 이효석 등 상당수의 작가들이 일본어 작품을 남겼다. 이중에는 친일문학작품도 있으나 당시 식민지 조선의 현실을 진지하게 고민한 작품도 적지 않았다.

3 · 1 운동 이후 식민지 조선에는 일제에 의해 근대적 형태의 정치 · 행정 · 사회 · 경제 체제가 본격직으로 지리잡기 시작했다. 이러한 근

대체제건설에 조선인이 직접 참여할 여지는 매우 적었다. 그럼에도 불구하고 근대 조선어 체계를 정비하는 작업은 조선인의 손이 아니면 이루어질 수 없는 일이었다. 조선어학회를 중심으로 이루어진 이 작업은 이후 독립할 근대국가의 상상적 중심으로 작용하였다.

1938년 일제는 무한·삼진을 함락시키고 본격적인 중국 본토 침략에 나섰다. 그에 따라 식민지 조선은 대륙 진출의 기지로서 전쟁 협력을 강요당했다. 일제는 조선인 강제 징병을 위해 문학·언론 탄압에 나섰다. 조선어로 발행되는 언론 매체는 폐간되어 문인들이 작품을 발표할 지면이 대폭 축소되었으며 조선어학회가 해산당하고 조선어는 선택과목으로 지정되어 학교 교육에서 조선어가 배제되었다. 같은 시기 일본어 해득 인구의 증가로 일본어 매체 숫자가 점점 늘어났으며 수입되는 외국어 책 중에서도 일본어 책이 절대적인 비율을 차지하였다.[1]

이 시기에 접어들어 일제는 일본 문인들을 동원하여 조선인 문인들의 일본어 창작을 강요하였다. 이광수·최남선·이상 등의 초기 근대 문인들도 일본어로 글을 썼으나 창작 활동의 중심으로 내세우지는 않았다. 그러나 1930년대 중반에 접어들어 김사량·장혁주·유진오·이효석 등의 일본어 작품이 일본에서 주목받기 시작했다.[2] 이들은 각기 다른 동기로 일본어 작품을 창작했는데 대부분 일제의 강

---

1) 천정환, 『근대의 책읽기』, 푸른역사, 2006, 489쪽.

2) 일본에서 가장 먼저 주목받은 작가는 장혁주이다. 대구 출신의 장혁주는 1932년 『개조』지에 등단한 뒤 1934년 창작집 『권이라는 남자』를 출간하고 조선과 일본에서 여러 장편소설을 출간하며 활발한 활동을 벌였다. 김사량은 일본 문단에 먼저 진출한 장혁주를 선배로 생각하고 그를 통해 『문예수도』의 편집장 야스타카 도쿠조를 소개받기도 했다. 이후 일본 문단에서 조선문학 붐이 일면서 뒤이어 조선 작가의 일본어 작품이 주목받았다. 1940년 일본 문예잡지 『文藝』는 조선문학특집으로 김사량의 「풀숲 깊숙이」, 장혁주의 「욕심 의심」과 이효석의 「은은한 빛」, 유진오의 「여름」을 소개하였다.

요 때문이었다. 그러나 식민지 조선의 작가들이 일본어 창작 강요에 수동적인 자세만 취했다고 볼 수는 없다. 이들은 도피나 침묵 등 비협력적인 자세를 취하거나, 혹은 조선 문화를 제재로 삼은 일본어 작품을 창작하는 등 다양하게 대응했다.

일제 초기 조선 작가들에게 일본어 창작은 근대문학 모형을 습득하는 통로였다. 이들은 일본어를 통해 터득한 근대적 문체를 조선어로 번역하는 과정을 거쳐 작품을 남겼다. 1909년 이광수의 일본어 소설 「사랑인가」는 이광수의 근대적 문체가 일본어의 번역을 통해 이루어졌음을 보여주고 있다. 이때 식민지 조선 지식인들은 근대 지식을 흡수하는 도구적 차원에서 일본어를 터득했다. 식민지 조선 지식인의 이중어 사용은 조선의 식민통치 장기화를 위해 일본어의 국어國語화를 도모하는 일제의 의도와 일본어를 통해 근대 지식을 흡수하려는 식민지 조선의 필요가 맞물린 결과였다. 식민지 조선의 문인들은 일본어를 통해 근대 국가와 근대 문학의 모형을 학습하고 그 모형을 통하여 근대 한국 문학의 기틀을 형성할 수 있었다. 번역을 통한 근대 의식의 형성은 비단 조선이 아니라 일본이 메이지 유신을 통해 먼저 경험한 바이다.

이에 비해 일제 말기 일본어 창작의 가장 큰 이유는 일제의 조선어 탄압이었다. 그럼에도 불구하고 이 시기 일본어 작품을 모두 단순한 탄압의 산물로만 볼 수는 없다. 일제 말기 일본어 작품 중에는 대일협력적인 내용도 있지만 식민지 조선의 현실 묘사를 통해 우회적 저항을 시도하는 작품들도 상당수이기 때문이다. 근본적으로 식민지 조선 지식인이 이중어를 사용하지 않았다면 일본어 창작도 이루어지기 어려웠을 것이다. 당시 식민지 조선 작가들의 일본어 작품은 일제 초기에 이루어졌던 습작을 위한 단순한 도구적 차원의 일본어 창작이 아니라 조선어와 일본어 두 언어 시스템의 대결관계가 빚어낸 파생물이었다. 이것이 일제 말기 식민지 조선 작가들의 일본어 작품을 순수한 일본문학으로 분류할 수 없는 이유이다.

이러한 일제 말기 조선 작가들의 이중어의식은 김사량에서 가장 잘 나타난다. 김사량은 「빛 속에」가 아쿠다가와상賞 후보에 오르면서 단번에 일본 문단에 알려졌다. 그는 암울했던 1940년대에 일본 문단에서 활발하게 활동하면서 식민지 조선의 현실을 생생하게 묘사하는 작품을 발표했다. 그러나 태평양 전쟁을 전후로 김사량은 친일작품 집필을 강요당하는 등 각종 탄압에 놓인다. 그러나 김사량은 1945년 5월 중국으로 탈출하여 조선의용군에 가담, 독립무장투쟁에 참여하다가 같은 해 해방된 조국에 돌아왔다. 그는 북한 사회주의 조국 건설을 위한 각종 정치활동을 하면서 한국어로 무장독립투쟁 경험을 토대로 한 『노마만리』 등의 르포와 희곡, 소설 등을 발표했다. 해방 뒤 짧은 기간 동안 활발하게 활동하던 김사량은 6·25 중 종군작가로 참가했다가 강원도 원주 부근에서 36세에 사망했다.

일제의 억압이 거세지던 1930년대 말부터 1945년 해방까지 이어진 김사량의 일본어 작품활동은 언어로 형성되는 민족 정체성·지역문화 징제성·언어 시스템간의 상호 영향 등 근대적 언어 시스템에 근본적인 물음을 던지고 있다. 그의 작품에는 식민지 지식인의 이중어의식, 그리고 언어와 국가의 상호 영향에 대한 통찰이 나타나 있다. 김사량은 자신의 이중어사용이 도구적 차원에 머물지 않고 민족정체성을 형성하는 양상을 예민하게 관찰하여 「빛 속에」 등 주요 작품으로 형상화하였다. 또한 지식인의 이중어의식뿐만 아니라 식민지 조선의 이중어 사용이 나타나는 다양한 양상을 「풀숲 깊숙이」를 통해 형상화하였으며, 다른 작품들에도 이중어 사용과 식민지 조선 지식인의 이중어의식이 나타나 있다. 이러한 작품들을 통하여 김사량이 자신을 조선어와 일본어 두 가지 모두 사용하는 이중어 사용자로 인식하였음을 알 수 있다. 이러한 김사량의 자기인식은 일제 말기 식민지 조선 작가들의 이중어의식을 들여다볼 수 있는 시금석이다.

김사량은 비록 일본어로 글을 썼지만 언제나 자신은 조선 사람이며 자신의 문학도 조선문학이라는 생각을 버린 적이 없었다. 그는 자신이 태어난 조선의 문화와 정신이 다른 언어를 사용하는 독자를 감동시킬 보편적 메시지를 지니고 있다고 믿었다. 이러한 언어의식을 지닌 김사량의 작품을 이해하기 위해서는 민족 · 계급 · 언어 등 정체성을 형성하는 근대적 기준 대신 식민지 이중어의식의 관점에서 분석할 필요가 있다.

2. 연구사 검토

한국 근대 작가의 일본어 창작에 대한 연구를 위해서는 체계적인 서지 연구가 필수적이다. 호테이 토시히로는 일제 말기 조선인 작가가 쓴 일본어 소설을 정리하고 내용을 개괄[3]했다. 이 논문은 1939년부터 1945년 8월 15일 이전까지 한국인이 쓴 일본어 소설을 집대성한 뒤 내용을 검토 · 정리하고 있다. 개별 작가나 경향에 대한 분석은 다소 미흡하나 매우 철저한 서지 내용으로 일본어 소설은 물론 일제 말기 한국 근대문학 연구에 반드시 참고해야 할 논문이다.

노상래는 이중어문학이라는 용어를 적극 사용하고 있다. 노상래는 이중어문학의 의미를 '조선인 작가가 쓴 일본어 작품'으로 정의하고,

---

3) 호테이 토시히로, 「일제말기 일본어 소설 연구」, 서울대 석사논문, 1996.

『국민문학』에 실린 일본어 소설을 발굴·정리했다.[4] 노상래는 이중
어문학 연구는 친일문학 기준을 세우기 위한 객관적 자료 구축과 미
발굴 작품을 발견함으로써 한국문학 외연을 확장하고 한·일 비교문
학 기반을 조성할 수 있다고 주장한다. 그의 연구는 이중어문학의 구
체적인 의미를 제시하여 일본어 소설 연구의 기초적 개념을 형성한
면에서 의미가 크다. 그러나 작품론 면에서는 아직 알려지지 않은 일
본어 소설을 찾아내어 설명하는 단계에 머무르고 있다. 해당 연구가
아직 기초 단계에 머물러 있기 때문에 이중어문학에 대한 정밀한 개
념 발전이 요구된다.

　　김윤식은『한·일 근대문학의 관련양상 신론』과『일제말기 한국
작가의 일본어 글쓰기론』으로 식민지 시기 작가들의 일본어 글쓰기
에 대해 상세히 고찰하였다. 그는『한·일 근대문학의 관련양상 신론』
에서 한국 근대문학의 시초인「혈의 누」부터 이중언어 글쓰기의 과
제가 주어졌다고 보고, 이광수를 비롯한 한국 작가들이 일본어로 습
작기를 거쳐 모어인 조선어로 창작을 시작했다고 본다. 이러한 한·
일 근대문학 관계는 이후 임화의 이식문학론과 나카노 시게하루의
시로 대표되는 카프·나프의 상호 영향으로 발전한다. 이 책에서 김
윤식은 김사량을 이중어와 작가적 무의식의 관계로 설명한다.[5]『일
제말기 한국 작가의 일본어 글쓰기론』에서 김윤식은 일제 식민지하
에서 한국 근대문학이 '상상의 국민국가' 역할을 수행했다고 보고 작

---

4) 노상래, 「이중어 연구-『국민문학』 소재 한국작가의 일본어 소설 연구」, 한국어문학회,
　『어문학』 제86호, 2004, 「이중어 연구-『국민문학』 소재 비친일 일본어 소설을 중심으로」,
　한민족어문학회, 『한민족어문학』 제44호, 2004, 「『조선국민문학집』 소재 이중어 소설 연
　구」, 한국어문학회, 『어문학』 제90호, 2005, 「일제하 이중어문학의 연구 성과와 기대 효과」,
　한국어문학회, 『어문학』 제102호, 2008.
5) 김윤식, 『한·일 근대문학의 관련양상 신론』, 서울대학교 출판부, 2001, 82~87쪽.

가의 일본어 글쓰기를 몇 가지 유형으로 나누고 있다.6) 첫 번째 유형은 이중언어 글쓰기가 작가 개인에 국한된 경우로, 작품에 있어 미적 성취 · 식민지 현실 전달 · 보편적 문학으로의 승화 등을 목적으로 일본어 작품을 썼던 이효석 · 김사량 · 유진오를 들고 있다. 두 번째 유형은 분열적 글쓰기이다. 김윤식은 창씨개명을 한 이광수가 일본 이름과 본명을 사용한 작품에서 각기 다른 자아를 내보이는 양상을 분석하고 있다. 세 번째 유형은 철저히 사상적으로 일제에 내면화된 일본어 글쓰기의 예이다. 김윤식은 이 유형으로『國民文學』의 편집장 최재서를 들고 있다. 김윤식은 일제하 한국작가의 일본어 글쓰기를 세밀하게 분석하여 후발 연구의 발판을 제공하였다.

정백수는『한국 근대의 식민지 체험과 이중언어 문학』에서 식민지하 이중언어 글쓰기에 상세하게 천착하고 있다.7) 그의 연구는 식민지 조선사회의 모어 중심주의와 이광수 · 김사량의 이중언어 글쓰기에 대한 언어철학적 분석이 돋보인다. 또한 정백수는 이중언어 글쓰기를 이광수로 대표되는 초기 근대 문학과 조선인이면서 일본어 창작을 한 김사량과 장혁주 등 일제 말기로 나누고 있다. 특히 이광수가 일본어 창작을 통해 근대문학 모형을 학습하고, 후대의 김사량이 조선어를 노스탤지어적 모어 공간으로 남겨두었다는 분석은 탁월하다. 일본어와 조선어를 오가는 작가의식을 좀 더 자세히 분석하지 않은 것이 아쉬운 점이다.

심원섭은 이중언어 글쓰기를 두 시기로 나누어 분석하고 있다. 심원섭은 일본어 시를 연구대상으로 삼은『일본 유하생 문인들의 대정 · 소화 체험』에서 이중언어 글쓰기는 일제가 전쟁 참여를 강요한 신체

---

6) 김윤식,『일제말기 한국 작가의 일본어 글쓰기론』, 서울대학교 출판부, 2003, 71~202쪽.
7) 정백수,『한국 근대의 식민지 체험과 이중언어 문학』, 아세아문화사, 2000, 83~97쪽.

제 이전과 이후로 구별되어야 한다고 주장한다.[8] 주요한과 정지용은
일본에서 유학하면서 일본어 시 습작을 하였으며, 프로문학의 세계
주의적 보편의식을 지닌 김용제와 모더니즘적 보편주의를 가진 이상
도 습작 단계에서 일본어 시를 창작하였다. 그러나 이들은 조선 문단
활동중에는 일본어 창작을 한 적이 없다. 이들은 일본어 습작기를 거
쳤으나 기본적으로 민족문학적 언어의식을 견지하고 있었으며 일제
가 태평양 전쟁을 일으킨 뒤 이광수 · 김용제 · 김종한 등이 남긴 일
본어 친일시는 민족문학적 언어의식이 사라진 결과이다. 심원섭은
이들이 일본어로 창작했을뿐만 아니라 내용 면에서도 전쟁을 지지하
는 '성전시'를 썼으며 서정주의 경우 그 작품이 미학적 성취까지 이루
었다고 지적하고 있다.

국내에서 이루어진 김사량에 대한 연구는 일본어로 작품을 썼기
때문에 일본문학에서 다루어야 할 작가로 분류하거나[9] 한민족이 처
한 질곡과 정서를 담으려는 의도를 평가하여 민족주의적 작가로 보
는 평가가 대부분이었다.[10] 김석희는 이제까지 김사량에 대한 연구
를 민족주의 담론과 친일 담론의 대립, '휴머니티' 담론과 그에 대한

---

8) 심원섭, 『일본 유학생 문인들의 대정 · 소화 체험』, 소명출판, 2009, 241~251쪽.

9) 소동일, 『한국문학통사 5』, 지식산업사, 1994, 25쪽. 조동일은 '일본어로 쓴 작품은 일본
   문학에 속하므로 우리문학사에서 다룰 필요가 없다. 처음부터 일본어만 사용한 작가는
   등장시키지 않아도 그만이다. 그러나 우리말로 창작을 하다가 일본어를 택한 작가는 변
   신에 관한 검증을 하고 반민족적 행적을 문제삼아야 한다. 우리말로 이루어진 친일문학
   의 작품은 취급의 대상으로 삼아 실상을 밝히고 적절한 비판을 해야 한다'고 주장한다. 조
   동일의 주장은 한국근대문학을 단일 민족어문학으로 보는 전형적인 시각을 드러낸다.

10) 장현준, 「작가 김사량과 그의 문학」, 『김사량 작품집』, 문예출판사(평양), 1987, 1~22쪽;
    정현기, 「김사량論」, 『현대문학』 429호, 현대문학사, 1990; 안우식, 『김사량평전』, 심원
    섭 역, 문학과지성사, 2000; 서은혜, 「김사량의 '민족아(民族我)'에 관하여」, 서연호 외,
    『한국 근대 지식인의 민족적 자아형성: 일제 식민지 체험을 넘어서』, 소화, 2004,
    275~306쪽; 이춘매, 「김사량의 『노마만리』 연구」, 한중인문학회, 『한중인문학연구』 제
    23집, 2008.

반론으로 정리하였다.11)

　최근 민족주의와 반민족주의의 대결 담론을 넘어서는 김사량론이 속속 등장하고 있다. 조진기의 논문12)은 김사량의 일본어 작품을 객관적으로 조망하고 종합적으로 검토하는 작가론으로서의 연구로 의의를 갖는다. 호테이 토시히로(布袋敏博)는 해방 후 김사량의 집필과 정치활동을 추적하여 남한에서 연구하기 힘든 김사량의 북한 활동 연구를 보완하였다.13)

　하야시 고지(林浩治)는 김사량을 재일조선인 문학의 시초로 보고 있다. 그는 『재일조선인일본어문학론』14)에서 김사량은 조선 문학에 대한 일본 문단의 정치적 요구에 힘입어 등단했지만 일관된 태도로 일본 제국주의에 반대하며 근대적인 민족 독립을 요구한 작가였다고 말하고 있다. 하야시 고지는 「기자림箕子林」·「지기미」·「천마」·「태백산맥」 등의 작품을 분석하고 그 속에 나타난 김사량의 근대적 정신을 높게 평가한다. 그리고 임종국의 『친일문학론』의 김사량론을 인용하면서 한국에서의 저조한 평가에 비해 긍정적인 태도를 보인다. 하야시 고지의 김사량론은 재일 디아스포라 문학이 지닌 저항적이고 비판적인 태도가 김사량의 일본어 문학에서 비롯되었다는 주장

---

11) 김석희, 「김사량 평가사—민족주의'의 레토릭과 김사량 평가」, 한국일본어일본문학회, 『일본어일본문학연구』 제57호, 2006.

12) 조진기, 「김사량의 일본어 소설 연구」, 경남대학교, 2007.

13) 호테이 토시히로, 『초기 북한문단 성립 과정에 대한 연구—김사량을 중심으로』, 서울대학교, 2006.

14) 하야시 고지(林浩治), 『在日朝鮮人日本語文學論』, 新幹社, 1991, 180~262쪽, 김환기 역, 『재일 디아스포라 문학』, 새미, 2006, 539~557쪽. 하야시 고지는 같은 시기 활동했던 장혁주와 김사량을 비교하면서 장혁주가 내선일체에 적극 협력함으로써 일본 내부의 배타성을 강화한 반면 김사량의 일본어 문학은 재일 조선인 문학이 일본어 문학에 끊임없이 비판적인 긴장을 부여하는 계보적 원동력을 주었다고 평가한다. 하야시 고지의 관점에서 재일 조선인 문학을 일본어 문학의 일부로 분류하는 일본 문단의 시각을 엿볼 수 있다.

으로 맺어진다.

이승하는 「재일교포 작가 소설의 변화 양상」15)에서 김사량의 아쿠다가와상 후보 선정은 후일 재일교포 작가들로 하여금 자신의 정체성을 드러낼 수 있는 용기를 주었다고 평가한다. 재일교포작가의 많은 작품들이 일본에서 살아가는 조선인이 겪는 정체성 혼란과 극복을 주제로 삼고 있다. 이러한 관점에서 김사량은 재일교포문학이 꾸준히 부딪치는 문제를 최초로 다룬 작가로 자리매김 된다.

언어적 측면에서 김사량을 다룬 연구로는 김사량의 창작어관을 다룬 노상래16)의 연구가 있다. 이춘매17)는 김사량 작품에 나타난 일본어 변형 양상을 연구하였고, 최광석은 일본 문단 데뷔 전 김사량의 습작기 소설과 한국어로 쓴 시는 강한 저항성을 드러냈으나 「향수」 등 일본 문단에 발표된 작품은 내선일체 이데올로기를 내면화하고 있다고 주장하며18) 동시에 작가가 「천마」를 통해 열등한 조선인의 민족성이라는 식민주의의 기만적 담론을 비판하고 있다는 연구를 통해 김사량의 다양한 사상적 면모를 드러내었다.19) 협력과 저항의 대립으로만 보기 힘든 김사량의 다층적 측면을 발굴하는 연구로는 김사량 소설의 현실인식 변모를 다룬 고인환20)과 「풀숲 깊숙이」와 「산의

---

15) 이승하, 「재일교포 작가 소설의 변화 양상」, 『문학예술』, 중앙대학교 예술대학원 문학예술학과, vol.13, 2010.

16) 노상래, 「김사량의 창작어관 연구」, 한국어문학회, 『어문학』 제82호, 2003.

17) 이춘매, 「김사량 소설의 서술 특성」, 한중인문학회, 『한중인문학연구』 제26집, 2009.

18) 최광석, 「김사량의 습작기 문학연구」, 한국일본어교육학회, 『일본어교육』 제35호, 2005.

19) 최광석, 「김사량 문학에 나타난 친일성 연구」, 한국일본어교육학회, 『일본어교육』 제36호, 2006, 「김사량의 「천마」에 나타난 탈식민주의 연구」, 한국일본어교육학회, 『일본어교육』 제42호, 2007.

20) 고인환, 「김사량 소설의 현실인식 변모양상 연구」, 국제비교한국학회, 『비교한국학』 제15호, 2007.

신들」생성 과정을 통한 식민지 지식인의 민중연대의식과 김사량의 등단부터 귀국까지의 과정을 다룬 곽형덕[21]의 연구를 들 수 있다. 두 연구 모두 민족주의와 친일 담론에서 한 단계 발전한 역사학적 성과를 토대로 하고 있다. 김사량의 작품은 일본어로 쓰여졌으나 식민지 조선 현실을 토대로 하고 있기에 단순히 일본문학의 일부로 볼 수 없다는 관점이 반영된 연구이다.

탈식민주의 이론적 흐름을 반영한 관점으로 김사량 문학에 나타난 식민자와 피식민자의 정체성을 다룬 이주미[22]의 연구를 들 수 있다. 황호덕은 김사량이 대만 작가 룽잉쭝(龍瑛宗)에게 보낸 편지를 분석하여 양국의 식민지 문학의 배경을 연구[23]하였다. 이철호는 김남천과 김사량을 비교하여 제국주의 말기 작가의식[24]을 연구하였다. 이외에도 아일랜드 희곡 작가 프리엘과 김사량을 비교한 정윤길의 연구[25]가 있다. 김사량의 망명 후 작품에 대해서는 고인환의 논문[26]을 들 수 있다. 이 연구는 『노마만리』의 현실 인식의 변모 양상을 추적하여 김사량이 자신의 독립투쟁을 문인에서 혁명가의 관점으로 재조명하는

---

21) 곽형덕, 「김사량의 일본어 소설 생성과정 연구 「풀숲 깊숙이」와 「산의 신들」을 중심으로」, 한국문학연구학회, 『현대문학의 연구』, 제38호, 2009, 「김사량의 일본문단 데뷔에서부터 '고메신테' 시대까지(1940~1942)」, 한국근대문학회, 『한국근대문학회』 제17호, 2008.

22) 이주미, 「김사량 소설에 나타난 탈식민주의적 양상」, 한국현대소설학회, 『현대소설연구』 제19호, 2003.

23) 황호덕, 「제국 일본과 번역(없는) 정치─루쉰, 룽잉쭝, 김사량, '아Q적; 삶과 주권」, 성균관대학교 대동문화연구원, 『대동문화연구』 제63호, 2008.

24) 이철호, 「동양, 제국, 식민주체의 신생─1930년대 김남천과 김사량 소설을 중심으로」, 동국대학교 한국문학연구소, 『한국문학연구』 제26권, 2003.

25) 정윤길, 「「번역」과 「풀속 깊이」를 통해 본 포스트콜로니얼적 문화실천 비교 연구」, 한국동서비교문학학회, 『동서비교문학저널』 제20호, 2009.

26) 고인환, 「김사량의 <노마만리> 연구─텍스트에 반영된 현실 인식의 변보 양상을 중심으로」, 『어문연구』 59호, 어문연구학회, 2009.

과정을 보여준다.

김사량에 대한 연구는 그의 민족주의 성향부터 친일 소지는 물론 탈식민주의적 관점과 비교문학적 관점을 넓게 포괄하고 있다. 그러나 김사량의 언어의식 면은 아직 연구가 부족한 실정이며 조선어와 일본어의 이중어의식 분석은 앞으로의 과제이다. 일본어 창작은 근본적으로 식민자와 피식민자 길항관계의 파생물이기 때문이다. 식민지 조선의 이중어 상황과 작가들의 이중어 의식에 대한 상세한 분석이 필요하다.

3. 연구 방법과 의의

이제까지 한국 근대와 근대문학은 외부의 침입과 대결하며 성장해왔다. 한국 근대사는 외세의 침탈을 겪으면서도 저항하거나 협력하면서 다양한 전략을 구사해온 과정으로 볼 수 있다. 한국 근대문학도 변화하는 근대적 정신을 담기 위하여 사상적·형식적 변화를 거쳐왔다. 길지 않은 식민지 시절 동안 한국 근대문학이 이룬 문학적 성취는 괄목할 만한 것이었다.

이러한 성취가 순수하게 독자적으로 이루어졌다고 볼 수만은 없으며 일본을 비롯한 서구 세계와의 접촉과 영향을 받아들이면서 근대 국가와 근대문학 모형을 학습하며 부단한 자기화 노력을 기울인 결과이다. 외부 세계와의 상호 작용은 비단 한국 근대문학사만의 것이 아니다. 그러나 어떠한 국가도 외부와의 교류 없이는 발전할 수 없기 때문이다. 식민지는 물론 식민지 침략에 나선 유럽 국가들도 마찬가지였다. 이러한 면에서 모든 역사는 교류사이다.

　식민지 조선 지식인들은 일본어 등 식민 지배 국가의 언어를 매개로 근대 국가 모형을 학습하고 자신의 모국에 적용하였다. 이중언어를 통해 지식과 문물을 수입하여 모국에서 지식인 역할을 할 수 있었던 것이다. 근대문학도 동일한 역사적 과정을 경험하였다. 한국의 근대화는 외부의 근대성을 자기화하는 과정이기도 하기 때문이다. 1990년대부터 떠오른 식민지 근대성의 연구는 이러한 근대성의 자기화 과정을 간과하는 측면이 적지 않다. 무엇보다도 일제 말기 일본어 작품에 담긴 조선 민족적인 내용을 설명하지 못한다.

　일제 초기 일본어 작품이 근대문학 모형을 학습하기 위한 습작의 성격이 짙었다면 일제 말기의 작품은 심화되는 이중어상황과 일제의 강압 등 다양한 배경에서 발생했다. 그럼에도 불구하고 국문학사에서 일본어 작품은 단순한 습작이나 친일적 행위 이상의 평가를 받지 못하고 한국어 작품만이 국문학에 속한다는 민족어 중심주의적 관점이 주된 연구를 이루어 왔다. 그에 따라 조선 작가의 일본어 작품들이 한국문학사에 제대로 자리를 차지하지 못한 것이 사실이다.

　일제 말기의 일본어 소설의 존재를 설명하기 위해서는 조선과 일본의 식민지배와 피지배 관계에 숨은 협력과 저항, 강압과 회유 등의 다양한 맥락을 살펴보아야 한다. 한국 근대문학은 일본 제국주의의 폭력적인 지배 속에서도 근대성의 자기화 노력 과정을 통하여 생성·발전하였다. 근대 문인들은 이중언어를 통하여 한국어에 근대문학 모형을 도입하였고, 근대정신을 담을 새로운 그릇인 근대문학을 창조하였다. 이 과정에서 이중의식이 미친 영향을 분석한다면 한국의 근대화 과정을 새롭게 조명할 수 있을 것이다.

　민족·국가·언어 등의 근대적 정체성을 가늠하는 기준들은 현대에 들어 다양한 각도에서 재고되고 있다. 문학에서도 한국문학·일본문학 · 영문학 등 단일 언어의 전통만으로는 설명될 수 없는 작가와 작품들이 등장하고 있다. 식민지 조선 시대에 발표된 대부분의 일본어 작품들 또한 한반도의 현실과 밀접한 내용을 담고 있다. 굳이 이 시기의 일본어 작품들을 굳이 일본문학의 영역에만 한정시킬 필요가 있을지 의문거리다.27)

이제라도 이 시기 작품들을 한국문학사의 외면을 확장시킬 기회로 삼는 발상의 전환이 필요하다. 일제 말기 일본어 소설은 작가가 스스로 언어적 필요에 의해 썼기보다는 주로 두 가지 요인에 의해 파생된 결과로 볼 수 있다. 하나는 일제의 강압이고, 다른 하나는 인쇄 자본주의이다. 일제는 조선어학회를 와해시키고 조선어 매체를 강제 폐간하는 한편 초등교육에서 조선어를 선택과목으로 지정하여 조선어가 생존할 길을 차단하였다. 한편 문자 해득층 중 일본어 사용자가 증가하면서 일본어 작품을 통해 일본 독자와 조선 독자들을 한 번에 포괄할 수 있는 길이 열리게 되었다. 이러한 시기에서 일제의 모순을 지적하고 식민지 조선의 현실을 알리려는 일본어 소설은 일본 독자와 직접 소통하려는 노력의 결과로 볼 수 있다.

식민지 조선 문인들은 일본어를 통해 근대적 지식과 근대 문학 모형을 습득하여 조선어 시스템 내부에 가져올 수 있었다. 한국 근대문학의 근대화 과정은 해방 이후부터 현재까지 한국 사회를 지배하는

---

27) 이 문제는 식민지 조선에서도 논란거리였다. 일본 문단에 제일 먼저 등단한 장혁주의 문학을 두고 조선 문단에서는 논쟁이 벌어졌다. 이광수, 박영희, 김광섭, 이태준은 속문주의에 입각하여 한국어로 된 문학만이 조선문학이라고 답하였다. 임화는 '역사적인 국민문학의 구성'이라는 틀에서 역사와 현실의 맥락을 고려하자고 답하였고, 서항석, 이병기, 김억은 장혁주의 문학을 넓은 의미의 조선문학으로 포괄할 수 있다고 보았다. 염상섭은 조선사람의 작품이므로 조선문학이라는 대답으로 속인주의적 견해를 내놓았다. 결론적으로 장혁주를 둘러싼 논쟁은 한국어로 된 문학만을 조선문학으로 하는 속문주의 주장이 대세를 이루었다. 천정환, 같은 책, 248~249쪽.

근원적인 힘으로 작동해왔다. 그렇기에 일제 말기 일본어 창작에 나선 작가들의 내면은 매우 복잡할 수밖에 없었다. 그러므로 두 언어를 오가며 창작하던 그들의 이중어의식을 연구하고, 그들이 재현하려 했던 궁극적인 '조선적인 것'을 한국어로 재번역할 필요가 있다. 이중 김사량은 언어의 장벽을 뛰어넘어 조선문학을 세계 문학의 차원으로 끌어올리려 노력한 대표적인 작가이다. 이러한 그의 시도는 조선어의 위기와 일제의 강압을 한꺼번에 돌파하려는 모험으로 볼 수 있다. 그의 작품을 번역하고 근대문학사에 자리매김하는 작업을 통하여 한국문학의 지평을 넓힐 기회를 만들 수 있을 것이다.

Ⅱ. 근대 민족어로서의 조선어 성립 과정과 일제 말기 문인의 이중언어

1. 민족주의와 근대어

근대국가 성립의 역사에서 민족주의는 대부분의 국가들이 거치는 중요한 분기점이다. 민족주의의 기원과 전파에 대해서는 여러 가지 견해[1]가 있으나, 본고에서는 근대국가 성립에 중요한 역할을 하는

---

1) 앤더슨은 '본래 제한되고 주권을 가진 것으로 상상되는 정치공동체'로 민족의 정의를 내리고 있다. 여기서 중요한 것은 민족은 동일한 역사와 기억, 동질성을 지녔다고 끊임없이 '상상되는' 것이라는 사실이다. 앤더슨은 민족주의가 유럽이 아닌 18세기 말부터 19세기 초엽에 새로 세워진 남아메리카 식민지가 독립하면서 그 원형이 생겨났다고 본다. 남미 민족국가는 역사적 근원을 지닌 자연발생적인 공동체의 정치적 독립이 아니라 이주민 출신 유럽인들이 스페인 제국이 편의상 그어놓은 행정구역을 영토국가로 발전시킨 결과이다.─베네딕트 앤더슨,『상상의 공동체』, 윤형숙 역, 나남출판, 2002, 25쪽, 제4장 참조. 홉스봄은 민족의 정의는 민족의 실체보다는 민족주의 개념에서 출발하는 것이 유익하다고 본다. 왜냐하면 민족에 대한 객관적 정의에 반하는 현실의 반례가 끊임없이 발견되기 때문이다. 홉스봄은 민족과 민족주의의 정의를 특정한 역사적 시기에 나타나며, 영토국가와 시민사회,

민족주의에 언어가 미치는 영향을 중심적으로 논하고자 한다.

겔너는 민족주의를 정치적 단위와 민족적 단위를 일치시키는 정치적 원리로 정의한다. 지배층을 이루는 민족과 피지배층을 이루는 민족은 서로 같은 민족이어야만 한다. 한 민족의 타 민족에 대한 통치는 도덕성과 효율성, 대중의 삶에 대한 부합성을 떠나 윤리적·정치적·사회적으로 불합리하고 비도덕적인 것으로 간주된다. 이러한 인식은 종종 감정적인 투쟁으로 발생한다. 민족주의에서 문제가 되는 민족주의적 감정은 이 원리를 침해할 때 발생하는 분노 혹은 원리를 충족했을 때의 만족감이다. 정치적 단위와 민족적 단위의 일치를 요구하는 민족주의는 근대에 들어서서 두드러지게 나타나는 현상이다.2)

민족어는 민족주의를 이루는 중요한 요소이다. 민족어는 민족국가의 귀속물이며 민족문화의 핵심적인 부분이다. 민족어는 국가 행정과 사회적 의사소통으로서의 기능을 담당하는 도구이며 민족의 역사와 문화를 보존하는 소중한 재산이다. 민족어는 고대부터 현재에 이르기까지 민족 국가가 존재하는 영토에서 꾸준히 쓰여 왔으며 앞으로 그 영토에서 살아갈 후손들도 사용할 것이라는 초월적 권위를 부여받는다. 민족어는 민족 정체성을 가르는 중요한 기준이자 타 언어의 사용은 타 민족 공동체의 일원이라는 중요한 증거가 되었다.

민족주의 국가는 해당 구성원들을 한데 묶을 수 있는 정신적 기반을 필요로 했다. 그 중심에 바로 민족어가 놓여 있었다. 민족어의 정리와 발전은 학문적 영역을 넘어 국가적 차원의 사업이었다. 그중 사선 편찬은 언어 정리 사업의 집대성이었다. 사전 편찬이야말로 소수

기술과 경제 발전을 목표로 삼은 정치적 민족적 단위의 일치로 내리고 있다.―에릭 홉스봄, 『1780년 이후의 민족과 민족주의』, 정도영·차명수 역, 한실사, 1998, 25~26쪽.

2) 어네스트 겔너, 『민족과 민족주의』, 이재석, 예하, 1988, 7쪽.

연구자의 손으로 이루어질 수 없는 방대한 사업이었기 때문에 국가의 지원이 필요했다. 사전 편찬은 국가와 민족어의 관계를 상징하는 척도가 되었고, 그 결과 언어는 자민족을 정의하는 가장 큰 기준이 되었다. 그러나 홉스봄에 따르면 단일 민족과 단일 언어의 상호 폐쇄적 관계에 대한 현실적 반례는 수없이 찾아볼 수 있다.

> 우리는 언어 및 민족(people)의 다중성을 연구한 역사가의 다음과 같은 관찰에 반대할 근거를 지니고 있지 않다. 그에 의하면 "동일한 언어를 쓰는 인간들을 친구, 다른 언어를 쓰는 인간을 적으로 보는 관념은 극히 최근에 와서야 만들어졌을 뿐이다." 한 인간의 주변에 다른 언어가 존재하지 않을 때, 자신의 언어는 집단 성원 여부를 판별하는 기준이라기보다는 마치 다리처럼 모든 사람이 갖고 있는 어떤 것이다. 한 사람의 주위에 여러 언어가 공존할 때 몇 가지 언어를 사용하는 것은 자연적인 현상이며, 그가 어떤 언어에 대해서만 일체감을 느낀다면 그것은 매우 자의적일 뿐이다.[3]

근대 유럽을 예로 들면 18세기 후반까지 프랑스어와 영어가 영토적으로 정의된 특정 정치 집단에 귀속된다는 생각은 많지 않았다. 사실 영국과 프랑스, 독일을 비롯한 19세기 유럽 국가들은 국경과 언어 공동체가 상이한 다언어 정치체제에 가까웠다. 그러한 생각이 처음 모습을 나타난 것은 1794년 프랑스 혁명정부가 모든 공식 문서에서 프랑스어만을 사용할 것을 법으로 정했을 때였다. 당시 모든 프랑스인이 프랑스어만을 사용한 것은 아니었다. 당시 프랑스의 알사스와 로렌 지방은 프랑스와 독일이 번갈아 정복했던 지역으로 프랑스어 못지않게 독일어 사용자도 많았다. 또한 앵글로색슨인들이 정착한 브르타뉴 지방도 현격한 언어적·문화적 차이를 나타냈다. 이러한

---

3) 에릭 홉스봄, 앞의 책, 82쪽.

지역적 차이를 무시하고 '하나의 프랑스어'의 배타적 사용 선언은 언어로 결집되는 근대국가 성립을 알리는 표시였다.

> 민족이 언어 하나로만 정의되기에는 너무 복합적이었다는 사실은 명백하였다. (중략) 언어는 개인이 아니라 공동체의 속성이었다. (중략) 민족은 쎈서스 조사자들이 소홀히 하기에는 너무 큰 정치적 문제였다. 그것이 구어와 어느 정도 관계를 갖고 있음은 분명하였다. (중략) 1840년대 이후 언어는 국제적 영토 분규에서 중대한 역할을 하기 시작했기 때문이다. (중략) 언어는 최소한 객관적으로 셀 수 있고 도표화할 수 있는, 민족의 유일한 측면이었다. (중략) 이제 언어에 기초를 두고 영토를 주장하는 것은 가능해졌다.[4]

민족주의를 이루는 요소 중 언어는 표준화·통일화가 가능한 거의 유일한 부분이다. 민족 국가는 민족어를 표준화하여 그 표준어를 쓰는 시민들의 동질감 형성을 기대했다. 언어는 자연스럽게 발생하였으며, 누구도 언어가 시작한 시기를 알지 못하기에 태고 이전의 역사를 부여할 수 있었다. 언어의 초역사적 속성은 민족어를 사용하는 민족과 민족주의에 그대로 확장되었다. 그러기 위해서는 민족 구성원 누구나 동일한 민족어를 사용해야 했다.

> 민족어는 거의 언제나 반(半)인위적인 가공물이며 때때로 근대 헤브류어처럼 실제로 만들어졌다. (중략) 보통 민족어는 실제 말해지는 다양한 언어 중에서 표준어 하나를 고안해 내려는 시도이다. 일단 표준어가 정해지면 그 나머지는 사투리로 격하된다. 이때 중요한 문제는 과연 어떤 방언을 표준화하고 동질화된 언어의 기반으로 선택하느냐 하는 것이다. 이후의 문제 즉 국민 문법과 철자법을 표준화하고 동질화하는 일은 부차적이다.[5]

---

4) 에릭 홉스봄, 앞의 책, 132~134쪽.

민족어는 국가나 사회처럼 인위적으로 만들어졌다. 근대 국가가 형성되면서 한 가지 언어를 그 나라의 공식 언어로 지정하는 법령도 함께 만들어졌다. 즉 근대 민족어는 한 언어를 기반으로 삼아 국가와 사회가 이루어지는 것이 아니라 국가와 사회 구성원이 언어를 인위적으로 선택한 것에 가까웠다. 근대 민족어는 해당 구성원들이 가장 많이 사용하는 언어를 국가와 사회가 공식 언어로서 지정한 다음 비로소 정리·체계화한 결과인 것이다. 역사와 사회에 따라 언어도 변화하기 때문에 국가는 주기적으로 표준어 개정 작업을 하게 된다. 그러나 민족주의적 관점에서 언어 변화의 역사는 별로 부각되지 않는다. 언어의 지속적인 변화에도 불구하고 민족어는 역사적 항구성을 유지해온 것처럼 간주되었다. 이러한 민족어가 민족 구성원에게 부여하는 통일성은 국가 통치의 중요한 기반으로 작용하였다.

> 근대화 과정은 기본적으로 문어적인 '민족어'를 매개로 한 거주민의 동질화 및 표준화를 의미했기 때문이다. 엄청난 수의 시민에 대한 근대 정부의 직접적인 통치와 기술적·경제적 발전은 그와 같은 동질화 및 표준화를 필요로 한다.[6]

공용어 제성·표준어 정리·사전 편찬 등을 거쳐 표준화된 언어는 근대 정부의 주요한 통치 도구가 된다. 정부는 표준어를 통해 시민에게 정책을 전달하고 자발적인 협조를 요구한다. 중세 사회와 다른 근대 민족 국가의 중요한 특징 중 하나는 정부가 통치하는 개인의 숫자가 엄청나게 많아졌다는 것이다. 천만 명이 넘는 사람들에게 한정된 기간 내 동일한 행위를 이끌어내기 위해서는 표준화된 의사소통수단

---

5) 에릭 홉스봄, 앞의 책, 78쪽.
6) 에릭 홉스봄, 앞의 책, 127쪽.

이 필수적이다. 표준화된 민족어는 그 초역사성으로 말미암아 민족 구성원들에게 자부심과 소속감을 심어주는 한편 국가 통치의 효과적인 수단으로 작용했다.

프랑스어와 영어 등이 근대국가 민족어로 자리매김하기 위해서는 라틴어의 권위를 격하해야 했다. 앤더슨은 민족어가 라틴어를 대신하는 과정을 다음과 같이 제시하고 있다.

> 기본적으로 나는 민족을 상상하는 가능성 자체가 역사적으로 볼 때 아주 오래된 세 가지 근본적인 문화개념이 인간의 사고에 갖고 있던 공리적 통제력(aximatic grip)을 잃어버린 때와 장소에서 일어났다고 주장한다. 첫째는 정본 언어(script-language)가 바로 진리와 분리할 수 없는 부분이기 때문에 존재론적 진리에 접근할 수 있는 특권을 제공한다는 개념이었다. (중략) 이러한 개념들은 서로 어우러져서 존재의 일상적인 숙명성(무엇보다 죽음, 상실, 예속)에 어떤 의미를 주며 여러 방식으로 그것들로부터 구원을 제공하며 인간의 삶을 사물의 본질 자체에 굳게 뿌리내리게 했다.
> 이러한 상호 연결된 확실성들이 서서히 불균등하게 퇴조하면서 우주관과 역사 사이에 엄한 쐐기를 박았다.[7]

앤더슨이 말하는 정본 언어란 유럽 중세 사회에서 지식과 종교의 보편어로 사용되었던 라틴어를 가리킨다. 번역되는 순간 진리를 상실한다고 믿어지는 코란의 언어 아랍어와 과거제도에 쓰였던 중국어도 진리 언어(truth-language)였다. 사물의 본질과 진리는 이들 언어에 의해서만 얻어질 수 있었으므로, 진리와 언어는 상호 불가분의 관계였다. 프랑스어 · 조선어 · 일본어는 모두 지역언어이사 기층 민중들의 구어였다. 지배 계층은 진리 언어를 통하여 국적과 지역을 초월하여

---

7) 베네딕트 앤더슨, 앞의 책, 62쪽.

교류하였고 지식인은 지방어와 진리 언어를 중개하는 역할을 맡았다.

근대어 성립 과정에서 지역 언어는 정본 언어의 역할을 대신하게 되었다. 지역어가 진리 언어가 되기 위해서는 표준화되어야 했다. 지역어의 표준화는 정본 언어화뿐만 아니라 그 언어를 사용하는 구성원의 균질화와 동원을 위해서 필수적이었다. 한반도의 근대국가 민족어 확립 과정은 식민지 상황과 중첩되어 진행되었으나 그 체계는 크게 다르지 않다. 라틴어가 권위 격하 과정을 겪었듯이 한자는 갑오경장 이후 한반도 내 권위를 상실하였으며, 조선어가 정본 언어의 역할을 수행하게 되었다.

근대 국가의 정본 언어가 되기 위해서는 다음과 같은 과정이 필요하다. 첫째 공용어화의 강제이다. 여기에는 국가 권력의 힘이 필요하다. 둘째는 표준화이다. 표준화를 위하여 언어학자들의 학설을 통일하고 여러 가지 방언 중 한 가지 방언을 표준어로 지정해야 한다. 셋째는 앞의 과정을 거쳐 만들어진 표준어가 다양한 매체를 통해 배포되어야 한다. 여기서 인쇄 자본주의가 필요해진다. 이러한 과정을 통하여 지역어는 표준어가 되고, 진리를 보증하는 정본 언어이자 근대 지식을 생산하는 언어가 될 수 있다.

조선어도 이러한 과정을 거쳐 근대어로 나아가고 있었다. 공식적으로 한글과 조선어 사용은 1894년 조선 정부의 칙령 제 1호 공문식 제 14조에 의해 확립되었다. 이 공문식은 비록 한자로 적혀 있으나 뜻을 풀면 다음과 같다.

> 제14조 : 法律勅令 總以國文爲本 漢文附譯 或混用國漢文 (법률 칙령은 모두 국문으로 본을 삼되 한문을 덧붙여 번역하거나 국한문을 혼용할 수 있다.)

조문의 내용이 국문 즉 한글 사용을 명시하고 있음에도 불구하고 한문으로 적혀 있다는 사실은 역설적이다. 법령 해독이 가능한 계층은 계속 한문을 사용하고 있다는 반증이다.[8]

한문을 혁파하고 한글을 공식 문자로 지정하여 독자적인 언어를 가진 근대국가로 거듭나려는 시도는 일본의 주권 강탈로 이루어지지 못하였다. 만약 주권을 빼앗기지 않았다면 조선 정부를 중심으로 한글의 정리 및 체계화 작업과 조선어의 근대적 정비가 이루어졌을 것이다. 그러나 주권 침탈 이후 3·1 운동을 거치면서 조선어의 근대적 정비는 민간 학자들의 힘만으로 이루어져야 했다.

이러한 역사적 과정에서 드러나듯이 민족과 언어의 단일적·배타적 관계에는 일종의 기획적 성격이 포함되어 있다. 이러한 민족과 언어의 단일적 관계는 엄청난 숫자의 시민을 동일한 목적을 위해 단결시키고 자발성을 이끌어낼 필요에 직면했던 정부 주도 하에 가능했다. 오랫동안 외부와 교류 없이 인종적·문화적 단일성을 유지해온 일본과 조선에게 민족주의적 언어의식이 수입되는 과정에서 그 배타성은 더욱 강화되었다. 민족과 언어·혈통의 상호 관계는 이질적인 요소가 개입할 수 없고 그래서도 안 되는 순수한 관계로 수호되어야 했다. 이 과정에서 민족어는 특별한 결속감을 제공하며 상상의 공동체를 만들어냈다.

식민지 조선에서 조선어는 식민지민이었던 조선인을 일본인과 구

---

8) 대한제국은 법령 제정에 그치지 않고 1907년 학부 안에 국문연구소를 설치하기도 하였다. 이 법령이 발표된 해에 동학농민운동과 청일전쟁이 발발하였다. 이때 일본은 동학농민운동을 진압하기 위한 조선의 청군 요청을 빌미로 자신들도 파병하면서 갑오개혁을 강요하였다. 갑오개혁은 일본의 요구로 이루어졌으나 봉건 잔재를 혁파하고 근대적 정신의 기초를 마련하는 데 기여한 것은 사실이다. 또한 문자해독계층이 한문을 전용하고 있음에도 불구하고 한글의 공용문자 지정은 중국과의 수직적 관계를 정산하고 봉건주의 체제를 타파하고자 하는 의도로 볼 수 있다.

별짓는 가장 핵심적인 요소가 되었다. 조선어 보존과 발전은 민족주의 정신의 핵심이자 이데올로기를 초월한 공통적인 연대 지점이 되었다. 조선어학회를 중심으로 이루어진 조선어 정리 작업은 가상의 독립국가를 이루는 기반이 되었다. 한국의 근대문학은 미처 완비되지 못한 언어와 식민지 상황까지 겹쳐 있는 복잡다기한 시대를 배경으로 첫발을 내딛어야 했다. 조선어학회의 조선어 맞춤법 통일은 이후 표준어 성립에 결정적인 영향을 미쳤으며, 한국 근대문학이 근대어로 창작할 수 있는 기반을 마련하였다.

2. 근대 조선어 성립과 근대문학

1) 조선어 맞춤법 통일과 인쇄 자본주의

1910년 일제 주권 침탈 이후 조선어는 근대어 정비 과정을 겪게 된다. 이 과정은 표준어화와 인쇄 자본주의로 나눌 수 있다. 조선어학회의 철자법 정리, 문법 체계 정리, 표준어 선정, 사전 편찬 등 구체적인 언어 사용 방법과 사회적인 약속 체계로서의 언어 정비가 이루어졌으며 "~다"와 "~ㄴ다"형 종결어미가 사용되는 현대적 문체가 생겨났고 근대문학작품이 생산·유통되었으며 이렇게 정비된 언어 체제를 떠받치는 근대 독자층이 형성되었다.

김윤식은 조선어학회의 활동이 "한국 근대문학이 한국어로 출발·전개되었고, 이를 관장하는 단체가 조선어학회였던 만큼, 이 기관은 실상 국가의 기능을 대행한 형국이었다"[9]고 말하고 있다. 조선어학

---

9) 김윤식, 앞의 책, 66쪽.

회의 활동은 사회의 기반을 이루고 구성원들의 의사소통을 가능케 하는 언어를 정비하는 일이었다. 그래서 식민지 치하에서도 조선어 문제에 있어서만큼은 절대적인 연대를 이끌어낼 수 있었다.

그럼에도 불구하고 사업을 맡게 된 조선어학회는 출발부터 고난에 시달려야 했다. 일단 일제가 실시한 초등교육에서 조선어를 거의 가르치지 않았기 때문이었다. 당시 보통학교 기준으로 조선어 학습시간은 1~2학년 일주일에 4시간, 4~6학년은 3시간이었다. 이에 비해 일본어 학습시간은 1학년은 일주일에 10시간, 2~4학년은 12시간, 5~6학년은 9시간에 달하였다.[10] 이로 보아 일본은 근대교육 체제를 일으키는 시점부터 일본어 공용화를 염두에 두고 있었음을 짐작할 수 있다. 근대 학교 교육을 기반으로 이중언어 양상과 조선어 말살 및 일본어 공용화 정책이 전개되었다. 역설적으로 일본이 세운 근대적 교육 기관이 조선어 전파 및 확대에 이용되기도 하였다.

조선어학회의 철자법 정리, 어휘 수집, 용례 정리 등은 학교 교사들의 자발적인 연구와 학생들의 방학중 활동에 힘입은 바 크다. 1929년 7월 14일 <조선일보>가 '귀향남녀학생 문자 보급 운동'과 1931년 7월 16일 첫 사고社告를 낸 <동아일보>의 '브·나로드 운동'은 대표적인 사례에 속한다. 1936년 11월 『한글』 39호에는 방언 조사에 참여를 요청하는 사고社告가 실렸다. 이에 부응하여 방언 수집에 참여한 학생은 당시 14개 학교 500여 명에 달하였다. 사전편찬 및 용례 정리에도 교사들의 공헌이 상당했다. 9만여 개의 어휘를 수집하고 풀이한 원고를 조선어사전편찬회에 기증하여 사전편찬사업의 기틀을 잡았던 이상춘은 송도고등보통학교의 조선어 담임교사였다. 조선어학회

---

10) 얼래인 이일런드, 『일본의 한국통치에 관한 세밀한 보고서』, 김유정, 2008, 214쪽.

의 회원들도 대부분 사립학교 현직 교사였고, 이들은 학교 교육을 한글 보급과 실천의 장으로 삼고자 하였다.

일본어 학습시간은 조선어 학습시간에 두 배 넘게 배정되었다. 그러나 식민지 조선에 일본어 교육이 신속하게 이루어졌다고 볼 수는 없다. 조선에 바로 일본어가 통용되지 않는 상황에서 총독부는 구성원들의 의사소통은 물론 총독부의 통치 지침을 전달하고 통상과 거래를 가능케 하는 통일되고 균질적인 언어 성립을 위해서 조선어를 당장 손질해야 할 필요가 있었던 것이다. 이러한 조선어의 실질적인 효용과 아울러 총독부는 본인들의 위신을 위해서라도 필수과목으로 지정된 조선어 교육의 내실을 어느 정도 다듬어야만 했다.[11] 즉 일제는 식민지 초기부터 일본어 공용어화를 위해 일본어 교육 시간을 조선어의 두 배 넘게 배정하였으나 일본어 보급이 쉽지 않은 현실을 깨닫고 조선어학회의 활동을 지원하지 않을 수 없었던 것이다.

이에 대해서는 미쯔이 다카시(三ツ井崇)의 연구[12]가 유용한 관점을 제공하고 있다. 그에 따르면 총독부가 근대 학교를 세우면서 조선어도 필수 과목으로 편입되었는데 그때까지도 철자법이 완비되지 않아 교육현장에서 불만이 상당했다. 특히 초등교육기관인 보통학교는 원칙적으로 조선총독부가 편찬한 교과서만을 사용해야 했기 때문에 조선총독부는 조선어 교육에 대한 전반적인 책임을 떠맡게 된 형국이 되었다. 더욱이 1910년대 진행된 무단통치 시기에서는 조선어 연구가 불가능했기 때문에 학무국의 조선어 교육은 더욱 학생과 교원 양쪽의 필요에서 멀어지게 되었다.

---

11) 미쯔이 다카시, 앞의 논문.

12) 미쯔이 다카시(三ツ井崇), 「식민지하 조선에서의 언어문제—조선어 규범화 문제를 중심으로」, 한일민족문제학회, 『한일민족문제연구』, 제4호, 2003.

총독부 학무국에서는 1921년 개정안을 내놓았으나 조선어 연구계의 견해를 잘 반영하지 않은 편의주의적인 성격이 강한 것이었다. 학교에서 배우는 철자법과 언론, 출판계에서 사용하는 철자법이 상이한 나머지 각계에서 불만이 속출하였다. 권영중은『정음』3호에서「현하조선어와 아동교육상문제」에서 보통학교 아동이 집에서 배운 조선어와 학교에서 배우는 조선어가 너무 달라 고통을 받는 현실을 생생히 전달하고 있다.[13] 여론의 불만도 문제였지만 근대국가의 균질성과 표준화의 척도가 되어야 할 언어의 철자법조차 확립되지 않은 현실은 총독부에게 여러모로 부담을 안기고 있었다.

이러한 사실을 잘 알고 있는 조선어 연구자들은 조선총독부의 학무국 철자법을 개정하는 데 힘을 기울였다. 현실적으로 학교 교육이야말로 조선어를 보급하는 가장 효과적인 수단이었기 때문이다. 1930년 총독부가 언문철자법을 공포하고 이에 따라 교과서를 제작 배포, 학교에서 사용하기 시작하였는데 이 원안에는 심의린·박영빈·박승두·이세정 등이 참여하였다.[14] 원안에는 새 받침 설정과 병서문제가 전혀 반영되지 않았기 때문에 여론의 비판이 줄을 이었다. 문제를 느낀 총독부가 소집한 제2차 조사위원회의 위원 14명 중 조선

---

13) 이혜령, 「한글 운동과 근대 미디어」, 박지향 외, 『해방 전후사의 재인식』, 책세상, 2006, 571쪽.

14) 당시 조선어 연구계는 이른바 주시경학파를 계승한 한글파와 박승빈을 중심으로 한 정음파로 나뉘어 있었다. 이들 학파는 철자법과 음소 정리 등에 견해를 달리하였으나 결과적으로 조선어학회를 중심으로 한 한글파의 학설이 채택되었다. 주목할 점은 한글파와 정음파의 학설이 토론과 연구를 거쳐 합의에 이른 것이 아니라 한글파의 주장이 거의 그대로 받아들여졌다는 것이다. 중재 노력이 전혀 없었던 것은 아니나 결과적으로 한글파와 정음파의 견해차이는 조선어학회가 학무국으로 하여금 자신들의 철자법을 채택시키는 데 성공함으로서 해소되었다고 할 수 있다. 조선어 철자법 확립에는 조선어 정비의 필요성을 느끼던 학무국과 자신들의 학설을 관철해야 했던 조선어학회의 요구가 맞아떨어졌던 것이다. 최경봉, 『우리말의 탄생』, 책과함께, 2005, 208~220쪽.

인은 거의 한글파였다. 이들 조사위원회는 한자어의 표음주의를 비롯하여 주시경학파의 가장 중요한 철자법 원리인 새받침과 병서를 채택하기로 결정했다.

이 결정은 이전까지 한글파와 정음파 간의 대립에 종지부를 찍는 결론이었다. 이로써 1920년대 총독부 철자법에 반론을 제기하던 주시경 학파도 1930년대에 새로이 지정된 언문 철자법을 따르게 되었다. 개정안이 그들 이론을 상당히 반영했기 때문이었다. 박상준의 『개정철자준용 조선어법』(1932.1)과 최현배의 『중등교육조선어법』(1936.5), 심의린의 『중등학교조선어문법』(1936.6) 등 한글맞춤법통일안 공포 이후 저술한 문법서도 개정언문철자법에 의거하여 쓰여졌다. 1933년 뒤 공포된 한글맞춤법통일안의 내용도 상당 부분 총독부 언문철자법과 일치한다.[15]

1930년 총독부 언문철자법 공포와 1933년 한글맞춤법통일안 공포 이후 문인들도 한글맞춤법통일안 지지 선언[16]을 내놓았다. 이 선언은 한글맞춤법통일안 이외의 철자법을 배격하는 내용을 담고 있어서 주목할 만하다. 이 선언에는 "기괴한 이론으로 이에 대한 반대운동을 일으켜 공연한 교란을 꾀한다 함을 들은 우리 문예가들은 이에 묵과할 수 없음을 깨달은 것이다. 그 소위 반대운동의 주인공들은 일즉 학계에서 들어본 적이 없는 야간총생夜間叢生의 학자들인 만큼 ……" 등의 상당히 단호한 표현도 찾아볼 수 있다. 성명에 포함된 세 가지 원칙은 다음과 같다.

---

15) 고영근, 『한국어문운동과 근대화』, 탑출판사, 1998, 72쪽.

16) 「한글 철자법 시비(是非)에 대한 성명서」, 조선일보 1934년 7월 10일자, 최경봉, 『우리말의 탄생』, 책과함께, 2005, 226쪽.

1. 우리 문예가 일동은 조선어학회의 한글 통일안을 준용하기로 함.
2. 한글 통일안을 조해(阻害)하는 타파(他派)의 반대운동은 일절
배격함.
3. 이제 제(際)하여 조선어학회의 통일안이 완벽을 이루기까지 진
일보의 연구 발표가 있기를 촉(促)함.

총독부의 언문철자법이 한글파의 이론을 상당 부분 반영하고, 언
론·출판의 1차 생산자인 문인들이 한글 맞춤법 통일안 지지를 선언
함으로써 철자법을 둘러싼 조선어 연구계의 갈등은 마무리되었다.
문인들의 지지 선언은 시·소설·평론 등 전 장르와 이광수에서 임
화에 이르는 좌우 진영은 물론 최정희·박화성·모윤숙·강경애 등
여류 작가·재외 작가들까지 포함한 넓은 스펙트럼을 과시했다.
이상의 조선총독부의 언문철자법 공포에는 식민지 조선에 일본어
보급이 바로 이루어지기란 요원했기 때문에 조선어를 먼저 정리하여
근대 학교 교육의 기초로 삼으려던 의도가 깔려 있었다. 물론 일제의
궁극적인 의도는 식민지 조선의 국어화였으나, 당장 일본어를 보급
할 수 없는 현실을 받아들여 조선어학회의 학설을 정책화했던 것으
로 보인다. 조선어학회는 이러한 총독부의 사정을 파악하고 조선어
보급에 학교제도를 최대한 이용하고자 하였다. 비록 일본의 손으로
세워진 학교 체제이나 일본어는커녕 한글 문맹률도 매우 높은 상황
에서 당장 조선어 보급이 절실했던 것이다. 이러한 조선어학회의 정
치적 선택이 <조선일보>와 <동아일보> 등 조선어 매체의 보급률
은 물론 한국 근대문학의 독자층을 형성하는 데에 상당히 기여했다
는 사실은 부정할 수 없다.
조선어 맞춤법 통일안에 문인들이 표명한 적극적인 관심은 인쇄
자본주의와도 관련되어 있다. 문인들은 신문·출판물의 직접적인 생

산자이기 때문이다. 결과적으로 한글 맞춤법 공표는 여러 가지 학설들이 학문적 토론과 검증을 거쳐 이루어진 것이 아니라 조선총독부의 정치적 필요를 통해 이루어진 것이다. 물론 여기에는 정음파의 학술적 미비도 없지 않았지만 한글파의 승리가 학문적 토론보다 정치를 통해 이루어졌다는 것이 중요하다. 근대 표준어 성립이 인공적 과정이라는 증거이기 때문이다.

인쇄자본주의[17]의 영향은 표준어를 구어의 위치에서 활자어의 위치로 끌어올렸다. 인쇄자본주의는 국가 지원과 교육을 통해 균질하게 재생산된 문어文語를 시장을 통해 살포하였다. 앤더슨은 인쇄자본주의를 다음과 같이 설명하고 있다.

> 이 활자어는 3가지 특별한 방식으로 민족주의 의식을 위한 기초를 놓았다. 첫째, 무엇보다도 활자어(print-language)는 라틴어 밑에, 그리고 구어 지방어 위에 교환과 커뮤니케이션의 통일된 장을 만들었다. (중략) 둘째, 인쇄자본주의는 언어에 새로운 고정성을 부여하였다. 그것은 장기적으로 민족이란 주관적 개념에 매우 중요한 고대성의 이미지를 심는 데 도움을 주었다. (중략) 셋째, 인쇄자본주의는 옛 행정지방어와는 다른 종류의 세력어(language-of-power)를 창조했다. 어느 방언들은 불가피하게 어떤 활자어와 '더 가까웠으며' 활자어의 최종적인 형태를 지배했다. 그렇지 못한 말들은 여전히 활자어에 동화될 수 있지만 자기 자신의 인쇄형태를 별로 관철시키지 못했기 때문에 사회적 지위를 잃었다.[18]

---

17) 여기서 인쇄자본주의란 대량 투자를 통한 이윤 축적을 목적으로 하는 현대 자본주의의 의미와는 다소 의미를 달리한다. 출판업의 특성상 대량 이윤을 기대하기는 어렵다. 인쇄자본주의는 출판·인쇄 분야에 자본주의적 양식이 도입되었다는 의미이다. 필사, 소장 등 전근대적인 방식으로 생산·유통되었던 도서는 인쇄술의 발달로 대량 생산·유통이 가능해졌다. 도서는 지식층의 독점물이 아니라 대중들에게 널리 판매되는 자본주의 생산품이 되었다. 베네딕트 앤더슨, 위의 책, 71~73쪽.

18) 베네딕트 앤더슨, 앞의 책, 73~74쪽.

인쇄자본주의는 민족어를 활자로 만들어 영속적인 기록으로 남길 뿐만 아니라 활자화된 민족어를 민족 구성원들에게 동시에 대량 배포할 수도 있었다. 민족 구성원들은 활자화된 민족어를 접하면서 진리 언어였던 라틴어와 한자의 위치를 이제 자신들이 사용하던 일상어가 차지하는 모습을 보게 된다. 그들의 일상어는 간단한 의사소통의 도구를 넘어 중요한 메시지를 담는 매체가 되었다. 법률과 정책·지식·문학예술이 일반 민중의 언어로 표현되기 시작했다. 이제 언어는 발화된 순간 사라지는 대신 활자화되어 진리를 담은 실체로 화한다. 진리를 담은 실체로서의 언어는 인쇄자본주의를 통해 대량 생산되어 민족 구성원들에게 동일한 메시지를 전달한다. 그 메시지는 민족 국가와 근대 정부에 대한 신뢰와 헌신을 요구한다. 언어가 지닌 초월적 역사성은 민족 구성원들에서 자발적인 협력을 이끌어내는 소속감을 제공한다.

앤더슨은 '일하는 아버지'뿐 아니라 하인으로 둘러싸인 아내와 학령기 자녀 등 독서 계층 가족 전체를 소비자로 지목한다. 구체적으로 이들은 '귀족과 지주 계층, 궁정인과 성직자 등 구 지배계층 외에도 평민 출신 하급관리, 전문인, 그리고 상업자본가와 산업자본가 등 상승하는 중간계층'19)이었다. 인쇄자본주의는 중간층을 주요 소비자로 삼았으며 일반 대중도 이에 호응했다. 문자가 보급되고 인쇄자본주의가 발전하면서 일반 대중은 인쇄자본주의를 통해 새롭게 상승하는 자신들의 구어口語를 발견한다.

인쇄 출판물은 영구히 보관되기 때문에 출판물을 읽는 독자는 자신이 읽는 책을 통해 오래 전 자신들과 같은 지역에 거주하던 사람들과 동일한 언어를 사용하는 듯한 느낌을 받는다. 물론 이러한 느낌은

---

19) 베네딕트 앤더슨, 앞의 책, 109쪽.

환상이다. 언어는 변화하기 때문이다. 그럼에도 불구하고 이러한 느낌을 통하여 대중은 상상된 민족주의 역사와 연결된다. 진리 언어를 상실한 대중은 민족어를 통해 태고의 역사에서 계보를 찾게 된다. 순수하고 발전된 형태의 민족어 추구는 민족주의의 핵심이 되었다.

> 민족주의를 발명한 것은 한 특정한 언어가 아니라 활자어(print-lan
> guage)였다.[20](174쪽.)

식민지 조선의 1910년 매일신보의 발행부수는 2,646부에 달했다. 10년 후 1920년 조선 전체 신문과 잡지 구독자는 10만 명이었으나 여러 사람이 한 부를 돌려 읽는 것을 고려하면 실제 독자 수는 훨씬 많을 것으로 예상된다. 1926년에 전국 잡지 독자는 9,967명, 1928년 신문 독자는 8만 7,351명으로 집계되었다. 1933년 9월 대구지역 조선어 잡지 판매는 850권, 일본어 잡지는 380권이었으며 1935년 문예잡지 『朝鮮文壇』은 5,000부 이하로 집계되었다.[21]

1940년 농민을 제외한 도시 중간층이 약 100만 명으로 집계된 통계[22]로 미루어 조선의 인쇄자본주의는 이들에게 충분한 양의 출판물을 제공할 생산력을 보유하고 있었다. 식민지 조선의 인쇄 자본주의는 다양한 효과를 불러 일으켰다. 가장 중요한 것은 신문·잡지·도서 등의 출판물을 통해 독자로 하여금 동일한 언어를 사용하는 동질감의 형성이었다. 식민지 조선의 독자들은 표준화된 조선어가 활자화되어 영속성을 부여받는 모습을 눈으로 볼 수 있었다. 동시에 조선어는 근대 교육기관에서 정식 과목으로 채택되어 교육되었다. 이는

---

20) 베네딕트 앤더슨, 앞의 책, 174쪽.

21) 천정환, 앞의 책, 483쪽.

22) 천정환, 앞의 책, 493쪽. 자영업자, 화이트칼라 노동자, 산업기술자를 합한 숫자이다.

조선어가 대중들의 일상어 차원을 넘어 근대적 정본 언어로 탈바꿈하고 있었다는 것을 의미했다. 이러한 일련의 과정은 이제까지 역사에서 구어로 전승되어 오던 조선어를 근대 민족어로 탈바꿈시켰다.

조선어학회의 한글 맞춤법 통일안은 조선어를 표준어화했다는 것에 의의가 있다. 이전까지 조선에서 정본 언어는 한자이고 조선어는 그 보다 한 단계 아래의 지역어였으나, 근대적이고 체계적인 언어학 연구에 힘입어 비로소 근대 국가 체제의 공식 언어이자 새로운 지식을 만들어낼 수 있는 표준어로 발전할 수 있었다. 조선어학회의 이러한 노력은 맞춤법 통일안에 그치지 않고 방언과 표준어 구별, 사전 편찬 등 근대 국가의 표준어 확립으로 이어졌다. 그러나 근대적 언설 체계에는 3인칭 전지적 시점과 과거형 종결 어미를 주요 특징으로 하는 현대적 문체가 필요했다. 이러한 현대적 문체 성립에는 각종 조선어 매체와 근대 문학이 그 역할을 수행했다. 다음 장에서는 이광수의 초기 문학을 통하여 근대 문학의 현대적 문체 성립을 살펴볼 것이다.

2) 3인칭 전지적 과거시점과 '~ㄴ다' 종결어미의 현대적 문체

현대적인 소설 문체의 핵심은 '~ㄴ다'의 종결어미 정착에 있었다. 이전의 조선어 문장은 '~라' 종결어미를 취하고 있었다. '~라' 종결어미는 한문을 국어로 번역한 문장, 즉 언해문諺解文으로부터 유래한 것이다. 김미형은 문장의 종결어미란 글 쓰는 이가 그 문장을 쓰면서 갖는 서법적인 것, 의향적인 것, 문체적인 것을 반영하는 것으로서, 문장의 가장 외현적인 것이라고 정의하고 있다.[23] 1908년 이해조가 쓴 「구마검」에는 이러한 문체가 잘 나타나 있다.

---

23) 김미형, 『우리말의 어제와 오늘』, 제이앤씨, 2005, 241쪽.

한손으로탕건을상투ᄶ아울너쎠붓들고분쥬히조차가갓을집어들
더니좁기에셔져ᄉ슈건을ᄂ야툭툭털어쓰고가ᄂ되그ᄶ맛춤쟝옷쓴
계집하나히그광경을목도ᄒ고그사ᄅ의얼골을넌짓보더니쟝옷압자
락으로졔얼골을얼풋가리고힝랑뒤쏠로드러가더라즁부다방골은쟝
안한복판에잇셔ᄌ릭로부쟈만히살기로유명ᄒ곳이라집집마다밧갓
대문은궤구멍만ᄒ야남산골쏠싹신님의집갓하야도즁대문안을쎡드
러셔면고루거각에분벽사창이죠요ᄒ니이ᄂ북촌세력잇ᄂ토호ᄌ상
에게ᄌ물을쎅앗길까엄살겸흉부리ᄂ계교러라

한 손으로 탕건을 상투째 아울러 껴붙들고 분주히 좇아가 갓을 집
어 들더니, 조끼에서 저사수건을 내어 툭툭 털어 쓰고 가는데, 그때
장옷 쓴 계집 하나가 그 광경을 목도하고 그 사람의 얼굴을 넌짓 보
더니 장옷 앞자락으로 제 얼굴을 얼풋 가리고 행랑 뒷골로 들어가더라.
중부 다방골은 장안 한복판에 있어 자래로 부자 많이 살기로 유명
한 곳이라. 집집마다 바깥 대문은 개구멍만 하여 남산골 딸깍샌님의
집 같으도 중대문 안을 썩 들어서면 고루거각에 분벽사창이 조요하
니, 이는 북촌 세력 있는 토호 재상에게 재물을 빼앗길까 엄살 겸흉
부리는 계교러라.[24]

「구마검」의 원문은 '~라' 종결어미는 물론 맞춤법과 띄어쓰기에
서 현대적 문체를 획득하지 못한 조선어의 형태를 보여준다. 「구마검」
은 무속에 사로잡힌 민중들을 계몽하는 근대적 내용을 언해문으로
쓴 모순적 형식을 취하고 있다. 이광수는 신소설의 이러한 모순적 형
식에서 최초로 벗어난 작가이며 여러 한계에도 불구하고 한국 근대
문학에서 가장 중요한 인물이라고 할 수 있다.

정백수는 1909년 발표된 이광수의 일본어 소설 「愛か(사랑인가)」를
분석하면서 이광수가 일본어 소설 창작을 통해 현대 소설의 3인칭 시

---

24) 이해조,『구마검』, 학술콘텐츠사이트 KRPIA,http://krpia.co.kr/pcontent/?svcid=KR&pr
oid=47&arid=80&contentnumber=3&pagenumber=58.

점과 문체를 획득하였다고 주장한다.[25] 「사랑인가」에서 소설 지문의 3인칭 등장인물을 등장시켜 3인칭 전지적시점을 확보하고, 화자의 내면을 자기의식과 동일시하는 결과를 창출하였다는 것이다.[26]

이광수는 순수 조선어 창작을 시작하기 전에 일본어 작품 창작과 조선어 번역을 통해 '彼 · た(그는 ~쓰다)'의 문장 형식을 획득할 수 있었다.[27] '그/그녀'의 3인칭과 '~ㄴ다' 종결어미의 결합은 3인칭 전지적시점을 창출한다. 3인칭 전지적 과거시점은 근대 소설의 가장 중요한 특징 중 하나로 서술자에게 소설 안에서 벌어지는 사건과 인물의 행위에 대해 전지전능한 신적 위치를 부여하는 주요한 장치이다. 3인칭 전지적시점은 작가가 등장인물과 사건, 배경 등을 통제하는 힘과 중립적인 서술자로서의 권위를 부여한다. 인물의 내면과 외부 세계는 작가에 의해 매개되며, 인물과 세계 사이의 갈등도 작가의 의도대로 움직인다. 3인칭 전지적시점은 작가의 존재를 숨긴 채 중립적이고 객관적인 관찰을 보중한다. 그러므로 3인칭 전지적 과거시점은 인간의 힘으로 변형되는 세계를 다루기에 가장 적합한 시점이다. 주인공은 세계와의 갈등을 겪으면서 종국에 목적을 쟁취하고 세계를 자신의 의도대로 개척하는 데 성공한다. 3인칭 전지적시점은 산업혁명과 프랑스혁명을 거쳐 정치 · 경제적 자유와 자본주의 체제 확립에 성공한 부르주아 계급이 자신의 이미지를 본따 세계를 정복해온 역사적 과정의 산물이라고 볼 수 있다. 작가는 3인칭 시점을 통해 자신의 언

---

25) 정백수, 앞의 책, 87~89쪽.

26) 정백수, 앞의 책, 86쪽.

27) 1881년부터 일본의 사립학교가 조선 젊은이들의 입학을 허가한 이래 조선인의 일본유학이 급증하였다. 초기 조선인 일본 유학생의 주된 역할은 봉건적 잔재에서 벗어나려는 조선 사회에 일본을 경유해온 서양 근대문화를 수입하는 것이있다. 이러한 중개적 역할도 유학생들이 일본어와 조선어 모두를 구사하였기에 가능한 일이었다. 정백수, 앞의 책, 61쪽.

술을 객관적이고 중립적인 위치에 끌어올릴 수 있기 때문이다. 궁극적으로 그 객관적이고 중립적인 목소리는 역사의 언술이며, 부르주아 계급 자신이 승리를 거듭해온 역사를 바라보는 시각이기도 하다.

3인칭 전지적시점은 근대 소설의 문체 형성에 필수불가결한 것이 되었다. 근대사회를 떠받치는 가장 중요한 요소 중 하나인 객관성과 보편성을 보증하기 때문이다. 근대사회의 언술은 시간과 장소, 대상을 불문하고 보편적인 의미를 가질 필요가 있다. 그때그때 사정에 따라 의미가 달라지는 언술은 신뢰할 수 없기 때문이었다. 분·초로 분할되어 관리되는 시간과 교환되는 물질의 양을 표준화하는 도량형, 그리고 개인간의 소통을 위한 도구로서의 표준어는 근대사회의 의사소통을 보장하는 균질적인 도구가 되었다. 이러한 근대사회를 떠받치는 궁극적인 기준은 화폐였다. 근대문학의 언술도 화폐가 담보하는 균질성과 보편성에 맞추기 위해서는 신뢰할 수 있는 한 사람의 전지전능한 서술자가 인물과 사건을 자유자재로 통제하는 3인칭 전지적시점을 필요로 했던 것이다.

김윤식은 김동인을 「소설작법」(1925)를 통해 "소설의 미학적 근거의 하나인 시점과 묘사의 관계에 대한 인식을 자각했던 최초의 한국인"이라고 평가한다.28) 14세에 일본 유학을 떠난 김동인은 「약한 자의 슬픔」(1919)와 「마음이 옅은 자여」(1920)을 통해 창작의 첫발을 내디뎠다. 이때 김동인의 유명한 고백 "구상은 일본말로 하니 문제가 안 되지만 쓰기를 조선글로 쓰자니……"(『김동인전집 (6)』, 삼중당, 19쪽)은 조선어와 일본어의 이중언어 환경에 처한 근대 작가의 모순된 내면을 잘 보여주는 것으로 유명하다.

---

28) 김윤식, 『한·일 근대문학의 관련양상 신론』, 서울대학교 출판부, 2001, 42쪽.

이광수는 일본어 소설 「사랑인가」를 쓰는 과정을 통해 조선어에 현대적 문체를 도입한 데 반해 김동인은 처음부터 조선어로 써야 한다는 생각에 사로잡혀 있었다. 왜냐하면 "정치운동은 그 방면 사람에 맡기고 우리는 문학으로"(같은 책, 9쪽)이라는 회고에서 볼 수 있듯이 김동인에게 조선어 창작은 독립운동에 버금가는 중요한 민족 차원의 사업으로 인식되었기 때문이다. 그래서 김동인은 『창조』를 결성하면서 의도적으로 이광수를 배척하였으며, 「약한 자의 슬픔」과 「마음이 옅은 자여」를 통해 3인칭 전지적시점과 종결어미 형식 확립·언문일치 등의 근대소설 문체를 확보하였다는 것이 김윤식의 논지이다.

3인칭 전지적시점이야말로 김동인이 꿈꾸었던 창작과 작가의 본령에 가장 가까운 것이었다는 사실은 1920년 『창조』 7호에 실린 「자기의 창조한 세계」에서 극명하게 드러난다. 김동인은 이 글에서 톨스토이와 도스토예프스키를 비교 분석하면서 톨스토이를 도스토예프스키보다 우월한 작가로 평가한다. 도스토예프스키에 비해 톨스토이는 세계관·인간에 대한 다층적인 이해·예술적 목표를 한계까지 밀고 나가는 특유의 에너지 면 등에서 모두 역부족한 측면을 보인다. 그럼에도 불구하고 김동인이 톨스토이를 높게 평가하는 이유는 비록 도스토예프스키에 비해 작은 세계일지라도 자신이 창조한 세계에 대해 완벽한 창조자로서 군림하였기 때문이다. 도스토예프스키는 진실에 가까운 인생을 창조하였으나, 그 인생이 가진 독자적인 자율성을 어쩌지 못하고 그 속에서 헤매었다는 것이 김동인의 평가이다.[29] 김동인은 3인칭 전지저시전에 숨어 있는 객관성과 보편성의 허위를 간파하지 못하고 소설가가 신이 될 수 있다는 환상에 매혹되었던 것이

---

29) 김윤식, 앞의 책, 49쪽.

다. 이후 발표된 「배따라기」 등에서 그는 '그/그녀 ~ㄴ다'의 종결어미 및 3인칭 전지적시점을 획득하고, 신소설이 가진 신화적이고 전형적인 인물형에서 어느 정도 탈피한 인물을 보여주었었다. 그러나 그 후 김동인은 시대를 지도하고 세계를 창조하며 인물을 인형 놀리듯 부리는 신적 존재로서의 소설가 유형에서 벗어나지 못하는 모습을 보여준다. 같은 시기 활동한 염상섭이 「만세전」을 거쳐 「삼대」에서 근대적 서술 방식을 유지하면서도 자율적 논리에 따라 움직이는 다양한 인물들을 통해 식민지 조선이 품고 있는 화폐적 진실을 드러낸 데 반해 김동인은 리얼리즘을 견지하지 못한 채 「대수양」 등 역사소설의 환상 속으로 도피하여 전지전능한 소설가의 자리를 유지하려는 관성에 사로잡히게 된다.[30] 이광수가 일본어 창작과 조선어 번역을 통해 '~ㄴ다'의 종결어미를 비롯한 근대적이고 보편적인 시점을 통하여 계몽적 진리를 설파하는 민족지도자로서의 작가 위치를 선취했다면, 김동인은 3인칭 시점이 가진 자족적이고 권력적인 측면에 매혹된 나머지 그 안에서 독자적인 세계를 구축하려다 식민지 조선의 현실로부터 유리되고 말았다. 같은 시기 염상섭은 자연주의적이라는 비판의 부담을 지면서도 언문일치와 인물의 자율성 확보를 통해 식민지 조선의 진실을 상당 부분 소설적으로 형상화하는 데에 성공하였다. 3인칭 시점을 통한 한국 근대문학의 현대적 성취는 이들로부터 발생하였으나, 이후 이상과 박태원으로 대표되는 모더니즘이 등장하면서 근대문학의 시점에 부여된 권위도 변화를 맞았다.

　1930년대에 들어서면 1인칭 시점의 소설을 찾아볼 수 있다. 1930년 이상이 연재한 장편소설 「12월 12일」은 객관적 권위를 가진 3인

---

30) 김윤식, 위의 책, 50쪽.

칭 전지적 작가 시점 대신 외부 세계의 합리성과 인식 가능성을 의심하는 등장인물의 시점으로 서술된다.

> 이때나 저때나 박행(薄幸)에 우는 내가 십유여 년 전 그해도 저물려는 어느 날 지향도 없이 고향을 등지고 떠나가려 할 때에 과거의 나의 파란 많은 생활에도 적지 않은 인연을 가지고 있는 죽마의 구우 M군이 나를 보내려 먼 곳까지 좇아 나와 갈림을 아끼는 정으로 나의 손을 붙들고,
> "세상이라는 것은 우리가 생각하는 것과 같은 것은 아니라네."31)

이상의 첫 번째 장편소설 「12월 12일」은 작품 첫머리에 '세계는 우리가 생각하는 것과 다르다'는 인식을 내보이고 있다. 작가의 신적인 전지전능함을 형식적으로 구체화한 3인칭 시점이 작가와 주인공의 외부 세계의 객관적·총체적 인식을 전제한 데 반해 이상의 소설은 시작부터 주인공의 현실 인식 한계를 명시한다.

모더니즘 문학과 예술은 인간 이성의 명징한 인식·외부 세계의 개척과 변형을 통한 주체의 확장 등의 근대적 기획에 근본적인 의문을 제기하면서 출발한다. 3인칭 시점이 작가의 세계관이 반영된 서술자의 서술에 객관적이고 중립적인 권위를 부여하는 데 반해, 이상과 박태원 등 모더니즘 작가의 작품에 나타난 1인칭 시점은 주인공의 내면을 주관적으로 기술하면서 외부 세계에 대한 명징한 인식에 대해 데카르트적 회의를 던지고 있다. 자본주의와 식민주의·봉건적 잔재가 동시에 공존하는 식민지 조선의 현실은 일개 주체의 인식 범위를 급속히 추월하고 있었다. 이러한 식민지 현실은 김동인으로 하여금 역사소설의 가상적 공간으로, 젊은 모더니즘 작가들은 외부의 급격

---

31) 이상, 『이상 전집 3』, 권영민 엮음, 문학에디션뿔, 2009, 19쪽.

한 변화에 끊임없이 분쇄되는 내면적 공간으로 떠나보냈다. 데카르트의 회의는 의심할 수 없이 분명한 인식론을 위한 방법적 회의였지만, 1930년대 모더니즘의 회의는 애써 수입해온 근대의 기획마저 왜곡되고 파괴되고 있었던 식민지 조선의 현실에 압도당한 결과였던 것이다. 이러한 1인칭 시점의 모더니즘적 속성은 현대소설이 주로 주인공 화자의 내면서술을 중심으로 삼은 시점을 취하는 이유를 짐작케 한다.

한국 근대소설의 현대적 언설체계言說體系는 언해문 형식을 탈피하고 맞춤법 정리를 거쳐 3인칭 전지적시점과 모더니즘적 1인칭 시점을 취하는 등 다양한 정치·사회적 과정을 통해 성립, 발전하였다. 이 과정에서 한국 근대 소설의 현대적 언설체계 형성에 일본어 번역이 중요한 역할을 담당했음을 알 수 있다. 3인칭 전지적시점과 종결어미 등 근대 최초의 현대적 문체를 획득한 이광수의 문체는 일본어 습작 「사랑인가」를 통해 얻어진 것이었다. 이후 김동인·염상섭·이상 등이 식민지 조선의 현실을 반영하는 다양한 창작을 시도하나, 기본적으로 이광수가 도입한 현대적 문체의 토대 위에서 이루어졌다.

이 때의 일본어 사용은 근대 지식을 흡수하는 도구적 차원의 이중어사용에 머물러 있었다. 그러나 일제 치하에 태어나 일본어 교육을 받고 자라난 세대의 작가들에게 일본어는 도구적 사용의 차원을 넘어서는 것이었다. 이들은 조선어를 모어로 삼았으나 근대어는 일본어였다. 이들은 지식 획득을 위해 일본어를 따로 공부한 일제 초기 문인들과 달리 학교 교육 체제를 통해 일본어를 학습했기 때문이었다. 이러한 일제 말기 문인들의 이중어의식을 살펴보기 위해서는 1930~1940년대 식민지 조선의 이중언어 현상과 일본어 창작을 둘러싼 역사 이해가 선행되어야 한다.

3. 1930~1940년대 이중언어와 일본어 창작

1930년대 말에 이르러 일제의 일본어의 국어화 정책이 강제되면서 조선어는 위기에 봉착했다. 일제는 학교에서 조선어를 선택과목으로 지정하고 조선어 매체를 통폐합하는 등 학교 교육과 인쇄 자본주의 양쪽에서 조선어를 억압했다. 동시에 조선어 매체의 일차 생산자인 문인들에게 일본어 창작을 강요했다.

일부 일본 연구자들은 조선어 말살 정책에도 불구하고 일본어 사용률이 20퍼센트에도 이르지 못했다는 주장[32]을 펴고 있다. 그러나 이는 문자문화와 구술문화의 차이를 이해하지 못한 단견에 불과하다. 당시 식민지 조선에서 문자를 해득하고 신문 매체를 구독하는 계층은 극히 일부에 불과하나, 이들은 조선의 문자문화를 주도하는 중요한 역할을 맡고 있었다. 근대 문명에서 문자문화의 중요성을 생각하면 문자문화를 점유하는 언어가 조선어인지 일본어인지 구별할 필요가 있다. 그러한 면에서 일제 말기 식민지 조선에서 일본어는 일제 국가 권력의 힘을 빌어 상당한 점유율을 확보하고 있었으며 조선어는 말살당할 위기에 처해 있었다.

학교를 통한 조선어 보급은 분명 효율적이고 근대적 언어로서 조선어 확립에 유리하였지만 일본어와의 수직적 위계 관계를 피할 수 없었다. 조선어학회는 일본 식민권력과의 협력관계를 통하여 조선어를 보급하고 자신들의 학설을 관철시키는 데 성공하였다. 그러나 일본의 근대 학교 체제가 내포하고 있는 일본어와 조선어의 수직적 위계 관계 속에서 조선어를 보급해야 했기에 1940년대 일본의 조선어 말살 정책에 효과적으로 대응하기 쉽지 않았을 것이다.

---

32) 미쯔이 다카시, 앞의 논문.

　　1911년 총독부는 제1차 조선교육령을 공포하였다. 조선교육령은 교육칙어에 강조된 충성스러운 국민을 길러내기 위한 구체적인 사항을 명시하고 있다. 그중 일본어 교육에 대한 사항을 보면 제8조 '보통학교는 국민교육의 기초가 되는 보통교육을 시키는 곳으로서 신체의 발달에 유의하고 국어(일본어)를 가르치며 덕육을 베풀어 국민된 성격을 양성하고……' 등, 일본어 교육이 보통교육의 주요 내용임을 명시하고 있다. 11년 뒤 1922년 공포된 제2차 조선교육령에는 '국어를 상용하는 자'와 '국어를 상용하지 않는 자'를 구별하는 정책이 제시되어 있다. 이는 '국어를 상용하는 자'의 보통교육은 일본 제국에서 시행되는 '소학교령', '중학교령', '고등여학교령'의 적용을 받는 것으로, 식민지 조선의 일본인 교육은 조선 내 법령이 아닌 일본 법령을 따르게 되는 것이다. 그러므로 '국어를 상용하는 자'와 '상용하지 않는 자'는 사실상 각각 일본인과 조선인을 칭하는 것으로 민족별 별학 체제를 암묵적으로 인정하는 셈이었다.33) 1922년 2차 조선교육령에서는 일본어가 필수과목으로, 조선어가 선택과목으로 강등되었다. 이후 1938년 공포된 3차 조선교육령은 모든 보통학교를 일본의 법령 하에 둠으로써 명목상의 조선인과 일본인의 구별을 없앴다. 이것은 일본의 교육 법령을 조선 내의 모든 보통학교에 적용함으로써 공용어 교육을 일본과 동일한 내용과 조건으로 시행된다는 것을 의미했다. 1938년 3차 조선교육령에서는 조선어 과목이 전면 폐지된다. 군국주의 파시즘 국가로 나아가던 일본이 내부의 이질적인 요소, 즉 조선어를 말살해야 했기 때문이다.

　　조선어 연구자들은 일단 학교 교육을 통해 조선어 배포와 교육에

---

33) 국가기록원 나라기록포털 '조선교육령' 검색 결과.
　　http://contents.archives.go.kr/next/content/listSubjectDescription.do?id=008020.

성공하였다. 그러나 조선어 보급을 일본이 통제·관리하는 학교 교육 체제에 의존함으로써 1922년 제2차 조선교육령 이후 조선어는 학교에서 배울 길이 상실되고 만다. 이러한 결과는 당대인들도 예견하고 있었던 바인 만큼 일본 학교 교육 체제와의 공조 외에는 뾰족한 방도가 없었을 것이다. 그럼에도 불구하고 일본 교육 체제 의존으로 인해 3차 조선교육령 이후 조선어 교육 기반이 대부분 상실된 것은 식민지 권력과의 길항관계에서 발생한 필연적인 결과로 봐야 할 것이다.

그렇다면 당시 문인들의 일본어 사용 현황은 어떠했을까. 호테이 토시히로의 연구[34]에 따르면 1902년부터 1945년까지 시·소설·수필·희곡·르포·동화·사담(역사 이야기)까지 포함한 조선인의 일본어 작품은 총 419편에 달한다. 한반도에서 발표된 작품이 225편, 일본 내 발표작이 194편이다. 한반도 작품이 1942년에 이르러서야 45편으로 숫자가 급증한 데 비해 일본 내 발표작은 1934년 10편을 시작으로 꾸준히 증가했다.

호테이 토시히로는 일본 내 발표작 증가의 이유를 일본어 창작 작가의 대거 등장이 아니라 장혁주라는 다작 작가의 출현으로 보고 있다. 일본 내 발표작 증가는 장혁주가 많은 작품을 발표한 것이지, 갑자기 일본 문단에 조선인 작가가 많아진 것은 아니다. 전체 작품 수에서 장혁주와 김사량 두 사람의 작품이 약 44%를 차지하고 있다.

조선에서 발표된 일본어 작품은 1942년 세 배 가량 급증했다가 1944년을 기점으로 다시 3분의 1 수준으로 급감했다. 10편 이상 쓴 작가는 이석훈·정인택·이무영·최병일 등 4명이며 이들이 약 35%를 차지한다. 그리고 4~9편을 쓴 작가도 11명으로 전체 수에서 약

20%를 차지하고 있다. 2~3편을 쓴 작가는 50%를 차지한다. 이 통계로 보아 작가군이 넓게 분포되었으며 한 사람이 작품을 도맡아 양산하는 현상은 나타나지 않는다.

소계	조선	일본
1935	0	11
1936	1	15
1937	2	10
1938	0	7
1939	10	10
1940	7	25
1941	16	31
1942	45	19
1943	49	19
1944	53	3
1945	10	2

(호테이 토시히로, 같은 논문, 18쪽 부분 인용)

한편 근대 문인들의 일본어 습작 현황을 단적으로 보여주는 예도 있다. 『淸凉』지는 경성제국대학 예과 학우회 문예부 부회지로 1925년 5월 18일에 창간되어 1941년 『詩歌號』를 종간으로 30호까지 간행된 동인지이다. 이 동인지는 시·소설·희곡·평론 등 다양한 장르의 작품을 싣고 있다. 또한 유진오·이효석·최재서·김태준·조용만 등 후일 이름을 날리는 문인들의 작품이 게재되어 있다. 이 동인지에 총 시 15편·소설 14편·평론 3편·논문 2편의 일본어 작품이 실렸다. 유진오는 이 동인지에 대해 다음과 같이 회상하고 있다.

나나 내 나이또래의 사람들은 일본유학은 안 갔지만 처음부터 일본어를 통해 문학 공부를 한 때문에, (중략) 그 때 우리 문단에서 흔히 보던 외국문학에 대한 입문적인 소개 같은 글들은 별 의미 없는 것이었다.

　　그러한 분위기와 기분 속에서 최초로 쓰여진 나의 문학작품은 「뮤즈를 찾아서」라는 일본어로 된 엣세이였다. 대학예과학생회의 기관지 『청량』 1925년 권두 엣세이였다. (중략)
　　그러나 그러한 글을 쓴 것은 한문 공부를 하다가 한시를 써 보듯이 일본어를 통해 문학을 공부하였으니 일본어로 작품을 써 보고 싶었을 뿐이었다. (중략)
　　나는 그 시간에도 아직 명맥을 유지하고 있는 우리말 잡지에 「가마」·「식모조」·「김포 아주머니」 등을 썼으나, 일본어로도 「남곡선생」과 「기차 안에서」의 두 작품을 썼다. 전에 자진해서 「뮤즈를 찾아서」나 「여름」을 쓰던 때와는 달리 이번에는 강요되어 쓰는 것이라 몹시 불유쾌했던 것은 말할 것도 없다.[35]

유진오는 당시 동인 활동에 대해 독특한 증언을 남기고 있다. 학생회 기관지였던 『청량』지는 조선인·일본인 구분없이 활동했지만 조선 학생들만으로 구성된 학생회와 동인지가 따로 있었던 것이다. 조선 학생 동인지 이름은 『文友』였다. 최재서·이강국·이효석 등도 『문우』에 단편소설과 한글론 등을 발표하였다. 이상옥에 따르면 『문우』는 1925년경에 창간되어 5호까지 발간된 계간지였으며 창간호부터 제3호까지는 유실되고 1927년 2월과 11월에 발간된 제4호와 제5호만 남아 있다.[36] 대학 내 동인지 현황에도 이중어가 나타나는 독특한 케이스라고 할 수 있다.

일본이 학교 교육을 확대함에 따라 취학률이 상승하여 1940년에는 조선인 남자 취학률이 60%를 넘었다.[37] 지식층과 함께 일반 대중사회의 일본어 구사력도 점점 높아졌다. 1930년대에 발표된 일련의 문

---

35) 유진오, 「작품해설」, 『한국단편문학전집② 유진오단편전』, 1978년 중판, 정음사, 44, 431~432, 436쪽.

36) 이상옥, 『이효석―문학과 생애』, 민음사, 1992, 229~230쪽.

37) 천정환, 같은 책, 213쪽.

학작품들을 살펴보면 대중들이 일상생활에서 일본어를 쓰는 모습을
자주 볼 수 있다.

> 하지만 점룡이는, 그 색깔이 희고, 눈가가 검푸르니 예쁘장하게
> 생긴 젊은 아이의 상판대기가, 이를테면, 비위에 맞지 않아, 그래 자
> 리에서 몸을 반쯤 일으키며,
> "우루싸이소[시끄러워]."
> 하고, 소리를 한 마디 버럭 질렀다.
> 　(중략)
> "리유―모 나시니, 람보―쟈 나이데쓰까[이유도 없이 너무 행패
> 부리는 거 아니오]?"38)
>
> 옥점이는 횡돌아간다. 신철이는옥점의이러한 대답을 듣기위하야
> 불어물엇던 것이다.
> 「웨그래요? 그이도 어머니가되겟지우」
> 「아라마―이야다와」39)

　박태원의 『천변풍경』과 강경애의 『인간문제』에서 일반 대중들이
일상 생활에서 일본어를 쓰는 모습이다. 『천변풍경』의 점룡이는 아
이스크림 장수이며 강서방은 한약방 주인이다. 『인간문제』의 옥점은
신교육을 받은 여학생이다. 옥점은 신여성으로 지식인 계층이라고
할 수 있으나, 강서방은 서울에 거주하는 부르주아 중산층이며 점룡
은 농민과 크게 다를 바 없는 노동자이다. 작품 내용상 일본어가 지식
인 계층부터 노동자층까지 일본어가 일상적으로 사용되는 것이다.
그렇다면 일본 관점에서 본 일본어 상용 정도는 어땠는지 살펴볼 필
요가 있다. 미야다 세츠코(宮田節子)에 따르면 다음과 같다.

---

38) 박태원, 『천변풍경』, 문학과지성사, 2006, 392~394쪽.
39) 강경애, 『강경애전집』, 연변대학교 조선문학연구소, 보고사, 2006, 451쪽.

1944년 3월 징병실시를 바로 눈앞에 두고 전라남도의 한 부락을 실태조사한 나카타니 타다오(中谷忠治)는 "그럭저럭 반년 이상의 예비훈련을 실시해" "징병검사의 예행연습에 모인 장정의"의 일본어 어휘는 "내지인의 두 살 반, 즉 세는 나이로 세 살짜리와 같은 정도"였다고 보고하였다. 더욱이 이것은 단지 한 부락의 상황만은 아니었다. 징병검사 종료직전인 1944년 8월부터 "국어는 전력이다"를 표어로 하여, 이번에는 "입대날에 후회하지 않도록," 다시 조선 전국에서 '국어상용 全解 운동'을 새삼 전개하지 않으면 안되었다는 사실은 '국어보급운동'의 참담한 '성과'를 말해주고도 남음이 있다.[40]

대부분의 지식인이 일본어를 구사했고, 무시할 수 없는 양의 일본어 소설이 발표되었으며 몇십 년에 걸친 식민 통치 기간 내내 일본어 초등교육을 실시했음에도 불구하고 일본 시각에서 일본어 상용도는 결코 만족스러운 정도가 아니었다. 일제가 조선인에게 일본어를 교육시킨 궁극적인 목적은 전쟁에 내보낼 군인을 양성하는 것이기 때문이었다. 일제는 조선인 징병제를 실시하기 전 자원병을 모집하면서 중산층 자녀의 입대를 기대하였다. 중산층 자녀의 자원입대를 기대한 이유 중 하나는 일본어 능력이었다. 전투 중 빚어지는 의사소통 차질은 사병의 생명은 물론 군사 작전 전체에 영향을 미치기 때문이다. 그러나 일제의 기대와 달리 조선인 자원병은 가난한 농민층이 대부분이었다. 생명을 담보로 하는 군인 지원자가 넉넉한 중산층 혹은 상류층에서 나오리라는 기대는 일제의 어이없는 착오였다. 농민층 자원자도 충성심보다는 가난을 벗어나려는 의도로 자원했으라 보는 것이 다수이다. 이러한 자원자가 전쟁 중 일본어를 능수능란하게 구사하리라고 기대할 수 없었다. 오히려 의사를 잘못 전달하여 아군들 간의 참사를 빚을지도 모른다는 우려가 전장에 퍼질 정도였다.

---

40) 미야다 세츠코, 『조선민족과 황민화 정책』, 이형랑, 일조사, 1997, 147쪽.

조선인 작가의 일본어 창작 문제가 처음으로 불거진 계기는 1938년 11월 『경성일보』의 좌담회 「조선문화의 장래와 현재」였다. 이 좌담회는 장혁주가 번역하여 일본에서 상연된 『춘향전』의 경성 공연을 앞두고 만주 여행길에 조선에 들른 일본인 문학자들과 조선인 문학자들의 모임에서 이루어졌다. 이 좌담회에서 정지용 유진오 임화 이태준은 조선적인 것이 일본어로 표현되기 힘들다는 주장을 폈으며, 장혁주와 하야시 후사오를 비롯한 일본인 작가들은 『춘향전』의 일본 성공을 근거로 일본어로 표현되지 못할 이유가 없다고 주장했다.

이 좌담회에서 이태준이 던진 조선어 창작 문제에 일본 작가들은 각기 애매한 답변을 내놓는다. '많이 팔리기 위해서는 내지어로(카라시마)', '밥먹는 데 곤란하지 않은 사람은 조선문으로(하야시)', '널리 읽히기 위해서는 국어(무라야마)', '대중을 대상에 두는 작가는 국어(아키타)' 등 대답이 각각이다. 이들 일본인 작가들도 조선 작가의 조선어 창작은 당연한 일이라고 생각했기에 내선일체와의 모순을 풀 수가 없었다.[41] 일본어와 일본 문학, 그리고 일본 국가의 강력한 삼위일체 속에서 조선인 작가의 일본어 창작이 이루어질 수 있는 이론적 토대가 마련되어야 했다.

1943년 1월 『국민문학』에 게재된 「국어문제회담」은 일본 국문학자자이자 경성제대 교수 곤도 도키치(近藤時司)와 시인 데라모토 기이치(寺本喜一), 경기고등여학교 교장 고토가와 히로시(琴川寬) 그리고 이무영과 이석훈을 대상으로 일본어 사용과 창작에 대한 설문 형식의 회담이다. 이 회담에는 당시 일본어 사용과 일본어 창작에 대한 일제의 의도가 잘 드러나 있다.

---

41) 윤대석, 「1940년을 전후한 조선의 언어 상황과 문학자」, 한국근대문학회, 『한국근대문학연구』 제4권 제1호, 2003, 155~156쪽.

　　일본인이라서 국어를 말하는 것이 아니라 국어를 말하고 국민생
　활을 함으로써 완전한 일본인이 될 수 있는 것입니다. (중략) 반도인
　들이 완전한 황국 신민이 되고, 대동아공영권 내 여러 민족의 지도자
　가 되기 위해서는 첫째로 몸 바쳐 국어를 말하고 국어생활자가 돼야
　합니다.42)

　'반도의 국어교육에 관한 근본 문제는 무엇인가'라는 설문에 대한
곤도 도키치의 답변에는 일제의 일본어 보급의 의도가 잘 드러나 있
다. 일본어 사용은 황민화의 첫걸음이기 때문이다. 일본어로 말하고
생각하지 않으면 일제의 진정한 충성을 바친다고 볼 수 없다. 여기에
조선인 작가들의 일본어 창작이 중요한 역할을 한다. 마키 히로시(牧
洋)라는 이름으로 창씨개명한 이석훈의 답변에는 일제 일본어 정책과
조선인 작가의 일본어 창작의 관계가 잘 드러나 있다.

　　조선어에 의한 대중 계몽은 물론 대단히 필요합니다. 그러나 대중
　계몽을 위한 조선어 사용은 자칫하면 국어보급과 상반되고, 모순되
　기 쉽습니다. (중략) 즉 국어보급으로 대중계몽을 저해하거나 혹은
　대중계몽이라는 명목으로 국어보급을 방해하게 되는 것입니다. (중
　략) 지겹게 되풀이하는 것 같지만, 오늘날의 대중계몽이 황민화라는
　한 마디로 수렴되면 문제는 자연스럽게 분명해집니다.43)

　이석훈의 답변에는 이제까지 일제 식민통치에 조선어가 유용한 역
할을 해 온 것은 사실이지만, 본격적인 황민화를 위해 조선어는 방해
가 된다는 생각이 드러나 있다. 여기에 가장 큰 방해물 중 하나는 조
선이 문학작품이다. 경기고등여학교 교상 고노가와 히로시는 같은

---

42)『좌담회로 읽는『국민문학』』, 문경연 외 역, 소명출판, 2010, 330~331쪽.
43) 앞의 책, 343~344쪽.

회담에서 일본어 사용에 문예물이 영향을 미칠 수 있다는 점을 인식하고 '교사들이 권장하여 더욱 안전한 문예소설을 권장하고 있다'고 답하고 있다.

위의 회담을 살펴볼 때 일제의 일본어 창작 강요는 문학적 필요와 거리가 멀다. 조선 작가들의 일본어 창작을 통해 일제는 황민화를 통한 식민통치 장기화를 도모하였던 것이다. 이제까지 조선어는 일본어 번역을 통하여 현대적 문체를 획득하였고, 조선어학회의 맞춤법 통일안과 인쇄 자본주의를 통하여 근대적 정본 언어의 위치에 다다를 수 있었다. 그러나 1930년대 말에 접어들면서 일본어 매체가 늘어나기 시작했으며 일반 대중들 사이에서도 일본어 해득률이 높아지기 시작하였다. 이에 일제는 황민화를 통한 식민통치 장기화를 위해 일본어 국어화 정책을 실시하고 조선 작가들에게 일본어 창작을 강요하였다.

식민지 조선 작가의 일본어 창작은 위와 같이 일제의 강압이 첫째 이유이나, 식민지 지식인이 이중어 사용자가 아니라면 이루어질 수 없는 일이기도 하였다. 식민지 지식인은 이중언어 사용을 통하여 근대 국가와 근대 문학 모형을 모국에 수입하는 역할을 수행했기 때문이다. 식민지 지식인의 이중언어는 도구적 차원에 머물지 않고 지식인의 언어의식에 영향을 미쳤다. 식민지 지식인의 이중언어 사용은 도구적 차원의 이중어 사용이 아니라 언어의식에 영향을 미치는 보다 복잡한 개념의 이중어의식으로 볼 수 있다. 그리고 일제 말기라는 특수한 식민지적 상황을 분석하기 위해 사회적 맥락에 따라 언어 사용 양상이 달라지는 이중어의식 개념이 요청된다.

4. 식민지 지식인의 이중어 의식과 김사량

본질적으로 모든 인간은 이중언어자(diglossia)이다.44) 이때 이중언어
는 일반적인 의미를 넘어서 보다 중첩적인 '이중어 의식diglossia'을
의미한다. 일반적인 의미의 이중언어는 '이중어 사용bilingual', 즉 두
개 언어 사용이나 그 사용자를 일컫는다. 주로 두 개 언어의 사용 능
력 혹은 사용 능력을 갖춘 사람을 표현할 때 쓰이는 용어이다. '언어
의'라는 의미의 형용사인 'lingual'에 두 가지라는 의미의 접두사 'bi-'
가 결합하여, 두 가지 언어를 구사할 수 있는 능력과 그 사람을 가리
키게 된다. 여기서 '이중언어'의 의미는 한 개 이상의 언어를 구사하
는 사용 능력에 초점이 맞추어져 있으며, 두 언어와 사용자의 의식의
관계성까지 포함하지는 않는다. 따라서 'bilingual'은 언어의 도구적
의미의 언어 사용 능력 확장을 주로 의미하게 된다.

이와 달리 'diglossia'는 상황에 따른 두 개의 다른 언어나 한 언어의
두 가지 다른 형태 사용을 가리킨다.45) 두 개 이상의 공용어를 사용하
거나 표준어와 방언이 병존하는 사회를 표현할 때에도 사용된다. 두
개 언어 사이에 위계 혹은 상호 영향 관계가 있는 경우에도 'diglossia'
가 사용된다. 즉 'diglossia'에는 두 언어의 관계성과 사회적 맥락이 포
함되어 있다. 두 언어는 단순한 도구적 차원을 넘어 사회적 맥락에 따
라 사용자의 언어의식을 재구성하게 된다. 재일교포를 비롯한 디아

---

44) 정백수는 '인간은 언제나 언어의 외부에 놓여 있으며 모든 언어는 외국어일 수밖에 없다'
고 지적한다. 정신과 언어의 근본적인 긴장관계는 김사량 문학 연구의 기본적인 해석틀
이다. 정백수, 앞의 책, 373쪽.

45) 민현식, 「표준어와 언어정책론」, 『남천박갑수교수 정년퇴임논문집』, 2007, 655쪽. 언어
학자 찰스 퍼거슨은 1959년 사회 상황에 따라 사용 언어가 달라지는 상황별 이중언어 사
용이라는 의미의 diglossia라는 개념을 발전시켰다.

스포라인은 도구적 차원의 두 개 이상 언어 능력을 갖고 있으므로 'bilingual'이지만, 사용 언어를 사회 상황에 따라 결정한다는 면에서 동시에 'diglossia'이기도 하다. 그러므로 'diglossia'는 언어의 사회적 맥락과 그에 따른 사용자의 내면 변화에 초점을 맞춘 '이중어 의식'으로 번역할 수 있다.

모든 인간은 자기만의 언어를 가지고 있으며, 표준어를 학습하여 그것을 다듬어 의사소통수단으로 사용한다. 이러한 측면에서 볼 때 모든 인간은 자기만의 언어와 표준어라는 두 가지 언어의 이중어 체제에서 살아간다고 가정할 수 있다. 이러한 이중어 체제는 지식인의 정신 세계에 매우 중요한 역할을 한다. 앤더슨은 식민지 지식인의 이중어에 대해 다음과 같이 설명하고 있다.

> 지식인 계층이 식민지에서 민족주의의 발생에 중심적이었다는 것은 일반적으로 알려져 있다. (중략) '지식인 계층'의 전위적 역할은 그들의 2개 언어에 대한 해독력, 즉 문자 해독력과 2개 언어 병용에서 유래했다는 것도 일반적으로 알려져 있다. 2개 언어를 사용할 수 있다는 것은 유럽 국가 언어를 통해 넓은 의미에서는 현대 서구문화에, 구체적으로는 19세기에 다른 곳에서 발달한 민족주의, 민족임(nation-ness), 그리고 민족국가의 모형들에 접할 수 있었음을 뜻했다.[46]
>
> 이중언어를 사용하는 지식인으로서, 무엇보다도 20세기 초 지식인으로서, 그들은 교실 안에서나 밖에서 일세기가 넘는 아메리카 대륙과 유럽 역사의 격동적이고 혼란스러운 경험에서 민족, 민족됨, 민족주의의 모형에 접근할 수 있었다. (중략) 마지막으로, 자본주의가 물리적 지적 통신수단을 급속도로 변형시키자 지식인들은 글을 모르는 대중에게뿐만 아니라 다른 언어를 읽을 줄 아는 대중에게도 상상의 공동체를 선전하는 데에 인쇄물 사용을 우회하는 방법을 발견했다.[47]

---

46) 베네딕트 앤더슨, 앞의 책, 152~153쪽.

식민지 지식인의 이중어의식은 근본적으로 정치역학적 토대 위에 놓여 있다. 식민지 지식인은 식민자 언어—유럽어·영어·일본어—를 통해 근대적 지식을 습득하고 식민지에 번역한다. 해외 유학을 통한 외국어 습득과 외국 박사 학위 취득, 유럽과 미국 문화 체험, 귀국 후에도 외국어 실력을 통해 수입하는 식민 본국의 지식과 동향 등은 비단 식민지 시대뿐만 아니라 현대 한국에서도 벌어지는 일들이다. 자기가 태어난 국가와 모어 시스템 내에 안착하여 자기 언어를 발전시키기만 하면 되는 식민 본국 지식인과 달리 식민지 지식인은 외부 언어/식민 본국 시스템에서 지식과 언어를 번역하여 자신의 민족어/피식민지 시스템 안에 이식하는 역할에 머무른다. 이러한 상황에서 식민지 지식인은 이중어의식에 그치지 않고 지식인의 사회적 조건을 선결짓는 기능적 의미의 이중어사용의 틀에 갇히게 된다. 간단히 말해 외국어를 못하면 지식인 노릇을 할 수 없다.

식민지 지식인뿐만 아니라 자기만의 세계관과 언어를 구축한다는 점에서 식민주의 국가의 지식인도 일종의 이중언어자이다. 모든 예술가와 지식인은 자기만의 언어를 갖고 있기 때문이다. 이들의 자기만의 언어와 외부 세계를 상징하는 공통 언어는 서로 충돌을 일으키며 변증법적 관계를 구축한다. 그러나 식민주의 국가의 지식인은 이중어를 사용하지 않는다. 그들의 모어는 이미 근대 지식을 생산하는 언어이기 때문이다. 그에 비해 식민지 지식인은 식민 국가의 언어를 습득하면서 동시에 자기 언어를 만들어야 할 이중적 상황에 놓인다. 앤디슨은 스위스인들에게 독일이와 프랑스이가 유입되는 예를 설명하면서 다음과 같이 말하고 있다.

---

47) 베네딕트 앤더슨, 앞의 책, 181쪽.

> 우리는 여기에서 '제2언어'가 이전의 식민통치자의 언어가 아니
> 고 강대한 이웃의 언어라는 단 한 가지의 차이를 빼고는 근본적으로
> 모잠비크의 상황과 그리 다르지 않은—이중언어를 구사하는 정치적
> 계층이 여러 단일어만을 구사하는 대중 위에 군림하는—상황을 보
> 고 있다.[48]

식민지 지식인들이 '제2언어'를 통해 수입한 서구 자본주의 민족국
가 모형은 대중들을 동원하는 효과적인 수단으로 작용하였다. 식민
지 조선에서 일본어는 정치적 · 경제적 · 문화적 우위를 지닌 채 지식
인들이 지식을 수입하는 주요한 통로가 되었다. 이중어를 사용하는
민족주의 지식인들이 제2언어를 통하여 습득한 민족국가 모형을 대
중에게 전달함으로써 기대한 결과는 역설적으로 단일 언어를 사용하
는 민족국가 형성이었다. 식민지 지식인들은 자신들이 이중언어를
사용했지만 동일한 언어를 사용하는 대중으로 이루어진 민족국가를
꿈꿨던 것이다. 표준어 제정을 통한 방언 배제, 철자법과 문법 및 어
법 통일, 3인칭 전지적 시점 등을 통한 현대적 문체 도입이 단일 언어
형성의 주요 요소이다. 식민지 지식인층은 식민 지배 국가와 서구 자
본주의 민족국가의 모델을 빌어 자신들이 형성할 독립 국가의 틀을
성성하였다. 그 핵심은 물론 언어였다.

> 여러 변종 및 불완전한 방언들을 초월해 존재하는 언어라는 일종
> 의 형이상학적(platonic) 관념을 민족과 신비롭게 동일시하는 것은 방
> 언을 실제로 사용하는 기층 민중이 아닌 민족주의적 지식인의 이데
> 올로기적 신출물의 특성을 나타낸다. (중략) 그것은 문자해득층의
> 개념이지 실재적 개념이 아니다.[49]

---

48) 베네딕트 앤더슨, 앞의 책, 179쪽.

49) 에릭 홉스봄, 앞의 책, 83쪽.

특정 방언—교양있는 사람들이 두루 사용하는 서울말—을 표준어로 제정하고 그 언어를 공통적으로 사용하는 동질한 공동체는 실체하는 선험적 존재가 아니라 독립 국가를 구상하는 지식인의 관념에 가깝다. 대중을 동원할 정치 권력을 가지지 못한 식민지 지식인들은 대신 언어를 통하여 호소하였다. 표준어 제정 작업에 언론 매체가 교사와 학생 참여를 독려한 것도 같은 맥락이다.

근대사회에서 언어 시스템은 그 언어의 문화적 환경이기 때문에 두 개 이상의 언어 사용자는 필연적으로 그 언어 시스템의 영향을 받게 된다. 이러한 영향은 언어의 도구적 차원을 넘어 사용자의 내면에 영향을 미친다. 이중어의식은 각 사용자가 처한 환경과 의식에 따라 내용을 달리한다. 하나의 언어 시스템은 폐쇄적으로 발전하지 않고 외부 언어 시스템과 접촉하면서 영향을 주고받기 때문이다.

근대 역사에서 국가는 구성원의 통합을 위해 민족어를 적극적으로 지원·육성해왔다. 그러나 소위 문화통치라고 일컬어지는 기간에도 조선어는 국가의 지원없이 극히 소규모의 문인과 독자 그리고 학자들에 의해 명맥을 유지했다. 당시 식민지 현실에서 조선어는 문화적으로나 정치적으로나 일본어보다 열등한 위치에 처할 수밖에 없었다. 더구나 일제가 중국 침략 전쟁을 시작하면서 조선어는 노골적인 탄압을 받게 된다. 전쟁 말기 일본 작가들이 조선 작가들에게 일본어 창작을 노골적으로 권유하는 등의 포섭행위 저변에는 일본어의 우월의식이 깔려 있었다. 일제 말기 식민지 조선의 이중어의식을 논할 때에는 반드시 두 언어의 역학 관계를 두어야 한다.

식민지 시기 내내 일본어는 지식 습득의 주요한 수단이었다. 식민지 조선 지식인들은 일본어를 통해 민족국가와 근대문학 모형을 습득하여 한반도의 대중들과 조선어에 적용했다. 식민지 조선의 문인들은 조선어와 일본어 두 언어 시스템의 길항관계 속에서 창작에 임해야 했다. 한국 근대문학이 일본어 습작을 통하여 근대문학 모형을 습득하였기 때문이다. 더구나 일제 말기 일본어 창작을 강요당하면서 이중어사용은 이전과 또 다른 양상을 띠게 되었다. 일제 말기 문인들은 두 언어 시스템을 오가면서 글을 써야만 했다.

식민지 조선의 지식인에게 일본어는 민족국가 모형에 접근하는 주요한 통로였다. 또한 일본어 습작을 통해 근대문학 모형을 학습할 수 있었다. 이중어를 구사하는 식민지 지식인은 유럽어를 통해 민족주의와 민족국가, 그리고 서구 자본주의 모형을 대중들에게 전달했다. 근대문학의 모형도 민족국가의 중요한 요소 중 하나였다. 표준어는 근대문학을 통해 비로소 추상적 질서 체계에서 근대국가 이데올로기가 투영된 구체적인 이미지 체계가 될 수 있기 때문이다.

일본의 경우 중국 침략에 돌입하면서 문학을 민족주의 국가 선전 도구로 적극 이용하였다. 식민지 조선도 제국주의 저항 담론을 형상화하기 위해 문학을 호명하였다. 대중들은 자신들이 사용하는 언어로 쓰여진 문학과 매체를 소비하면서 동질감을 형성했다. 식민지 조선 지식인은 일본어를 통하여 근대 국가 모형과 근대 문학의 틀을 습득하였다. 식민 본국의 언어를 통하여 근대 지식을 끊임없이 수입해야 하는 식민지 지식인은 사회 상황에 따라 두 개 이상의 언어를 사용해야 하는 점에서 이중어의식을 지녔다고 보아야 한다. 식민지 조선 지식인이 지닌 조선어와 일본어 두 개 언어의 이중어의식은 근대 문학 형성에 영향을 미치지 않을 수 없었다.

일본어는 국가 공용어이자 문자문화를 향유하는 지식인층부터 도시노동자에 이르기까지 널리 쓰이는 반면, 조선어는 충분한 문자문화도 축적하지 못한 상태였다. 이러한 상황에서 경술국치 이후 세대는 일본어와 조선어가 상하 위계를 이룬 이중언어 환경에 처하였으며 언어 사용 및 창작 과정에서도 이중언어 상황을 경험하였다.

김사량의 일본어 글쓰기는 이러한 상황에서 생겨난 이중어의식을 바탕으로 하고 있다. 김사량에게 모어는 조선어였으나 근대어는 일본어였다. 이러한 이중어의식은 김사량의 문학을 이루는 핵심이다. 김사량의 이중어의식은 언어의 도구적 차원에 국한되지 않고 식민지 조선 사회와 계층을 깊숙이 파고든다. 김사량은 자신이 사용하는 두 가지 언어가 조선과 일본 사회를 이루는 다양한 층위들에서 발현 및 변형되는 양상을 관찰하고 작품으로 형상화하였다. 다음 장에서는 이러한 김사량의 이중어의식이 작품화되는 양상과 망명에 따른 변화를 분석할 것이다.

Ⅲ. 김사량의 이중어 창작

1. 김사량 문학의 연구 방향

김사량은 1914년 평양에서 태어났다. 그는 중학교 시절부터 미국으로 건너가 영어로 소설을 창작하는 꿈을 가지고 있었다.[1] 이러한 김사량의 꿈은 어머니의 영향에서 비롯되었음을 추측할 수 있다. 김사량의 어머니는 당시로서는 드물게 미국에서 공부한 조선 여성이자 기독교인이었다. 김사량 본인은 기독교인이 아니었으나 일본이 미국과 대적하던 전시 상황에서 영어 창작의 욕구를 쉽게 내비칠 수 없었을 것이다. 그러나 그의 미국에서 영어로 소설을 쓰고 싶다는 희망에 어머니의 영향이 있었음을 추측할 수 있다.

이러한 김사량의 꿈은 1931년 17세 때 보통학교 스트라이크 참여로 퇴학 처분을 받고 깨어졌다.[2] 미국으로 건너가는 대신 김사량은

---

1) 안우식, 『김사량 평전』, 심원섭 역, 문학과지성사, 2000, 74쪽.

형 시명의 도움으로 구제舊制 사가[佐賀] 고등학교 문과에 입학하고 1년 뒤 1935년 첫 번째 일본어 소설「토성랑」을 썼다. 1936년에 도쿄제국대학 문학과 독일문학과에 입학한 뒤 이마이 교헤이(今井京平)·우메사와 지로(梅澤次郎) 등과 동인 '제방'을 만들고 같은 이름의 잡지를 발행했다. 1940년「빛 속에」가 아쿠타가와상 후보에 오를 때까지 약 5년 동안 김사량은 소설·희곡·수필·조선문학작품 번역 등 도쿄에서 다양한 활동을 벌였다.

「빛 속에」의 성공으로 장혁주에 이어 일본 주류 문단에서 활동할 기회를 얻게 된 김사량은「천마」·「풀숲 깊숙이」·「향수」등 일제 말기 식민지 조선의 현실을 그린 작품을 발표하면서 이광수의「무명」을 번역하는 등 조선 문학을 일본에 소개하였다. 또한「유치장에서 만난 사나이」와「지기미」·「십장꼽새」등 재일 조선인을 소재로 한 작품과「며느리」·「천사」·「물오리섬」등 조선 토속적인 색채가 물씬 풍겨나는 작품들을 발표하는 등 활발한 활동을 벌였으나 일제 탄압이 심해지자 1945년 5월 중국 연안으로 탈출한다. 연안에서 조선 의용군에 들어간 김사량은 무장독립투쟁을 전개하는 한편 항일 르포 문학의 걸작인「노마만리」를 썼다. 해방 뒤 조국에 돌아온 김사량은 평양에 머물면서 반식민주의 투쟁을 다룬 희곡「호접」·「봇똘의 군복」을 발표하고,「마식령」·「차돌의 기차」·「칠현금」등 새로운 조국 건설의 의지가 담겨 있는 단편을 썼다. 1950년 김사량은 종군작가로 복무하다가 36세의 나이로 강원도 원주 부근에서 심장병으로 낙오한 뒤 실종되었다.

김사량은 1922년 공포된 제2차 조선교육령 하에 이루어진 식민지

---

2) 안우식, 앞의 책, 351쪽.

교육을 받으면서 일본어를 습득하였다. 또한 미국에서 영어로 소설을 쓰고자했던 꿈으로 미루어보아 김사량은 영어에도 관심이 많았던 것으로 보인다. 기본적으로 그는 창작의도에 따라 언어가 선택된다는 생각을 갖고 있었다. 이러한 김사량의 언어의식이 생겨난 이유에 대해 몇 가지 추론이 가능하다. 첫째 어릴 적부터 영어를 통하여 반도와 내지 외의 또 다른 세계에 눈떴을 것이다. 물론 1930년대 조선 지식인들은 일본어 외에도 다양한 언어를 접하고 구사할 수 있었다. 이들에게 외국어는 주로 새로운 지식과 문화를 수입하는 도구였으나 국가 권력의 보호를 받지 못하는 조선어를 침해하는 존재이기도 하였다. 또한 조선어만 사용하는 하층민과 지식인을 구분하는 계급적 상징이기도 하였다.

이에 비해 김사량에게 일본어를 비롯한 외국어는 새로운 독자에게 자신이 살아가는 민족과 지역의 이야기를 전달하는 통로를 의미했다. 그리고 식민 지배자의 언어를 통해 식민주의의 모순을 드러내는 무기이기도 했다. 김사량의 일본어 작품은 조선 민중의 삶을 생생하게 그려내어 식민지 통치의 불합리를 우회적으로 고발하거나 민족적 노스탤지어를 묘사하고 있다. 문학작품의 형식을 빌어 식민지의 상황을 식민주체의 언어로 재현하는 행위는 그 자체로 정치적인 글쓰기라고 할 수 있다.

이러한 김사량의 언어의식은 당시 일본 문단에서 활동하던 장혁주의 영향이 컸다. 장혁주3)는 조선 민중의 참혹한 삶을 자연주의적 필

---

3) 장혁주(1905~1997)는 1932년 일본에서 『개조』로 등단한 뒤 창작집 『권이라는 남자』(1934)를 출간하는 등 일본 문단 주류에 진입한 최초의 조선인 작가이다. 조선 어민의 참혹한 현실을 그린 등단작 「아귀도」는 강경애와 김사량에게 영향을 주었다. 이후 장혁주는 조선어 창작을 시도하였으나 적응하지 못하고 친일행위를 거듭하다 해방 후 일본에 귀화하였다.

치로 생생하게 그려내어 일본 문단의 주목을 받았다. 이후 두 사람의 행보는 첨예하게 갈리지만 당시 김사량은 장혁주가 보여준 '조선적인 것'의 일본어 재현 가능성에 고무되었을 가능성이 높다.

일본인에게 조선의 실상을 전달하고 조선인과 나란히 읽을 수 있는 소설을 쓰려는 김사량의 의도는 충분히 실천될 가능성을 지니고 있었으나 일본 제국주의는 그것조차 허용하지 않았다. 김사량이 친일행위를 강요당한 끝에 탈출한 것은 일본어 창작이 식민지 현실 탈출의 궁극적인 돌파구가 될 수 없었던 상황을 시사한다. 김사량이 보호관찰 등의 탄압 이후 일본어 창작에 싫증을 냈다는 기록4)으로 미루어 굳이 일본어로만 창작을 고집했던 것 같지 않다. 탈출 이후 김사량은 한국어로 활발한 창작을 벌였다. 김사량에게 언어란 시대의 요구와 창작 의도, 혹은 물리적 상황에 따라 선택될 수 있는 것이었다. 그에 비해 일제 말기 한반도에서 조선 작가들은 조선어 보존이 일종의 주권과 국체를 지키는 보루였으며, 친일파들에게는 마지막 넘어야 할 '고민의 씨앗' 같은 것으로 치부되었다.

이렇듯 조선어와 언어에 극단적인 시각이 대립하던 시기에 김사량은 상당히 유연한 언어의식을 갖고 있었다. 김사량은 언어의 형식적 미학에 집착하거나 민족현실과 민족어의 일대일 대응관계에 고착되는 대신, 창작 의도에 따라 자의적으로 창작 언어를 선택하였다. 당시 시대 분위기에 비해 김사량의 언어의식은 상당히 앞서가는 것이었다.

김사량은 조선어를 모어로, 일본어를 근대어로 인식하는 자신의 이중어의식을 날카롭게 인식했다. 그 의식은 조선이와 일본이 두 가지 이름을 가진 인물의 내면 갈등과 창씨개명한 식민지 조선 문인, 일

---

4) 안우식, 앞의 책, 256쪽.

본어 크레올화와 모어의 이상화 등 작품 속에서 다양한 양상으로 나타나 있다. 그의 작품에서 조선어와 일본어의 대립과 지식인의 분열적 이중어의식은 일관되어 나타난다. 김사량은 일본어 창작과 조선문학 번역, 조선어 창작과 일본어 재번역 등을 통해 모어―조선어와 근대어―일본어 사이의 간극을 뛰어넘으려 했다. 그러므로 김사량을 단순히 일본인 이상으로 일본어를 잘 하는 조선인 작가만으로 볼 수 없다. 김사량은 두 언어 시스템을 오가면서 민족과 국가에 얽힌 자신의 이중어의식을 깊숙이 자각하고 있었다. 다음 장에서는 김사량의 작품에 나타난 이중어의식을 분석하고 당시 식민지 조선의 현실과 연관지어 서술할 것이다.

2. 김사량의 언어 의식

1) 김사량 초기 문학의 언어 의식

김사량은 일본 문단에 데뷔하기 전 18편의 조선어 작품을 발표한 바 있다. 최광석5)에 따르면 1932년 6월부터 11월에 걸쳐 <매일신보>와 <동아일보> 독자투고란에 작품이 게재되었다. 이때 김사량이 투고한 작품은 동시 14편, 자유시 2편, 아동극 1편, 동화로 볼 수 있는 산문 1편이다. 꾸준한 투고로 미루어보아 그가 문단 데뷔를 원하고 있었다는 사실을 알 수 있다. 최광석은 게재가 중단되는 시점을 보아 김사량의 도일을 1932년 말경으로 추정하고 있다.

최광석에 따르면 조선에서 발표한 조선어 작품 중 동시는 주로 3음

---

5) 최광석, 「김사량의 습작기 문학연구」, 한국일본어교육학회, 『일본어교육』, 제32호, 2005.

보의 율격을 지닌 주관적 동심주의적 내용이며, 두 편의 자유시는 주로 카프 영향과 모더니즘 영향의 흔적이 뚜렷한 습작이다. 최광석은 이 중「그림자」를 김사량의 문학적 자질이 엿보이는 작품으로 꼽고 있다.

밉쌀마진 그림자
뉘몰줄아니
살금살금쌀아와
업혀볼내지

암만암만씨글대도
안업어준다
그냥그냥쌀아오니
엑— 이놈아

바보란놈그림자
뉘몰줄아니
전선대에기대고
안겨볼내지

암만암만마주서도
안안어준다
그냥그냥서잇니
엑— 이놈아[6]

위의 시는 뒤따라오는 그림자를 의인화한 내용으로 3음보 율격을 취하고 있다. 리듬감과 '엑— 이놈아'라는 댓구를 사용하여 동요적인 느낌을 한결 돋우는 작품이다. 최광석은 재치있는 묘사와 상당한 문

---

6) 김시명, 「그림자」, <매일신보>, 1932년 7월 2일자, 최광석, 위의 논문, 235쪽 재인용.

학적 성취를 이룬 운율로 보아 이 작품에는 문단에 등단할만한 자질이 드러난다고 평가하고 있다.

김사량이 문학 창작을 소설이 아니라 시로, 자유시가 아닌 동시로 시작했다는 사실은 그의 언어의식을 엿볼 수 있는 새로운 대목이다. 김사량이 동시를 쓴 이유는 최광석의 지적대로 당시 잡지『어린이』등의 아동문학의 유행도 있었다. 그러나 김사량이 성장한 언어 환경을 살펴보면 김사량도 여느 학생들과 마찬가지로 집안에서만 조선어를 사용하고 학교에서는 일본어만 써야만 했을 것이다. 조선어는 국어國語가 아니라 모어母語로서만 명맥을 유지할 수 있었다. 모어는 모친과 아동 사이에서 최초로 사용되는 언어이다. 아동은 모친과의 대화를 통해 모어를 습득한다. 이때 모친은 언어뿐만이 아니라 아동의 일생을 지배하는 애정과 관계 모형을 함께 전달한다. 아동이 습득하는 모어는 단순한 의사소통 수단이 아니라 모친과 아동의 긴밀한 애정관계를 실어 나르는 귀중한 대상이다. 이러한 습득 단계는 어느 언어 시스템을 불문하고 공통적이다.

그러나 일제 말기로 갈수록 공공영역의 일본어 권력이 심화되면서 조선어는 모어의 영역 밖으로 나올 길을 제한당했다. 그러나 한 번 습득된 모어를 버리기는 쉬운 일이 아니다. 김사량의 동시 창작은 그가 조선어를 모어로서 강력하게 인식하고 있었다는 증거이다. 이후 김사량은 동시와 아동극을 썼지만 일본어로는 동시를 쓴 적이 없다.

김사량은 사가 고등학교에 입학한 뒤 조선어로 쓴 7편의 동시와 2편의 수필을 <동아일보>에 발표했다. 그리고 사가고교 교우지『創作』9호에 일본어 자유시 두 편을 실었다. 그 뒤 김사량이 동시를 창작한 흔적은 없다. 두 일본어 자유시의 발표 연도는 확실치 않으나 김사량은 고교 재학 중간 시점인 1934년 최초의 일본어 소설 작품「토성랑」을 집필했다. 김사량은 이 작품을 언어에 자신이 없어 바로 발표하지 않고 발표 후에도 여러번 개작하기도 했다.

이 때는 김사량이 조선어 창작에서 일본어 창작으로 이동하는 시기라고 볼 수 있다. 같은 시일지라도 조선어로 동시를, 일본에 건너간 뒤 자유시를 일본어로 썼다는 사실은 모어와 근대어로 분리된 김사량의 언어의식을 드러낸다. 김사량의 모어는 조선어였으나 당장 처해있는 현실에서 사용하는 언어는 일본어였다. 일본 문단에 등단하기 위해 일본어 소설을 쓰고 언어에 자신이 없어 작품을 오래 묻어두는 등의 행적은 김사량이 일본어를 타고난 모어가 아니라 후천적으로 습득된 언어로 인식했다는 것을 시사하고 있다. 이후 김사량의 일본어 창작은 '조선적인 것'의 일본어 재현을 통해 자신의 모어를 근대어 시스템에 이해시키려는 부단한 노력으로 이어졌다. 조선어로 표현되는 모어적인 세계의 아름다움을 일본어 세계에 전달하고, 그 가치를 인정받음으로써 조선문학과 문화를 이어나가려고 했던 것이다.

김사량 작품을 분석하면 조선어와 일본어를 모어와 근대어의 대비 관계로 인식하고, 주제의식에 따라 작품 제재와 언어를 달리하는 이중어의식이 창작 초기부터 표출되는 모습을 관찰할 수 있다. 김사량은 단순히 일본어를 잘 하여 일본 문단에서 성공을 거둔 작가가 아니라 언어 시스템간의 긴장관계 속에서 자신의 존재를 찾아내려 시도한 작가이다. 김사량은 일본어로 글을 쓰면서도 조선어의 존재를 의식했고 조선어로 창작할 때에도 일본어 번역 가능성을 염두에 두었던 독특한 언어의식의 소유자였다. 김사량의 이중어의식은 단순히 언어에만 중점을 주는 텍스트 중심주의에 머물지 않고 조선과 일본의 식민지 관계가 섬세하게 반영되어 있기 때문에, 언어뿐만 아니라 당시 역사적 · 정치적 상황을 염두에 두고 작품을 독해해야 한다. 또한 작품에 따라 일본어의 크레올(creol)화가 나타나는 등 매우 복잡한 층위의 동시적 분석이 요구된다. 그래서 김사량의 작품을 독해하기 위해서는 양 언어 시스템간의 긴장관계를 염두에 둔 이중어의식의 개념이 필요하다. 다음 장에서는 「빛 속에」와 「향수」 그리고 김사량 자신이 직접 논술한 문예시평을 통해 그의 언어의식을 구체적으로 분석할 것이다.

2) 「빛 속에」[7]의 언어 의식

김사량은 1940년 「빛 속에」의 아쿠다가와상 후보로 일본 문단에 등단했다. 「빛 속에」는 조선·일본 혼혈 소년과 조선인 대학생과의 혈통을 둘러싼 정체성 문제를 담담하면서도 예리한 문체로 그려낸 작품이다. 이 작품은 재일조선인 정체성 문제를 적극적으로 제기하면서 조선어와 일본어 사이의 대치 관계에 놓인 이중어의식을 드러내는 매우 중요한 작품이다.

「빛 속에」를 본격적으로 분석하기 전에 일본 문단이 이 작품을 주목한 배경에 대해 살펴볼 필요가 있다. 1920년대 일본 문단은 대중문학의 성공으로 폭넓은 독자층을 확보한 데 반해 순문학 작가들은 그 입지가 위축되고 있었다. 한편 나프NAPF[8]는 대중문학과 프로문학을 결합시켜 대중문학이 확보한 광범위한 독자를 프롤레타리아 문학 진영으로 끌어들일 전략을 세우고 있었다. 그러나 1930년대 일본 작가

---

7) 본고는 1974년 일본에서 출간된 『金史良全集』을 기본 텍스트로 삼되 인용에서는 1989년 동광출판사에서 출간된 『김사량 작품집』을 저본으로 삼은 지만지고전천줄의 『김사량 작품집』(2008)에 실린 「빛 속에」를 사용한다.

8) 전일본무산자예술단체협의회 Nippona Artista Proleta Federacio의 약칭. 프롤레타리아 예술운동의 통일 조직으로 출발하여 작가동맹·극장동맹·미술가동맹·영화동맹 등 독립 단체의 협의체로 재조직되었다.

들은 대대적인 탄압을 받고 전향하면서 이전까지 프로문학으로 유인하던 대중을 정반대 방향, 즉 국가와 민족과 전통의 울타리로 포섭해야 할 처지에 놓이게 되었다. 국민문학론은 이러한 배경에서 탄생하였다.9)

국민문학론이 포섭할 대중은 일본인만이 아니었다. 완강하게 조선어를 고집하는 조선인도 중요한 포섭 대상이었다. 조선인들을 제국주의 파시즘에 동화시키기 위해서는 먼저 조선어 창작을 고집하는 작가들부터 전향시켜야 했다. 일본 제국주의는 조선어를 대동아공영권의 이질적인 존재로 간주하였고, 식민지 조선 작가들도 일본어와 조선어를 양립할 수 없는 대척관계로 생각하였다. 각종 문학자 대회와 대담 등에서 일본 작가들은 조선 문단에 일본어 창작을 강요하거나 지도를 자임하는 등 오만한 식민 제국주의적 행태를 드러냈다. 조선어 창작을 고집하던 작가들도 1938년 일본의 무한·삼진 함락10) 이후 내선일체에 동조하여 일본어 창작을 시작하거나 조선어로 친일적 내용의 작품을 쓰기 시작했다. 한반도의 '조선적인' 색채를 지우려는 일제의 강박관념과 전향 후에도 당국에게 끊임없이 충성을 증명해야 하는 일본 작가들의 절박함이 일본어 창작에 능한 조선인 작가의 발굴을 촉구했던 것이다. 이러한 조선과 일본 문단의 권력 관계는 김사량의 「천마」에서 생생하게 묘사된다.

한편 평양 출신인 김사량은 경성 중심의 조선 문단에 거의 알려지지 않은 작가였다. 이러한 무명 작가가 아쿠다가와상 후보에 오르자

---

9) 마에다 아이(前田愛), 『일본 근대 독자의 성립』, 유은경, 이원희, 이룸, 2003, 306쪽.

10) 무한·삼진 함락으로 중일전쟁은 일본에 유리한 국면으로 전환되었다. 이를 지켜보는 조선 시식인들은 일본의 농아시아 지배가 역사의 흐름이라고 판단하고 적극적인 친일로 돌아서게 된다.

친일파가 아니냐는 의구심이 일어나기도 했다. 내용 여부를 떠나 일본어로 글을 쓰는 것은 조선 문단에서는 충분한 비난을 받을 행위였다. 양쪽 문단 모두 조선인 작가가 일본어로 작품을 썼다는 행위를 각기 민족적·정치적 맥락으로 해석하느라 「빛 속에」라는 작품에 내재된 김사량의 '조선적인 것'에 대한 고민에 시선을 돌리지 않았다.

김사량은 이러한 시국과 아울러 두 언어 사이를 오가며 창작하는 자신의 위치를 예민하게 인식하고 있었다. 이러한 내면 인식이 「빛 속에」서는 조선과 일본 두 가지 이름을 가진 주인공을 형상화 시켰다. 그러나 「빛 속에」에서 김사량은 두 언어 시스템 중 하나를 선택하는 대신 근대성의 추구로 갈등을 초월하려 시도했다. 「빛 속에」는 이러한 언어와 민족, 문화간의 갈등을 근대성의 추구로 해결하고자 하는 작가의 의지가 표출된 작품이다.

「빛 속에」의 기존 평가를 요약하면 다음과 같다. 황봉모11)는 「빛 속에」에 등장인물들이 자신의 조선인 정체성을 찾아가는 과정을 조명한다. 미나미 선생은 남선생으로, 하루오의 어머니 야마다 테이준은 정순으로 각각 조선어 이름을 되찾고 하루오는 무용가가 되겠다는 희망으로 정체성을 찾는다. 김석희12)는 이 작품에 식민지민이 자신의 식민지성을 표출하는 가운데 일어나는 가책·폭로·고백의 윤리의식을 지적하고 있다. 일제 동화정책이 조선에 깊이 침투되고 있던 시점에 정체성 문제를 윤리적 문제로 이끌어내는 김사량의 고민이 반영되어 있다는 것이다.

---

11) 황봉모, 「김사량의 「빛 속으로」」, 한국외국어대학교 외국문학연구소, 『외국문학연구』 제21호, 2005.
12) 김석희, 「식민지인의 가책과 폭로의 구조—김사량 「빛 속으로」를 중심으로」, 한국일어일문학회, 『일어일문학연구』 제71호, 2009.

이철호[13])는 작중 하루오가 남선생을 조선어 이름으로 부르는 장면에서 나타나는 모어와의 충만한 일체감을 분석한다. 창씨개명 등 동화정책을 통해 언어와 실존의 강제적 분리에 처한 조선인 정체성은 모어의 사용으로 자신들이 떠나온 세계와의 접촉을 경험한다. 거기서 기인하는 안락한 일체감은 미묘한 감흥에 그치지 않고 개인의 삶의 좌표를 극적으로 조정하기도 한다. 이철호의 연구는 「빛 속에」에 나타난 이름과 모어의 관계에 대한 언어적 관점을 제공하고 있다.

「빛 속에」는 이중어를 사용하는 인물이 최초로 나타난 작품이라는 점에서 김사량 문학에서 중요한 위치를 차지한다. 김사량 문학에는 이중어 사용자가 지속적으로 등장하는데 「풀숲 깊숙이」의 인식, 「향수」의 현, 「천마」의 현룡, 「유치장에서 만난 사나이」의 왕백작 등이다. 이들을 통해 이중어 사용 양상은 각각 상이하게 나타난다. 「빛 속에」를 발표하기 전에 쓴 일본어 소설은 「토성랑」 한 편으로 이 작품에는 이중어 사용자가 등장하지 않는다. 그러므로 「빛 속에」는 김사량이 자신의 이중어 사용을 자각하고 작품에 투영한 최초의 작품으로 볼 수 있다.

「빛 속에」는 일본 학교에서 자원봉사를 하는 남南선생의 관점에서 전개되는 야마다 하루오라는 아이의 이야기이다. 하루오는 조선인과 일본인 혼혈 소년으로 일본인 아버지 한베에의 폭력에 마음이 비뚤어진 아이이다. 남선생은 자신의 이름이 일본식 미나미南로 불리는데 자책감을 갖고 있었는데, 재일 조선인 청년 이李가 일본식 이름을 사용하는 남선생을 비난하는 사건으로 그의 조선인 신분이 폭로된다. 이후 하루오는 남선생을 볼 때마다 '조선인이다'라고 외치며 더욱

---

13) 이철호, 「동양, 제국, 식민주체의 신생— 1930년대 김남천과 김사량 소설을 중심으로」,
　　동국대학교 한국문학연구소, 『한국문학연구』 제26권, 2003.

폭력적으로 행동한다. 남선생은 하루오의 아버지 한베에도 혼혈이라는 사실을 알기에 갈등에 빠진다. 그러던 중 한베에가 하루오의 어머니 정순을 심하게 폭행한 사건을 계기로 남선생은 하루오를 돌보게 된다. 두 사람은 백화점과 동물원에서 일상을 즐긴 뒤 서로 신분을 정식으로 밝히면서 마음의 짐을 어느 정도 내려놓게 된다.

「빛 속에」에는 주인공 남선생의 이름을 통해 김사량의 이중어의식이 드러나 있다. 이 작품의 주요 갈등 요소는 두 가지이다. 조선인인 남선생의 이름이 일본어식인 미나미(みなみ)라고 불리우는 것과 야마다 하루오가 자신의 조선 혈통을 부정하는 것이다. 텍스트에서 남선생의 이름은 한자로 '南先生'으로 표기되고 상황에 따라 발음을 표시하는 루비가 달려 있다. 일본어 발음 루비는 'みなみ'이며 조선어 발음 루비는 'なん'이다. 그러므로 남선생의 이름이 불릴 때마다 발음이 다르게 표기되는 것이다.

> 「南(みなみ)先生! 南(みなみ)先生!」
> (중략)
> さり云へば私この協會の中では、 いつの間にか南(なん)先生で通つてゐた。 私の苗字は御存じのやりに南(なん)と讀むべきであるが、いろいろな理由で日本名風に呼ばれてゐた。 (중략) そして云ふもでもなくこの子供部の中に朝鮮の子供でもろたならば、 私は強ひてでも自分わ南(なん)と呼ぶやりに主張したであらりと自ら辨明もしてゐた。

> "미나미 선생님! 미나미 선생님!"
> (중략)
> 그리고 보면 나는 이 교실 안에서 어느새 미나미 선생으로 통하고 있었다. 알고 있는 바와 같이 나의 성은 남가인데 여러 가지 이유에 의하여 일본식으로 불리고 있었다. (중략) 그리고 두말할 것 없이 조

선 아이가 있다면 나는 억지로라도 남가라는 성으로 부르도록 요구
했을 것이라고 스스로 변명도 하고 있었다.[14]

학교의 아이들은 그를 '미나미선생(南先生)'이라고 부르며, 이군은
이름을 빼고 '선생'이라고만 부른다. 그러므로 작품에서 '南'이라는
글자는 '미나미(みなみ)'와 '난(なん)'이라는 두 가지 발음이 난다.[15] 남
선생은 '남'이라는 조선식 이름으로 불리기를 고집하는 대신 '미나미'
라는 일본명에 만족한다. 그리고 수업에 조선 아이가 있다면 남가라
고 부르도록 하겠다고 자위한다.

> 「先生」それわ朝鮮語だつた.
> (중략)
> 「まあお掛けなさい」私は二人きりなつた時静かに朝鮮語で話し
> かけた. 「ついお互ひ話し合ふやりな機會もありませんでしたね」
> 「さうてす」李は立つたまま叫んだ. 「私は實際あなたにどちらの
> 言葉で話しかけていいか分りませんでした」
> 彼の言葉の中には若者らしい忿りがのたらつてるた.
> 「勿論私は朝鮮人です」
>
> "선생님." 그것은 조선말이었다.
> (중략)

---

14) 김사량, 『김사량 작품집』, 임헌영 편, 지만지고전천줄, 2008, 28~92쪽. 괄호는 일본어 루
비 표시. 진한 글씨체는 인용자.

15) 당시 조선총독의 이름도 미나미 지로(南次郞)였다. 「빛 속에」를 읽는 동시대의 독자들은
분명히 이 점을 눈치챘을 것이다. 작품 속에 김사량이 일부러 주인공과 조선총독의 이름
을 일치시킨 의도는 명확히 나타나지 않는다. 그러나 우연으로 지나치기에는 시사하는
바가 크다. 독자들은 '남'이라는 글자를 '난'이라는 조선어식 발음으로 읽어야 하기 때문
이다. 반대로 남선생이 '미나미'라고 불리울 수 있다면, 조선총독 미나미도 '난'이라고 불
릴 수 있는 셈이다. 검열을 피해 모호한 비판적 메시지를 전달하는 김사량의 글쓰기 수법
은 다른 작품늘(예:「천마」 등)에도 나타난다. 김사량이 이러한 면모는 당시 주변인들과
후세 연구자들로 하여금 '슬기롭다' '아슬아슬하다' 등의 평가를 자아냈다.

> "자, 앉으시오."
> 나는 단둘이 남게 되자 조용히 조선말로 말했다.
> "그만 서로 이야기를 나눌 만한 기회가 없었지요."
> "그렇습니다." 이군은 선 채로 부르짖었다. "난 사실 선생님한테
> 어느 쪽 말로 말해야 좋을지 알 수 없었습니다."
> 그의 말 속에는 젊은이다운 분노가 꿈틀거리고 있었다.
> "물론 나는 조선 사람입니다."16)

조선인 이군은 남선생의 일본 이름 사용을 추궁한다. 남선생은 "일종의 선입견 같은 것이 앞서게" 될 수도 있다며 변명하며 미나미라고 불리는 것을 굳이 정정하려 하지 않는다. 근본적으로 식민지 지식인인 남선생이 일본어 시스템을 내면화했기 때문이다. 김사량과 마찬가지로 남선생은 양쪽 언어 시스템 안에서 살아가는 이중어 사용자이다. 두 사람뿐만 아니라 모든 식민지 지식인이 그러하다. 식민지 지식인이 이중어 사용자라는 사실은 식민지 대중 앞에 잘 드러나지 않는다. 남선생과 이군의 대화는 그 사실이 대중에게 노출되었을 때의 예시인 셈이다.

남선생은 이군이 지적할 때까지 이중어 사용에 큰 혼란을 느끼지 않는다. 그는 지식인이기 때문이다. 이중어 사용은 식민지 지식인의 필요조건이다. 이중어 구사 능력은 근대 지식을 습득하는 도구이자 지식인의 정체성을 이루는 중요한 요소이다. 한 가지 언어밖에 말하지 못하는 대중과 이중어를 통해 근대적 지식을 수입하는 식민지 지식인 사이에는 근본적인 괴리가 생길 수밖에 없다. 식민지 지식인은 도구적 목적에서 외국어를 습득하지만, 시간이 흐를수록 그 언어 시스템을 점점 내면화하게 된다.

---

16) 김사량, 앞의 책, 29~30쪽.

하루오의 존재는 일본어 시스템 안에서 불편을 느끼지 않았던 남선생에게 조선 이름을 일깨운다. 하루오는 남선생을 가리켜 "야, 선생님은 조선 사람이다!"라고 소리지름으로써 자신의 조선 혈통을 거꾸로 드러낸다. 하루오로 인해 남선생은 "조선 아이가 있다면 억지로라도 남가라는 성으로 부르게 할 것"이라는 자신의 결심을 환기하게 된다. 그러므로 하루오의 존재는 남선생의 이름을 바꾸는 압력으로 작용한다.

> 「朝鮮人ザパレ, ザパレ―」と喚き立てた.
> 　ザパレと云ふは捕へろとふ意味の朝鮮語で, 朝鮮移住の內地人がよく使ふ言葉だつた. 勿論女の子は朝鮮人ではない. 私に對して見よがしに言つてるのであらり.

> 　그는 달아나는 아이를 쫓아가면서 "조선 사람 잡아라" 하고 소리질렀다.
> 　'잡아라'는 말은 조선에서 사는 일본 이주민들이 잘 쓰는 말이었다. 물론 처녀 아이는 조선 사람이 아니다. 나더러 보라고 그랬을 것이다.[17]

'잡아라'는 뜻의 'ザパレ(자파레)'는 재조 일본인들이 사용한 말이다. 그래서 하루오는 조선에서 일본인으로 살았을 것으로 추측된다. 일본으로 건너온 하루오는 조선인 혼혈이기 때문에 '순수하지 않은 일본인'으로 간주된다. 또한 아버지가 일본인이기 때문에 재일조선인들에게 일본인으로 분류된다.

하루오가 사용하는 'ザパレ'라는 말은 남선생으로 하여금 자신의 조선인 혈통을 일깨운다. 남선생이 조선에 살지 않았다면 그 말을 알

---

17) 김사량, 앞의 책, 34쪽.

아들을 수 없기 때문이다. 동시에 이 말은 하루오가 조선에 살았다는 사실을 노출시킨다. 하루오는 필사적으로 자신의 혼혈 사실을 숨기고 아무나 '조선인'이라고 부르면서 자신은 조선인이 아니라고 필사적으로 강변한다. 하루오가 보이는 폭력적인 행동은 일본인 아버지 야마다 한베에를 모방하는 것이다. 그러나 야마다 한베에가 혼혈이라는 사실을 알고 있는 남선생에게 하루오가 일본인일리가 없다. 하루오가 '일본적인 것'으로 알고 있는 아버지의 폭력적인 행동과 'ザパレ'는 말은 실은 모두 하루오의 조선 혈통을 드러내는 것이다. 남선생이 자신의 이름을 통해 혈통을 자각하듯이 하루오도 언어 사용을 통해 자신의 혈통을 노출한다.

다음 장면에서 조선어가 자연스럽게 발화되는 상황을 보여준다.

老婆は貞順の無慙な姿を見附けるなり・ふーと息を吐き出して朝鮮語で慨いた.
「何ちらむこい事だよ.　きつとあの惡黨に天罰がおちるだよ.　なあ春雄の母ちやん.　れしを分るのけえ，李キヤソの母だよ.　李キソの.　しつかり氣をもつて早く治すのでつせ´　分てたけえ」

조선 옷을 입은 한 할머니가 구를 듯이 들어왔다. 나는 할머니가 이군의 어머니란 것을 첫눈에 짐작할 수 있었다. 그래 나는 침대에서 좀 물러났다. 할머니는 환자의 무참한 모습을 보자 긴 숨을 내쉬고는 조선말로 분격을 터뜨렸다.
　"이런 끔찍한 일이 어데 있나. 그 악당 놈한테 꼭 천벌이 떨어질 거야. 하루오 엄마, 날 알겠나? 이가네 어머니야. 마음을 다잡고 빨리 낫도록 해야 돼. 알았지?"[18]

이군의 어머니는 "조선 옷을 입은 할머니"이다. 그녀는 한복을 입

----

18) 김사량, 앞의 책, 65~66쪽.

고 조선어를 말하며 병실에도 주변 시선을 상관하지 않고 거침없이 달려들어오는 강한 성격이다. 그녀는 자신의 아들처럼 자신이 조선인이라는 사실을 부끄러워하지 않고 당당하게 드러낸다. 이군의 어머니가 오자 비로소 하루오의 어머니는 조선어로 말하기 시작한다. 이제까지 병원에서 조선인 신분을 들키지 않기 위해 일본어만 쓰던 그녀는 이군의 어머니 앞에서 비로소 속내를 털어놓는다.

하루오의 어머니와 달리 이군의 어머니는 일본에 살면서도 거리낌 없이 조선어를 사용하며 울분을 터뜨린다. 일본어를 사용하면서 조심스럽게 신분을 감추는 조선인도 그녀 앞에서는 마음놓고 조선어를 말하게 된다. 그녀는 그녀의 아들인 이군이 남선생에게 분노했듯이 조선어를 통해 "분격을 터뜨린다." 그녀의 조선어는 조선어를 모어로 삼는 모든 인간이 처음 듣고 말했던 '순수한' 조선어이다. 제국주의에 분노를 터뜨리는 언어는 일본어가 아니라 바로 조선어이다. 그녀는 자유롭게 감정을 발화하는 모어 시스템의 상징이다. 그럼에도 불구하고 이러한 그녀의 분노는 일본어로 표현되고 있다.

문제가 되는 남선생의 이름도 일본어로 사용될 때는 '미나미(みなみ)'로, 조선어로 표기될 때에는 '난(なん)'이라고 쓰여진다. 이 발음도 정확한 조선어 발음이 아니기 때문에 남선생의 이름은 계속되서 왜곡된다. '미나미'라는 일본어 이름으로, '난'이라는 잘못된 조선어 발음으로 왜곡된다. 그래서 남선생의 진짜 조선어 이름은 텍스트 속에 최종적으로 표기되지 못한다. 역설적으로 남선생의 이름은 「빛 속에」가 한국어로 번역되었을 때에만 정확하게 표기될 수 있는 것이다.

남선생이 일본어 이름을 쓰는 것에 항의하러 온 이군은 조선어로 그를 '선생님'이라고 부른다. 그러나 여기에서도 조선어 '先生(선생님)'은 일본어 '先生(센세)'로 쓰여진다. 두 사람은 교실에서 조선어로 대화를 나눈다. 그러나 텍스트는 일본어로 진행된다. 조선어가 일본어로 표기되는 것이다. 실제로 두 사람은 조선어를 사용한다. 그러나 일본어로 쓰여지는 순간 조선어의 이미지와 감각은 휘발되고 활자화된 일본어 텍스트만이 남는다. 이것을 다시 한국어로 번역한다 해도 이미 김사량의 내면으로 사라진 조선어의 이미지는 돌아오지 않는다. 조선어가 일본어로 표기되면서 이미지와 분위기, 감정 등 언어를 통해 전달되는 촉각적인 요소들은 대부분 증발되고 의미만 남게 된다. 그 자리를 채우는 것은 모어 시스템에서 쫓겨난 하루오의 분노이다. 그 모습은 매우 건조하게 묘사된다. 왜냐하면 조선인의 감정은 일본어로 온전히 전달되지 못하기 때문이다. 그러한 감정은 언어의 장벽을 넘지 못하고 그대로 남겨진다. 김사량은 그 분노와 생경함을 전달하는 대신 감정이 모두 제거된 건조한 분위기 속에 작품을 남겨놓는다.

식민지 조선에는 모어와 근대어가 분열되어 있었다. 근대 지식을 수입하는 식민지 조선 지식인은 갈수록 모어 시스템으로부터 멀어지게 된다. 식민지 지식인이 자신의 혈통을 깨닫는 순간 모어 시스템의 존재가 일깨워지면서 그 시스템의 호명을 받는다. 김사량의 경우 "함께 울고 아우성치는" 동포이야말로 모어의 존재를 일깨우는 존재이다. 동포들과 모어의 존재를 확인하고 접촉하는 순간 이절호가 지적하는 대로 실존과 이름의 분열이 해소되고 안락한 일체감이 느껴진다. 「빛 속에」의 말미의 "안도의 숨을 내쉬며 가벼운 걸음"으로 표현되는 남선생의 감정은 위와 같이 설명된다.

　　「先生, 僕は先生の名前を知つてるろより」
　　「さりか」私はてれかくしに笑つて見せた. 「云つてごらん」
　　「南(なん)先生でせり?」

남선생과 하루오는 서로 조선인 혈통을 고백하면서 안도감을 느낀다. 이들은 국적—혈통—언어의 단일 체제에 속하지 않은 서로의 정체성을 있는 그대로 받아들임으로써 심리적 부담을 내려놓는다. 중요한 것은 두 사람이 조선이나 일본 둘 중 하나를 선택하는 대신 양쪽에 모두 속해있다는 사실을 인정한다는 것이다. 남선생은 자신의 이름이 두 가지로 불리우는 것을, 하루오는 자신이 남선생과 어머니와 같은 조선인이라는 사실을 수용한다.

「빛 속에」는 이중어의식이 처음으로 나타난 작품으로 김사량은 이 작품을 통해 모어와 근대어의 분열을 인식하고 수용한다. 조선어와 일본어의 대립적인 관계는 작가 자신이 두 가지 언어 시스템 속에 동시에 속해 있다는 사실을 받아들이는 것으로 결론지어진다. 그러나 인정하는 것만으로 모어와 근대어의 대립은 해소되지 않는다. 두 언어 사이에는 식민지 문제가 깊숙이 개입되어 있었기 때문이다. 오히려 시간이 흐를수록 식민지 문제는 개입의 차원을 넘어 조선어의 존속 여부를 좌지우지하기에 이른다. 그렇기에 김사량의 이중어의식은 식민통치의 영향을 날카롭게 인식하면서 전개되었다. 또한 김사량은 작품 창작에 그치지 않고 조선 문인들에게 강요되는 일본어 창작에 대한 견해를 문예시평을 통해 드러냈다.

---

19) 김사량, 앞의 책, 78쪽.

3) 문예시평에 나타난 언어의식

김사량은 「내지어의 문학」이라는 글에서 일본어 창작의 변을 밝히고 있다.

> 나는 좋든 싫든 일본문학의 전통과 아무런 혈통적인 연관도 없이 내지어(內地語) 문학을 시작했다고 생각한다. 그것은 역시 나와 혈통이 다르고 서로 문학전통이 상이한 것도 있으나, 또한 내가 일본문학에 매달려서 적극적으로 배우려고 하지 않았던 탓임에 분명하다. 하지만 애써 그렇게 했다고 하더라도 아마도 나는 그러한 이유로 문학 그 외에서 <u>일본적인 것, 진정으로 일본문학 특유의 것을, 내 자신의 피와 살로 섭취하는 것은 불가능했을 것이다.</u>[20] (밑줄은 인용자 강조)

이러한 김사량의 생각은 선배 문인들의 경험과 궤를 달리한다. 이광수를 비롯하여 일본 유학을 경험한 문인들이 문학수업 과정에서 일본어 습작을 거쳐 조선어 창작에 이른 것은 주지의 사실이다. 이들은 일본어로 창작한 뒤 번역을 거쳐 조선어의 3인칭 전지적 작가 시점과 문장 및 현대적 문체를 터득할 수 있었다. 이러한 과정에서 한국 근대문학에 일본 문학의 형식과 문체가 영향을 미쳤으리라 짐작할 수 있디.

이에 반해 김사량은 자신이 일본문학을 적극적으로 배우거나 흡수하지 않는 이유로 서로 다른 혈통과 문학전통을 들고 있다. '상이한 문학전통'이라는 표현은 김사량의 작품이 다루는 배경이나 소재가 당시 조선 문단에서 주로 다루는 대상과 다르다는 의미이다. 1930년대 말 김사량이 일본 문단에 등장할 때 조선 문단은 이상과 박태원 등

---

20) 김사량, 「내지어의 문학」, 『요미우리 신문』, 1941년 2월 14일 석간 3면, 김재용·곽형덕 편역, 『김사량, 작품과 연구 1』, 도서출판 역락, 2008, 263쪽.

모더니즘 계열과 카프 계열의 작가들이 각기 다른 시각으로 식민지 조선이 처한 현실을 다루고 있었다. 그러나 당시 집필과 연재, 출판 등 모든 문학활동은 경성을 중심으로 이루어지고 있었다. 지방에 거주하는 문인들은 문학활동에 제약을 받았으며, 주요 독자도 경성에 모여 있는 만큼 소재도 경성에만 치우친 감이 없지 않았다. 김사량은 평양 출신이며 경성 문단에 거의 이름이 알려지지 않은 상태에서 일본 문단에 모습을 드러내었다. 그래서 김사량이 말하는 자신의 문학전통이란 이광수 류의 민족개조를 위한 계몽문학이나 일본을 경유한 경성의 도시화와 근대성을 탐구하는 모더니즘 혹은 사회주의 문학이론을 받아들인 카프와도 별 연관이 없었다.

김사량이 긍정하는 문학전통에 대해서는 같은 글에서 언급되고 있다.

특히 요즘 선배들의 옛 작품을 숙독(熟讀)하면서 절실히 그러한 점을 깊이 느끼고 있다. 역시 나는 조선인의 문학을 하고 있는 것이라고 생각한다. 우리들의 오성(悟性)과 감성(感性) 속에 흐르고 있는 조선문학의 전통적인 정신을 이어서, 현재 나는 모든 뛰어난 외래문학의 요소를 비판적으로 수용해서 살려내려는 의욕을 갖고 있다. 이것은 나 혼자만이 아니라 조선어 문학에 종사하는 모두가 희구하고 있는 것이리라. 다만 내 경우 그들과 다른 점이 있다고 한다면 자신의 모어(母語)를 쓰지 않고 이단적인 내지어로 작품을 창작하고 있다는 점이다.[21]

김사량이 읽은 '선배들의 옛 작품'이 무엇인지 글에서 소개되지 않아 알 길은 없으나, 작품들을 살펴보면 당시 1930~1940년대 경성 문단으로부터 받은 영향의 흔적은 찾아보기 힘들다. 대신 김사량 자신이 밝힌 대로 그에게 가장 영향을 많이 끼친 작가는 장혁주이다. 지방

---

21) 김사량, 앞의 책, 263~264쪽.

조선 농민의 처참한 삶을 자연주의적 시각으로 그려낸 장혁주는 조선 문단에서 환영받지 못하던 중 일제 말기에 친일 작품을 쓰다가 해방 후 끝내 일본으로 귀화하였다.

장혁주에게 받은 자연주의적 경향은 1936년 발표한 「토성랑」과 1940년 발표한 「기자림」 등에 잘 나타나 있다. 두 작품 모두 조선 민중의 처참하고 궁핍한 삶과 동물적인 욕망, 금전과 신분 상승에 대한 헛된 희망 등을 생생하게 묘사하고 있다. 민족모순과 계급적 억압 구조 등은 검열 때문에 작품에 직접적으로 나타나지 않는다. 그러나 어떤 형태로든 조선 민중이 당하는 억압을 고발하는 것이 김사량의 의도였다.

> 하지만 내가 의도적으로 미숙한 내지어로 문학을 시작해서 그것을 내지인들이 읽어주기를 바라는 것에는 적어도 어떤 절실한 동기와 의식이 있었기 때문이다. 나는 이러한 점에 대해서는 시종일관 충실하고자 염원하고 있다. 편협하지 않은 양식(良識)을 바탕으로 조선인의 생활과 감정, 현실을 솔직하게 있는 그대로 호소할 생각이다. 역시 그것이 가장 내게는 친밀하고 소중한 것이며, 또한 내 예술적인 정열이나 의욕까지도 불러일으킨다. 나는 어디까지나 인간이라는 존재를 믿고 싶다. 광대한 세계를 동경하며, 사랑[愛]의 고귀함을 소중히 하는 기분을 올곧게 갖고, 내선인간(內鮮人間) 사이의 보다 좋은 교류에 대해서도, 결코 실망하지 않으리라 생각하고 있다. (중략) 내지어이기는 하지만, 그것을 내 체내에 살아 숨쉬는 조선문학의 전통적인 것을 통해서, 올바르게 발현해 나가고 싶다.[22]

윗 글에 따르면 김사량은 일본어 창작을 하고 있으나 자신은 조선문학을 한다고 믿고 있다. 그는 "내 체내에 살아 숨쉬는 조선문학의

---

22) 김사량, 앞의 책, 264쪽.

전통"을 일본어를 통해서 표현한다고 생각했다. 김사량에게 일본어
는 조선문학의 전통을 표현하는 도구였다. 일본어를 통해서 "조선인
의 생활과 감정, 현실을 있는 그대로 호소"하기 위해서였다.

이후 김사량은 주로 단편을 발표하며 일본 문단 내 입지를 다진다.
「곱단네」(1940)와 「월녀」(1941), 「며느리」(1941), 「천사」(1941), 「물
오리섬」(1942) 등을 주요한 작품으로 꼽을 수 있다. 또한 조선 민중의
참상을 생생히 전달하는 「토성랑」(1936년 발표 후 1940년 개작)과
「기자림」(1940)을 발표한다. 기독교의 영향이 엿보이는 「도둑놈」
(1941)과 「향수」(1942), 일제 압제가 극에 달했던 조선 문단을 가장
잘 묘사했다고 평가받는 「천마」(1940)와 백백교 사건23)과 일제의 정
화 사업 두 소재를 교묘하게 결합시킨 「풀숲 깊숙이」(1940)도 주목할
만한 작품이다.

그 후로도 김사량은 각종 문예시평을 통해 자신의 문학적 견해를
발표했다. 김사량의 문예시평은 본격적인 평론이기보다는 조선문학
이 당면한 문제를 지적하는 시론이자 논평에 가까웠다. 여러 편이 있
지만 그의 입장이 가장 잘 드러난 글은 「조선문학 풍월록」(「朝鮮文學風
月錄」, 1939년 6월)과 「조선문화통신」(朝鮮文化通信, 『현지보고(現地報告』, 1940년
9월), 「조선문학 측면관」(『조선일보』 1940년 10월 4일~6일) 세 편을 들 수 있다.

「조선문학 풍월록」과 「조선문화통신」에는 조선 작가의 일본어 창
작 문제에 대한 김사량의 명료한 입장이 나타나 있다. 「조선문학 측
면관」은 일본에 조선문학을 소개하는 사람의 관점에서 조선문학의
장단점을 논한 글이다. 이 글에는 조선 자가에게 일본어 창자을 강요

---

23) 1932년 경기도 가평에서 사이비종교 백백교를 창시한 교주 전용해는 신도들의 재산을 갈
   취하고 여신도들을 농락하고 314명의 신도를 살해했다. 전용해는 1937년 일본 경찰에 쫓
   기다 양평에서 시체로 발견되었다. 이 사건은 당시 조선 반도 전체를 충격과 공포로 몰아
   넣었다.

하는 것은 무리이며, 그보다 조선문학을 일본어로 활발히 번역하는 작업이 필요하다는 김사량의 지론이 잘 나타나 있다.24)

「조선문학 풍월록」은 일본어로, 「조선문학 측면관」은 조선어로 쓰여져 조선일보에 게재되었다. 두 글의 요지는 거의 유사하다. 「조선문학 풍월록」이 4개월 먼저 쓰여진 것으로 보아 「조선문학 측면관」의 저본이 된 것으로 보인다. 즉 김사량은 일본어로 먼저 조선문학론을 쓴 다음 조선어로 다시 번역·첨삭하여 조선일보에 게재했던 것이다.

> 내지어로 써야만 하는 것인가? 물론 쓸 수 있는 사람은 써도 될 것이다. 하지만 일부러 모든 희생을 감수하고 내지어로 글을 쓰게 될 경우에는, 그 장본인에게 대단히 적극적인 동기가 없으면 안 된다고 생각한다. (중략) 자신의 문장과 말을 걸 수 있는 넓은 독자층을 갖고 있으면서도, 그것을 버리고 일부러 쓰기 힘든 내지어로 써야 할 필요가 현재 어디에 있단 말인가. (「조선문학 풍월록─2. 내지어로는 쓸 수 없다」)25)

김사량은 일본어 창작에 대해 일관된 관점을 유지했다. 그는 「조선문학 풍월록」에서 기쿠치 칸(菊池寬)·하야시 후사오(林房雄) 등 일본 문단 거물들이 참석하여 정지용·임화·유진오·김문집·이태준·유치진 등 조선 작가들에게 일본어 창작을 강요했던 조선문화 좌담회를 언급하면서 '일본어 창작은 실질적으로 이루어질 수 없는 일'이라고 못박는다. 왜냐하면 조선인은 조선어를 통해서만 감정과 이미

---

24) 「조선문학 측면관」의 저자 프로필에서는 김사량을 작가가 아닌 조선문학의 일본어 번역자로 소개하고 있다.

25) 김사량, 「조선문학 풍월록」, 『문예수도』, 1939, 김재용·곽형덕 편역, 『김사량, 작품과 연구 2』, 도서출판 역락, 2009, 282~283쪽.

지를 느낄 수 있기 때문이다. 일본어를 통한 논술이나 주장은 가능하지만, 섬세한 느낌은 도저히 표현할 수 없다. 그런데 감정과 이미지를 배제한 문학은 가능할 수가 없는 것이다. 김사량은 이 부분을 "장혁주 씨와 잡담을 나눌 때 본인도 인정하였다"고 말하고 있다.

「조선문화통신」에서 김사량은 "내지어로 쓸 때의 실질적이고 곤란한 여러 가지 문제"를 직선적인 어조로 밝히고 있다. 「조선문화통신」이 실린 잡지『현지보고』는 문예춘추사가 1940년 5월부터 1943년 4월까지 임시증간호를 구성해 비정기적으로 낸 잡지로 일본 전쟁의 종합적인 정보를 제공했다. 이 잡지는 전쟁 르포를 통해 일본 국민들에게 전쟁 현황 정보를 제공하기도 하였는데, 객관적인 보도지라기보다는 침략전쟁을 미화하는 프로파간다 잡지라고 보는 것이 적절하다.26) 잡지의 성격에도 불구하고 일본어 창작에 대한 김사량의 견해는 매우 단호하다. 요약하면 "실질적으로 이루어질 수 없고 이루어진다 해도 별 도움이 되지 않는다"이다.

> 우선 조선 문단의 현실을 털어놓고 말하자면, 조선인 독자가 읽어주기를 바라는 마음에서 자신의 언어로 좋은 작품을 쓴다는 것이 고작이며, 조선문학을 활성화 시키리라는 정열이 앞서서 내지어로 쓰려는 여유를 갖기 힘든 것이 현실이다. 이것은 무엇보다도 강한 주관적인 이유인데 그러므로 밥도 못 먹는 조선어 창작을 그만두고 내지어로 쓰라고 하는 호소도 그다지 영향력을 갖지 못하는 까닭이다. (「조선문화통신―2. 조선문학과 언어문제」)27)

이러한 주장은 조선 민중이 한글밖에 읽을 수 없다는 현실에 근거

---

26) 앞의 책, 주석, 329쪽.

27) 김사량, 「조선문화통신」, 「현지보고」, 1940; 김재용 · 곽형덕 편역, 『김사량, 작품과 연구 2』, 도서출판 역락, 2009, 338쪽.

한 것이다. 조선어로 쓴 책도 잘 팔리지 않는데, 일본어 소설이 잘 팔릴 리가 없는 것이다. 당시 책이나 신문을 해득하는 사람은 경성에 거주하는 일부 화이트칼라 계층에 국한되어 있었다. 그런데 1930년대 말부터 이 글이 쓰여진 1940년대 초반에는 이들 계층의 일본어 해득률은 지속적으로 상승하고 있었다. 김사량도 이 사실을 모르지는 않았을 것이다. 그럼에도 불구하고 김사량이 이러한 주장을 펼 수 있는 근거는 중앙과 지방의 일본어 해득률 차이였다. 식민지 시대 말기까지도 조선 전체 인구에서 농민은 80%에 달했다. 물론 이들은 일본어를 구사하지 못했다. 조선의 일본어 해득률은 경성과 지방에 따라 극단적인 차이를 보였다. 이후 일본이 농민 계층에서 지원병을 모집했다가 일본어를 거의 구사하지 못하는 사태에 당혹스러웠던 것은 이러한 실상에 무지하였다는 증거이다. 평양 출신인 김사량은 이러한 사실을 잘 알고 있었을 것이다.

두 번째로 드는 것은 언어 문제이다.

> 조선의 사회나 환경에서 그 동기나 정열에 내몰려서, 그것에 따라 포착한 내용을 형상화하는 경우 그것을 조선어가 아닌 내지어로 쓰려고 할 때 작품이 아무리 해도 일본적인 감정이나 감각에 끌려가는 재앙을 초래하고 만다. 감각이나 감정, 내용은 언어와 결부된 후에 처음으로 가슴속에 떠오르게 된다. 극단적으로 말하자면 우리들은 조선인의 감각이나 감정으로, 기쁨을 알고 슬픔을 느낄 뿐만 아니라 그러한 표현은 그 자체와 불가분으로 맺어져 있는 조선말에 의하지 않으면 확연하게 떠오르지 않는다. (중략) 이러한 것을 나는 실제로 조선어 창작과 내지어 창작을 아울러 시도해 보면서 통감했던 사람 중 하나이다.28)

---

28) 앞의 책, 338~339쪽.

김사량은 문학의 제재와 언어는 쉽게 분리될 수 없다고 주장한다. '조선의 사회와 환경'이라는 제재를 가장 잘 표현할 수 있는 도구는 결국 조선어인 것이다. 김사량은 기표 자체에 기의를 결정하는 힘이 들어있다는 사실도 인식하고 있었다. 한 대상이 이름을 가지는 순간, 그 이름에 어울리지 않는 요소들은 망각되거나 부정되기 쉽다. 대상 안에 숨어 있는 다양한 요소들은 단일한 요소를 대변하는 언어에 의해 묻혀진다. 마찬가지로 조선의 사회와 환경은 일본어로 표현되는 순간 일본적인 감각과 이미지를 덮어쓰게 된다. 즉 조선어로만 표현될 수 있는 것이 일본어에 눌려 표현되지 못하면서 일본어로 번역되는 것만 살아남게 되는 것이다. 여기에 일본 이국풍의 감각이 덧붙여지면 본래 쓰려던 것과 더욱 멀어지게 마련이다.

첫 번째 일본어 작품인 「토성랑」과 재일 조선인의 삶을 그린 「지기미」·「도둑놈」에는 자연주의적인 현란한 묘사가 난무한다. 그러나 김사량의 뛰어난 점은 조선인의 참상을 묘사하면서도, 그들이 왜 이렇게 혹독한 삶을 살 수밖에 없는가라는 질문에 답하려는 의지를 놓지 않는다는 것이다. 김사량이 조선 사회와 환경을 제재로 삼아 작품을 쓰는 이유는 그 질문에 답하기 위해서였다. 이러한 문제의식은 작품에 따라 다양한 양상으로 나타났다. 그러나 단편소설의 형식적 한계는 김사량에게 만족할 만한 총체적 답변을 주는 데 부족하였다. 김사량이 후일 역사소설 『낙조』·『태백산맥』을 쓰게 된 동기는 여기서 연원한다.

김사량은 일본어 창작에 대해 다음과 같이 결론내린다.

> 무엇보다도 근본적인 것은 내지어로 쓰라 하여도, 실제로는 내지어로 예술적인 형상화를 할 수 있는 작가는 극히 소수밖에 없다는 사실이다.[29]

내지에서 아무리 강요해도 '현지'에서는 요구를 수행할 능력이 없다는 '보고'인 셈이다. 실질적으로 창작이 가능할 만큼 일본어를 잘하는 작가가 없기 때문이다.

과연 그러한가? 시간이 지나 조선 작가의 일본어 작품 서지를 조사하면 김사량의 주장이 완전히 들어맞는 것 같지는 않다. 이효석·유진오·최정희·이석훈·정인택·최재서·김남천 등이 일본어 작품30)을 남겼으며 이 중 이효석과 유진오의 일본어 작품은 일정 정도 문학적 수준을 성취한 경우이다. 최정희·이석훈·정인택 등은 일본어로 친일문학작품을 남겼으나 단순한 프로파간다에 머물지 않고 일본 제국주의 이데올로기를 문학적으로 형상화하기도 하였다. 최재서가 쓴 군사 훈련 경험을 소재로 한 「보도연습반」은 르포와 픽션을 적절히 결합시켜 읽는 재미까지 획득한 경우이다.

언급된 작가들이 대부분 일본어 작품을 1940년대, 즉 「조선문화통신」이 발표된 후에 집필한 사실을 미루어 볼 때 김사량이 경성 문단 사정에 무지했을 수도 있다. 그러나 김사량이 '일본어로 문학예술을 할 수 있는 작가는 극소수'라고 단언한 것은 보다 정치적인 의도로 볼 수 있다. 일제가 일본어 창작을 강요한 이유는 문학예술을 위해서가 아니라 일제의 프로파간다 전령사 노릇을 시키기 위한 것이다. 일본어 창작을 통해 조선어를 말살하고 일제의 이데올로기를 주입하는 것이 일본의 일차적인 의도였다.

김사량은 이러한 일제의 강요를 교묘하게 곡해하여 '프로파간다'

---

29) 앞의 책, 339쪽.

30) 이들은 각기 「은은한 빛」·「남곡 선생」·「환영 속의 병사」·「고요한 폭풍」·「청량리 교외」·「부싯돌」·「어떤 아침」 등의 일본어 작품을 발표했다(본문 작가 순서대로). 이효석의 「은은한 빛」과 유진오의 「남곡 선생」은 조선적인 분위기를 물씬 풍기는 작품이다.

가 아닌 '일본어 창작'에 초점을 맞춘다. 일제의 실질적인 요구는 프로파간다라는 사실을 의도적으로 피하면서 일본어 창작이라는 것을 적극적으로 부각시켜 일본어로만 써서 그 안에서 누릴 수 있는 최대한의 자유를 얻으려는 것이 김사량의 의도였다. 동시에 일본어 창작이 기술적으로 가능하지 않다고 주장함으로써 일제가 강요하는 선전 행위를 회피하는 것이다. 이러한 김사량의 전략은 일본 문단 데뷔부터 '고메신테 시대'[31]까지 성공했다. 그러나 태평양전쟁 발발 하루 후인 1941년 12월 9일 김사량은 '사상범예방구금법思想犯豫防拘禁法'에 의해 가마쿠라 경찰에 체포되었다. 풀려난 뒤 김사량은 1945년 5월 중국으로 극적인 탈출에 성공했다.

김사량은 「조선문학 풍월록」에서 사회주의가 조선문학에 남긴 영향을 다음과 같이 비판하고 있다.

> 이 성급한 사회주의 문학은 조선문학의 싹을 다 먹어치워 버린 독소였음을 부정할 수 없다. 우리들은 몇 사람의 사회주의 문학자조차 갖지 못하였다. 가진 것은 모두 다 사회주의 어용 대서인(代書人)뿐이었다. 이는 그들이 간신히 성장하고 있는 신문학 예술을 짓밟은 것에서부터 문학적 활동을 시작했다는 것을 의미하며, 그것을 자신들의 피와 뼈로 받아들이지 못했기 때문이기도 하다. (중략) 나는 신진이라는 이름으로 데뷔한 작가의 처녀작이 빈민굴을 다룬 작품이 아닌 것을 알지 못하며, 또한 그들이 문단에 나온 후부터 자기를 뽐내려고 하지 않은 경우를 알지 못한다. (중략) 우리들의 문학에서 가난

---

31) 도쿄에 머물던 김사량은 1941년 4월 말 가마쿠라의 고메신테로 거처를 옮기고 1942년 1월 31일까지 거주하며 작품을 쓴다. 이 시기 김사량은 상당한 양의 작품을 집필한다. 곽형덕은 이때 쓰여진 작품들이 유난히 조선적인 색채에 천착하고 있음을 지적하며 이 시기를 '고메신테 시대'라고 명명한다. '고메신테 시대'는 김사량이 태평양전쟁 발발 다음날 사상범예방구금범에 걸려 체포되는 것으로 종료된다. 곽형덕, 「김사량의 일본 문단 데뷔에서부터 '고메신테 시대'까지(1939~1942)」; 김재용·곽형덕 편역, 『김사량, 작품과 연구 2』, 도서출판 역락, 2009, 629~659쪽.

<blockquote>
한 과부는 반드시 선량해야만 했다. 사환은 반드시 종국에는 주인집에 불을 질러 놓아야 했다. 촌부는 반드시 농장 감독에게 강간을 당해야 했다. 중역은 뚱뚱해야만 했다. 이렇게 조선에는 몇 종류의 인간밖에 없는 것인가.[32]
</blockquote>

김사량은 카프로 대표되는 사회주의 문학을 비판하면서 이들이 신문학을 짓밟았다고 말한다. "몇 사람의 사회주의 문학자"라는 진술로 보아 김사량이 사회주의 문학을 완전히 부정한 것은 아닌 것 같다. 그러나 조선의 사회주의 문학은 이데올로기에 치우친 나머지 조선 사회와 현실을 단순화·전형화하는 실수를 범하였다. 김사량은 '조선에는 몇 종류의 인간밖에 없는가'라는 말로 사회주의 문학의 약점을 바로 집어낸다. 같은 내용이 조선일보에 발표한 「조선문학 측면관」에서 좀 더 강하게 주장되고 있다.

<blockquote>
이제부터는 좀 더 예민하게 넓고 깊게 인간의 진상을 파악하여야 할 것이다. 우리는 하나의 관리를 끈 작품도 가지지 못하였다. 유진오 씨의 「김강사와 T교수」는 확실히 조선 '리얼리즘' 문학의 선구였다. 그리고 새로운 제재의 개척이었다고 할 수가 있다. 그러므로 나는 여러 작가들의 잔약(孱弱)한 정신이 회고 취미나 예술 기미(己味)나 세태 정서에 침면(沈眠)하고 있음에 대하여 최대의 불만을 가진다.[33]
</blockquote>

김사량은 근대 초기 계몽문학과 그 뒤를 이은 사회주의 문학 모두 생명을 다하였고, 새로운 문학이 필요하다고 주장한다. 그 새로운 문학은 "새로운 제재와 내용"의 문학이다. 제재와 내용의 빈곤함이 조

---

32) 김사량, 「조선문학 풍월록」, 『문예수도』, 1939, 앞의 책, 286~288쪽.
33) 김사량, 「조선문학 측면관」, <조선일보>, 1939.10.4~10, 앞의 책, 316~371쪽.

선문학의 당면 문제이다. 김사량은 조선 작가들이 일본어 창작을 하는 대신 일본에 소개할만한 작품을 써야 한다고 주장하면서, 번역 때문에라도 조선문학의 제재를 넓히지 않으면 안 된다고 말하고 있다. 사회주의 문학의 조야함은 물론이거니와 그 외의 작가들도 신선한 주제와 탄탄한 줄거리와 구성보다는 언어의 기교에 치우쳐 있다고 보았기 때문이다.

> 우리 조선문학에서 보는 '플롯'의 빈약, 구성의 취약 '테―마'의 빈곤 등을 어감(語感)의 미(美)로서 호도(糊塗)하려는 경향이 많이 보이는 이때에 있어서는 오히려 그 특수한 맛이 감소되면서 하나의 작품으로 만인 앞에 나타날 때 우리는 자기들의 나체를 정시할 수가 있다. 언어의 '쇼―비니즘'은 금물이다. 어떤 것을 번역할 것인가가 문제일망정 번역 그 자체가 문제되지를 않는다. 또 크게 말한다면 조선문학이 조선말로만 쓰여진 채 파묻혀 있어야할 이유는 없을 것이다.34)

언어 감각에 지나치게 고착된 작품이 번역되기 힘든 것은 자명한 이치이다. 김사량은 조선 작가들이 새로운 제재를 발굴하는 대신 언어의 감각적 구사에만 심취하여 외국 독자들이 읽을 만한 작품을 쓰지 못한다고 비판한다. 이 논의에서 박태원을 비롯한 모더니즘 계열의 작가들도 "알아듣지 못할 산스크리트어 같은 작품"을 쓴다고 함께 비판하는 것으로 보아 김사량은 모더니즘 문학도 긍정적으로 평가하지 않았던 것으로 보인다. 조선문학의 지평을 넓혀 외국에 번역할 만한 작품을 많이 써야 한다는 김사량의 주장은 당시 조선문단에 적확한 지적이라고 할 수 있다.

---

34) 김사량, 앞의 글, 앞의 책, 317쪽.

　　김사량은 1939년 11월 『모던일본(もダン日本)』 조선판에 실린 『조선의 작가를 말한다(朝鮮の作家を語る)』에서 이광수를 조선의 톨스토이로, 염상섭을 도스토예프스키로 소개하면서 이 두 사람을 조선 근대문학의 초석을 닦은 이로 평가한다. 김사량은 이광수와 염상섭을 비롯한 근대 초기 계몽문학자들이 러시아문학의 영향을 많이 받았다고 평가한다. 동시에 김사량은 이들이 일본문학의 영향을 그다지 받지 않았다고 주장한다. 그러나 1940년대에 이른 지금 기교로 생명을 이어갈 따름이라고 날카롭게 지적하고 있다.[35] 김사량은 일본어 창작뿐만 아니라 일본에 조선문단을 소개하고 작품을 번역하는 등 조선과 일본 문단의 중개에 적극적이었다. 일본 문단의 조선문학 소개를 위해 제재의 빈곤 등 조선 문학의 당면 문제를 지적하였다. 일본문학을 통해 세계문학계에 소개될 통로를 확보하는 것이 김사량의 생각이었다.

　　이상으로 문예시평과 평론 등을 통해 나타난 김사량의 문학적 견해를 요약하면 번역을 통해 조선 문학을 일본에 소개하여 세계 문단에 진출할 기회를 마련하고, 이를 위해 조선 문학의 제재를 확장하고 다양화해야 한다는 것이다. 그리고 조선 작가들에 대한 일본어 창작 요구의 허점도 지적하였다. 조선 작가들의 일본어 창작은 일단 쓰고자 하는 내용과 어울리지 않을 뿐만 아니라 일본어로 쓰여진 문학으로는 조선에서 생계를 유지하기 힘들며, 무엇보다도 문학작품을 쓸 정도로 일본어를 잘 하는 작가가 드물기 때문이다. 이렇듯 김사량은

---

35) 김사량은 같은 해 같은 지면에 이광수의 「무명」을 번역하여 게재했다. 「무명」이 실린 『모던일본』에는 이효석이 「메밀꽃 필 무렵」을 직접 번역해 실었으며 김사량의 중학교 후배이자 평양고보 출신 박원준이 이태준의 소설 「까마귀」를 번역해 게재하였다. 다음 해 「무명」은 제1회 조선예술상을 수상하였다. 김사량이 「빛 속에」로 아쿠다가와상 후보에 오른 해와 같은 연도이다.

자신이 일본어 창작을 하면서도 조선 작가에 대한 일본어 창작 요구의 비현실성을 명확하게 비판하였다.

이러한 김사량의 주장을 볼 때 일본어로 글을 쓰던 일부 친일적 조선 작가들과 김사량을 구별할 필요가 있다. 장혁주·최재서 등의 일본어 창작은 조선어를 버리고 일본어를 취한 결과였으나, 김사량의 일본어 창작은 두 언어 시스템을 동시에 사용하는 이중어 사용자의 자기인식에서 비롯되었기 때문이다. 김사량은 모어인 조선어를 버릴 필요성을 느끼지 않았으며, 모어―조선어를 근대어―일본어로 번역한다는 생각을 가지고 일본어 창작을 하였다. 그렇기 때문에 김사량은 자신의 작품은 일본어이나 조선 문학의 일부라고 주장했던 것이다.

모어―조선어에 담긴 조선적인 내용을 근대어―일본어로 번역한다는 착상이 가장 잘 반영된 작품 중 하나로 「풀숲 깊숙이」를 꼽을 수 있다. 이 작품은 이중어사용자가 주인공일뿐만 아니라 식민지 조선에서 일어나는 다양한 형태의 이중어 사용 양상이 생생하게 묘사되어 있다. 이 작품에서 나타나는 조선의 이중어 사용 양상은 식민통치와 깊은 관계를 맺고 있다. 「풀숲 깊숙이」는 일제 식민통치의 실상과 이에 대응하는 피식민자의 이중어의식이 드러나 있는 김사량의 주요 작품 중 하나이다.

4) 「풀숲 깊숙이」의 이중어의식과 식민통치 비판

① 르포 「산속 세시간」과 「풀숲 깊숙이」

김사량은 1940년 4월 강원도 홍천문 두촌면 가마 연봉을 중심으로 화전민 부락 실태 조사를 떠났으며 「풀숲 깊숙이(草深し)」는 같은 해 7월 『文藝』에 발표되었다. 당시 형 시명은 홍천군 군수직에 있었다.

「풀숲 깊숙이」 외에도 김사량은 화전민 거주 지역을 취재한 르포를 발표했다. 그의 르포와 「풀숲 깊숙이」는 문학적 완성도와 함께 당시 식민지 조선 농민 중에서도 가장 밑바닥에서 살아가는 산촌민과 화전민의 실상을 생생하게 보여주는 사료적 가치도 높은 작품이다.

화전민에 대한 르포를 먼저 살펴보면 「풀숲 깊숙이」를 이해하는 데 도움이 된다. 실태 조사에 대한 르포는 모두 네 편으로, 1940년 1월 당시 유명한 잡지였던 『三千里』에 실렸던 「산가 세 시간—심산 기행의 일절(山家三時間—深山紀行의 一節—)」, 1941년 3월 『문예수도』에 실린 「맨들레미 꽃—화전 지대를 간다 1(メンドミの花—火田地帶を行く(一))」, 같은 해 4월 같은 지면 「부락민과 장작더미 성城—화전 지대를 간다 2(部落民と薪の城—火田地帶を行く(二))」, 5월 같은 지면의 「마을의 작부들—화전 지대를 간다 3—(村の酒婦たち—火田地帶を行く(三)」이다.

제목	매체	게재일시
산가 세 시간—심산 기행의 일절 (山家三時間—深山紀行의 一節)	삼천리(三千里)	1940년 1월 조선어
맨들레미 꽃—화전 지대를 간다 1 (メンドミの花—火田地帶を行く(一))	문예수도(文藝首都)	1941년 3월 일본어
부락민과 장작더미 성(城)—화전 지대를 간다 2 (部落民と薪の城—火田地帶を行く(二))	〃	동년 4월
마을의 작부들—화전 지대를 간다 3 (村の酒婦たち—火田地帶を行く(三))	〃	동년 5월

이 중 앞의 세 편은 강원도에 버스를 타고 들어가던 중 비를 만나 산촌의 민가에서 하룻밤을 보내면서 산촌민의 생활상을 체험한 내용을 조금씩 달리하여 쓰여졌다. 「마을의 작부들—화전 지대를 간다 3」은 강원도 주막에서 화전민 출신 소녀를 만난 에피소드이다. 이로 보

아 김사량이 전통적인 곡창 지대인 전라도와 경상도에 거주하는 농민에 비해 주목받지 못하던 산간지대의 강원도 농민에 대해 애정을 갖고 그들의 생활상을 전달하려고 애썼다는 사실을 알 수 있다.

가장 먼저 발표된 「산가 세시간」은 르포 내지 수필의 형태를 띠고 있으나 내용과 구성 면에서 여느 단편소설을 연상케 하는 주제의식과 완성도를 보이고 있다. 조사를 떠난 김사량이 험한 계곡을 건너는 버스를 타고 홍천으로 가던 중 큰 비를 만나 버스가 웅덩이에 빠지고 만다. 신세를 지게 된 산 속의 민가에 승객들은 고마워하기는커녕 거리낌없이 방에 드러눕거나 먹을 것을 요구한다. 차 조수는 뻔뻔스럽게 부엌까지 들어가 강낭떡을 빼앗아 먹기도 한다. 승객들은 궁핍에 시달리는 산민들의 식량을 남김없이 거두어 먹고 나서 버스를 끌어내기 위해 부락민들의 노역까지 요구한다. 양복을 입고 일본어를 구사하며 경춘 철도 노역에 산민들을 끌어다 쓰고 돈 한 푼 지불하지 않은 철도당국을 비난하던 승객도 산민들의 식량을 축내는 데 망설이지 않는다. 홍수에 땔감더미가 떠내려가지 않도록 막고 있던 부락민들은 시키는 대로 버스를 끌어주고 나서도 품삯 한 푼 받지 못한다. 저녁 때 홍천에 도착하자 범람한 홍천강에 장작과 뗏목들이 떠내려가는 모습을 본 김사량은 혹시 그것이 부락민들이 지키고 있던 땔감더미가 아닌가 생각한다. 「산가 세 시간」이라는 제목처럼 불과 세 시간 남짓 머무르는 시간 동안 김사량은 당시 통용되는 조선에 대한 야만－열등 담론과 일본의 이중적인 태도, 조선 민중의 순종적인 태도를 이용하여 그들을 착취하는 식민 당국의 모순을 예리하게 스케치하고 있다.

영감은 좀복숭아 바가지에 몰려든 사람 떼를 바라보며

"시당들 하신게로군 시당들하신게야."

하며 적잖이 속으로 만족해 한다. 어느새 차장 여아가 또 빠져서 토끼처럼 바깥에 나갔다 왔는지 아직 차를 끌어 올릴 시간은 멀었다고 보고하면서 차안에 있는 사람들이 복숭아라도 찌여 내오란다고 분부처럼 전한다. 그러니 아낙네가 또 일어서서 나가는 품이 복숭아를 정말 삶아 줄려고 하는 모양이다. 이런 산중에서는 복숭아도 일종의 식량이다. 그래 너무 쓰지 말라고 삶아서 식용하는 터인데 오늘은 자동차 두 대의 열두 명 남짓한 승객이 이 가난한 산가의 복숭아까지 걷으려고 톡톡히 들러 붙은 셈이라고 김 군과 나는 고소(苦笑)하였다.36)

승객들은 허락도 받지 않고 산촌 민가에서 쉬면서 당연하다는 듯이 먹을 것을 얻어먹고 돈도 내지 않는다. 집안에는 병으로 앓아누운 가장과 어린 소년, 그리고 젖먹이가 딸린 아낙네와 노인뿐이다. 뿐만 아니라 홍수에 떠내려갈까봐 장작더미를 지키는 부락민들을 버스를 끌어내는 노역에 동원하고 노임도 주지 않는다.

산같이 쌓아올린 장작더미가 있는데 그게 물살에 허물어져 떠나갈까 아우성을 쳐가며 그걸 막느라 일곱 여덟 명이 필사의 노력을 하고 있다. (중략) 자동차 끌어 올리는데 독살을 하는 부락민들도 사실은 더 이 징직디미의 운명에 마음이 좋지 아니한 모양으로 소리가 날 적마다 연신 그쪽에 시선을 건내며 속을 태우고 있다. (중략) 그러나 부락민들은 겹석겹석 허리를 구부리며 치우래는 돌은 들어 옮기고 차체 아래에 기여 들어가래면 시퍼렇게 겁을 집어 먹고도 두말없이 엎드려서 몸을 비틀어 넣는다.37) (206쪽.)

봉사를 아끼지 않은 산민들의 노력에 힘입어 버스는 무사히 운행

---

36) 김사량, 「산가 세시간」, 『삼천리』 1940.10, 앞의 책, 205쪽.

37) 김사량, 앞의 책, 228쪽.

길에 오를 수 있었다. 김사량은 '홍천강에 흘러가는 장작더미'가 그들의 것이 아닌가 싶다는 말로 작품을 끝맺는다. 산민들은 제대로 된 사람 취급을 받지 못하는 것이다. 같은 내용을 일본어로 다시 쓰고 첨삭한 「맨들레미 꽃—화전 지대를 가다 2」에서 김사량은 집주인의 다음과 같은 말을 끼워 넣는다.

> "저희들 따위는 정말 산에 사는 짐승과 같은 생활을 하는 것입죠. 조금도 인간이라는 생각이 스스로도 들지 않습니다요." 그렇게 주인은 몸을 앞으로 구부리고, 짚을 끌어당기면서 낮고 쓸쓸한 목소리로 중얼거렸다.38)

사람 취급을 제대로 받지 못하고, 스스로도 인간답지 못하다고 느끼는 산민들의 존재는 한국 근대문학에서 다루어지는 농민들과 사뭇 다른 느낌을 준다. 전통적인 사—농—공—상 신분제에서 농민은 선비 다음 가는 지위였으며, 가난할지라도 나라의 중추를 떠받치는 계층으로 존중받았다. 그러나 김사량의 눈에 비친 산민들은 완전히 다르다. 조선 후기부터 일제에 이르기까지 계속된 착취 때문에 이들은 땅으로부터 쫓겨나 농사도 짓지 못하고 채집으로 연명하며, 더욱 상황이 나빠지면 불법적인 화전민으로 전락할 수밖에 없다. 김사량이 보기에 조선에서 가장 가난하고 불행한 사람들은 농민이나 도시 노동자가 아니라 바로 화전민이다. 화전민은 근대 문명을 거의 접하지 못한 채 짐승이나 다름없는 생활을 하고 있었다. 이러한 화전민에 대한 김사량의 인식은 「풀숲 깊숙이」를 거쳐 장편소설 『태백산맥』까지 이어진다.

---

38) 김사량, 「맨들레미 꽃—화전 지대를 가다 2」, 『문예수도』, 1941, 앞의 책, 221쪽.

> 붕대를 감은 양복 입은 작자가 아주 신이 나서 장사꾼 모양의 내
> 지인을 보고는 물린 자리에 촌의사(村醫師)가 약을 쓰던 이야기를 주
> 절거린다. "모모 콘나니스루까라 쇼가 나이테수요 소레데 와타시 노
> 유비가 입뽕 쿠사리마시타까라네."라며 촌뜨기 의사가 물린 손가락
> 밑을 붕대로 다짜고짜 감아서 주사를 주었기 때문에 혈관이 못 쓰게
> 되었다는 것이다. 방약무인하게 떠드는 바람에 또 차안이 시끄러워
> 졌는데 내지인들은 고개를 끄덕거리며 동정을 표하면서 "안셍데기
> 마센네"를 연발한다.[39]

한 조선인 승객은 일본인들에게 일본어로 조선 의사의 후진성을
비난한다. 그는 양복을 입고 일본어를 사용하지만 조선식 일본어를
쓰는 것을 보아 조선인이라는 사실을 금방 알 수 있다. 그의 말인즉
조선 의사의 의술은 형편없으니 일본인들은 부디 조심하라는 것이
다. 일본 의술에 비해 조선 의술은 질이 떨어지기 때문에 일본인들은
주의해야 하는 것이다. 일본어를 쓰면서 조선을 비난함으로서 자신
의 조선인 신분을 슬며시 숨기는 그의 태도는 '조선인 잡아라'를 연발
하며 조선 혈통을 감추려는 「빛 속에」의 하루오와 다를 바 없다. 조
선에 온 일본인들은 이러한 '유사 일본인'의 친절한 안내를 받으며 유
용한 정보를 얻었다고 생각한다. 또한 그는 부락민들에게 차 한 번 태
워주지 않으면서 일만 시키고 노임도 지불하지 않는 철도 당국을 비
난하기도 한다. 그를 지켜보는 김사량은 당국의 태도에 분노를 느낀
다.[40] 이러한 산민들과 승객들의 모습에는 식민지를 착취하면서도

---

39) 김사량, 「산가 세시간」, 『삼천리』 1940.10, 앞의 책, 207쪽.

40) 산민들에 대한 운송 당국의 부당한 태도를 다룬 작가는 김사량 혼자가 아니다. 강경애의
　　단편 「산남(山男)」은 길가에 빠진 차를 끌어주는 대신 병든 어머니를 태워달라는 산촌민
　　을 다루고 있다. 극중 '나'는 차를 끄는 남자의 모습을 자세히 관찰한다. 남자는 원래 도시
　　에 사는 부호의 사생아로 아버지에게 버림받고 병든 어머니와 단 둘이 살고 있다. 남자는
　　온 힘을 다해 버스를 길 위로 끌어올린다. 그러나 운전사는 차 시간이 늦었다는 핑계로 남

다양한 담론적 억압을 통해 정당한 대우를 회피하는 식민통치의 진실이 그대로 드러나 있다.

②「풀숲 깊숙이」의 이중언어와 피식민자 모방

「풀숲 깊숙이」의 주인공 인식은 화전민 조사를 위해 숙부가 군수로 재직하는 지역에 들렀다가 그의 엉터리 일본어 연설을 듣게 된다. 산민들의 옷에 먹물을 칠하는 광경에 분노하던 인식은 중학교 시절 동맹파업으로 쫓겨난 조선어 선생과 마주친다. 그 조선어 선생은 숙부의 통역으로 일하고 있었다. 비굴한 모습으로 학생들의 비웃음을 샀던 조선어 선생이 색의장려 정책을 무턱대고 따르다가 부인에게 망신을 당하는 모습을 보고 인식은 비참함을 느낀다. 화전민을 조사하러 산으로 들어간 인식은 동물이나 다름없는 화전민의 모습과 그들의 고혈을 빠는 사이비 종교 집단을 보며 다시금 절망에 빠진다. 이후 숙부는 군수직에서 밀려나면서 일본어도 그만두고, 조선어 선생은 화전민들이 사는 산중으로 색의장려를 선전하러 떠났다가 실종된다. 인식은 조선어 선생이 백백교를 믿던 화전민에게 살해당한 것으로 추측한다.

「풀숲 깊숙이」는 1940년 일본 문예잡지『문예』의 조선문학특집으로 게재되었다. 이 특집은 장혁주의 「욕심 의심」과 이효석의 「은은한 빛」, 유진오의 「여름」과 평론가 하야시 후사오의 「조선의 정신」, 임화의 「조선문학의 환경」, 백철의 「조선의 작가와 비평가」으로 구성되었다. 윤대석[41]은 이 특집에 일본 제국주의가 식민지 조선을 보

자를 태워주지 않고 그대로 떠나버린다. 남자가 던지는 돌이 버스에 맞는 소리에 '나'는 슬픔을 느낀다. 자연주의적 경향으로 비판받기도 하지만 한국 근대문학이 거의 조명하지 않은 산촌민들을 다루었다는 면에서 가치가 있다.

는 시각이 반영되어 있다고 보고 글이 게재된 순서에 주목한다. 특집 맨 앞에는 하야시 후사오와 임화의 평론이 순서대로 게재되어 있고, 장혁주 · 유진오 · 이효석 · 김사량의 순서대로 작품이 실려 있으며 백철의 평론이 맨 마지막에 배치되어 있다.

윤대석은 이 특집의 편집을 하야시 후사오가 대변하는 일본 문단의 시각과 이에 반론을 펴는 임화의 주장이 서로 대조되어 있는 구조로 분석한다. 하야시 후사오의 조선문학에 대한 토속적 타자화와 오리엔탈리즘에 임화의 조선문학의 역사화 · 체계화가 맞서는 형태이다. 이 특집에 실린 임화의 「조선문학의 환경」에는 그 유명한 '승합차에 타고 다니면서 성장하는 소녀들'이라는 비유가 등장한다. 임화는 조선문학이 독특한 환경 속에서 독자성을 가지고 전개되어 왔다고 주장한다. 그러나 임화의 이 주장에서 조선문학의 '독특한 환경'이 곧 '독자성'으로 치환될 뿐만 아니라 조선문학이 외국문학을 모방한 기원이 은폐된다는 것이 윤대석의 주장이다.

이 특집에서는 타 조선 작가들과 함께 실린 김사량의 「풀숲 깊숙이」에 대한 이타가키 나오코(板垣直子)의 평이 눈길을 끈다. 그는 특집의 네 작품 중 김사량의 작품이 유난히 눈길을 끌며, 다른 작가들이 가지지 못한 열정을 갖고 있다고 말한다.

> 대단한 작품도 아닌 것들을 여기에서 특히 언급한 것은 현재의 조선 문학이 어떠한가를 암시하고 싶기 때문이다. 즉 이상의 3인(김사량 이효석 유진오)도 문학의 관점이나 형식, 태도가 대체로 장혁주와 비슷하다는 것을 알 수 있다. 삽화 등을 써서 사생적으로 조선인의 일단을 보여주는 종류의 작품이다. 어떤 깊은, 혹은 새로운 관점, 극

---

41) 윤대석, 「식민지인의 두 가지 모방 양식－『문예』지 「조선문학특집」을 중심으로」, 『한국학보』, 한국학보, 2001.

히 개성적인 것은 보이지 않는다. (중략)

　이러한 면에서 김사량만 혼자 특별하다. 그에게는 단순한 사생 이상의 것이 속에 있다. 다른 사람들 속에 없는 열렬한 내면성, 근대적인 안목이 있는 것이다. (중략)

　씨(김사량)에게는 조선 민족이 갖고 있는 여러 특성과 그 숙명에 대한 강렬한 응시가 있다. 따라서 씨가 선택하는 제재 역시도 그에 따라 어두운 것 일색이다. 작품 역시도 말하기 어려운 일종의 음울한 효과를 담고 있다.[42]

　이타가키 나오코는 조선문학 특집의 작품들을 "대단한 작품도 아닌 것들"로 폄하하며 현재의 조선 문학 전체를 살피는 잣대로 삼고 있다. 평가 기준이 되는 사람은 일본 문단에 가장 먼저 진출한 장혁주이다. 장혁주 이후 일본 문단에 소개된 작가들은 장혁주와의 공통점과 차이점으로 이해된다. 그의 눈에 조선 문단의 중견격인 이효석과 유진오의 작품은 "사생적으로 조선인의 일단을 보여주는 종류의 작품" 이상이 아니다. 그러나 신진 김사량은 "단순한 사생 이상의 것"을 보여주고 있다.

　안우식은 김사량에 대한 이타가키 나오코의 범상치 않은 평가를 다음과 같이 분석한다.

　김사량의 "원래 자기의 것임에도 불구하고 그 이그조틱한 쪽에 현혹되기 쉬운" 위구심, 조선인 작가가 일본어로 작품을 쓸 때에 빠지기 쉬운 위험성, 그것이 결코 기우가 아니라는 것을 훌륭하게 뒷받침하고 있다. 바꿔 말한다면 "어떤 깊은, 혹은 새로운 관점, 극히 개성적인 것"을 상실한 "문하의 관전이나 형시, 태도"는 "자기의 것임에도 불구하고 그 이조틱한 쪽에" 현혹되어버린 결과인 것이다. 이

---

42) 이타가키 나오코,『사변하의 문학(事變下の文學)』, 1941, 제일서방, 안우식,『김사량평전』, 문학과지성사, 2000, 136쪽 인용. 괄호는 인용자 표시.

세 명의 조선인 작가들의, 민족에 대한 태도 속에 그 원인이 있다고
생각된다. 말하자면 그들은 자신을 포함한 조선 민족 전체가 놓여 있
는 현실의 외부 지점에 자신을 놓아두고, 방관자의 눈으로 민족의 현
실을 '사생'한 데에 지나지 않았다. (중략) 그러면 김사량의 경우는 그
것이 어떠했는가. (중략) 이것은 조선 민족의 생활 실태와, 그곳에 내
재되어 있는 의식을 그가 올바르게 묘사함으로써 얻어낸 것이었다.
즉, 김사량의 생활 묘사의 실체는 어디까지나 조선의 하층 사회 생활
의 실태와, 하층 서민과 반항자, 더 나아가서는 식민지 통치하에 있
는 현실 사회로부터 소외되어 있는 하층 대중의 의식 구조를 적확하
게 포착하여, 이것을 반영해낸 점에 있었다. 이것이 바로 김사량이
'진짜를 쓰겠'다고 했을 때의 그 '진짜'에 해당하는 것이다.43)

안우식은 김사량과 다른 작가들의 식민지 조선을 바라보는 시각을
비교한다. 장혁주·유진오·이효석의 작품은 조선 민족을 외부에서
바라보는 방관자적 관점을 취하고 있다. 세 사람의 작품에서 조선 민
족은 외부에서 관조되거나, 단일 민족주의적 담론 속에서 균질한 집
단으로 상상되지만 김사량은 하층 대중의 의식 구조를 세밀히 포착
하여 작품에 담아내고 있는 것이다.44)

「풀숲 깊숙이」의 식민지 조선은 단순한 민족집단으로 재현되지 않
는다. 식민지 조선의 비민족적 재현은 이 작품의 가장 큰 특징이다.
김사량은 식민지 조선의 중산층과 농민층에 작동하는 이중언어의 권
력 관계를 미세하게 관찰하여 민족주의와 식민주의 담론에 포획되지
않으면서 식민지 조선을 재현할 수 있었다. 김사량이 이 작품에서 가
장 집중하는 것은 식민통치를 매개하는 일본어이다. 일본어는 조선

---

43) 안우식, 앞의 책, 137~138쪽.

44) 이 주장은 안우식의 것으로, 김사량과 타 작가 3인의 시각에 대해 좀 더 상세한 작품 분석
   이 필요하다. 여기서는 안우식의 주장을 요약하고 김사량의 「풀숲 깊숙이」를 분석하는
   것으로 그치기로 한다.

에서 신분 상승의 도구이며, 농민 계층을 배제하는 장벽이다. 김사량이 본 식민지 조선 중산층에게 일본어란 근대어나 문화적 우위와는 아무 관계가 없었다. 일본어는 식민자를 모방하여 신분 상승과 권력 및 재산 증식을 도모하는 수단에 불과했다.

작품의 주인공 박인식은 의대생으로 지식인 계층에 속한다. 지식인인 인식에게 일본어 능력은 필수적이다. 이에 비해 인식의 숙부인 군수와 조선어 선생의 일본어 사용은 경제적 측면과 관련이 깊다. 군수는 식민지 조선의 지배계층이며, 조선어 선생은 하급 관료로 중산층과 농민의 중간정도이다. 군수는 허울 좋은 위치를 과시하고 권력을 얻기 위해, 조선어 선생은 먹고 살기 위해 일본어를 사용한다. 주인공 인식은 군수인 숙부를 만나러 갔다가 색의장려[45] 연설을 듣게 된다. 숙부는 서투른 일본어로 연설을 하고 조선어 선생은 그것을 통역한다. 연설하는 자리에 일본인은 내무주임 한 사람뿐이고, 연설에 동원된 산민들은 일본어를 알아듣지 못한다. 게다가 연설은 일본어 발음이 여기저기 잘못되어 있다.

> 「ええと, ちゆまり吾人は白い着物を廢止して, 色を染めだ着物を着用せねばならんのである」と叔父は胸を張つて泰然と後手をし御自慢の辯舌をふるつてろる. 「朝鮮人が貧乏になつたのは白い着物を着用したからである. 經濟的にも時間的にも不經濟なのである. 卽ち白い着物は早ぐ汚れるから金が要り, 洗ふのに時間がががるのである」

> "에에 그러니까, 요오컨대 오인(吾人)은 흰 옷을 폐지하고, 색을

---

45) 1920~1930년대 조선의 민속을 연구한 일본 민속학자 무라야마 지쥰(村山智順)우『朝鮮の服裝』에서 백의가 보행을 느리게 하는 등 조선인을 게으르게 한다고 주장하였고, 조선총독부는 이 조사를 바탕으로 색의착용을 종용하였다.

들인 옷을 츠악용(着用)하지 않으면 안 된다 이말이올시다.”하고 숙부는 가슴을 펴고 태연하게 뒷짐을 지고 자랑스럽게 변설(辯舌)을 늘어놓았다. “죠센징(朝鮮人)이 궁핏(窮乏)해진 것은 흰 옷을 입었기 때무이올시다. 갱제적(經濟的)으로도 시갠적(時間的)으로도 갱제적이지 않다 이 말이올시다. 즉 흰 옷은 빨리 더러워져서 돈이 들고, 씻는데도 시간이 든다 이 말이외다.”[46]

이 대목에서 피식민자의 이중언어 양상에 얽힌 문제가 드러난다. 군수의 일본어 사용은 식민지 지식인의 일본어 사용과 근본적으로 다르다. 식민지 중산층은 식민자의 언어가 특별히 우월해서가 아니라 그 언어가 권력과 연결되어 있기 때문에 사용한다. 식민지 지식인은 근대 지식을 수입하기 위해 식민자 언어를 사용하지만 식민지 중산층은 신분 상승이나 재물 획득 등 자본 축적의 일환으로 사용한다. 식민지 조선의 중산층에게 일본어는 지위와 재물을 얻는 통로이다. 군수직을 그만둔 숙부가 “완전히 조선어로 바뀌”는 것은 이에 대한 반증이다. 한편 연설장에 동원된 농민들과 인식이 조사하는 화전민들은 모두 일본어를 사용할 줄 모른다. 심지어 화전민들은 기본적인 언어 구사조차 잘 하지 못한다. 이들은 일본어를 사용하지도 않고 식민자를 모방하지 않는다.

작품 속에서 인식/군수/산민(화전민)은 식민지 조선의 지식인/중산층/농민을 대표하며 이중언어와 모방 양상이 각각 다르게 나타난다. 그럼에도 불구하고 이들 사이에는 공통점이 있다. 조선총독부의 색의장려 정책을 진심으로 믿지 않는 것이다. 인식은 색의장려를 총독부의 허위로 생각하며, 군수는 자신의 출세를 위한 또 하나의 “스웃자”를 늘리기 위한 도구로 간주한다. 산민들은 색의장려에 드러내놓

---

46) 김사량, 「풀숲 깊숙이」, 『문예』, 1940, 앞의 책, 68~69쪽.

고 저항하지는 않지만 내심 불만스럽게 생각한다. 색의장려로 대표되는 식민정책에 대한 하위계층의 진심은 인식이 화전민들과 만나는 장면에서 명백히 드러난다.

이 작품에서 식민자의 정체는 관청에서 일하는 일본인 관료를 통해 암시된다. 색의장려 연설장에서 일본인 내무주임은 흰색 리넨 바지를 입고 앉아 있었다. 일본인 내무주임을 통해 드러나는 색의장려 정책의 허상은 숙부와 인식의 대화에서 서술된다.

「實際あそこで白い服をきてるたのは' ただあなたの部下の内務主任だけだつたんです！」
「さりだよ・さりだよ」と叔父は得たりとばかり膝を乗り出しいきほひ朝鮮語で・「だから困るんだよ．内務主任は内地人だからちらて自らもつて範を垂れることをしないんだよ．怪しからんよ．全く怪しからんよ」(중략)
「皆土色の …… その土まみれになつたよれよの着物がどりしたと云ふのです」
「いやさりは云はさん」 と叔父はネワタイを外しかけてるた手を休めて，再び内地語に早變りした．
「奴等は狡いからわざとさりいふ着物を着て來たのぢや．」
(153~154쪽)

"실제 거기서 흰 옷을 입고 있던 사람은 오직 숙부님 부하인 내무주임뿐이었어요!"
"그렇지. 그렇고말고."하고 숙부는 옳거니 하고 말하는 듯 무릎을 내밀고 자연스레 조선어로, "그래서 곤란하단 말이다. 내무주임은 내지인이라는 구실로 스스로 나서서 모범을 보이는 일을 하지 않는단 말이다. 괘씸하다 이 말이야. 정말로 괘씸해." (중략)
"모두 흙색의…… 그 흙투성이가 돼서 닳을 대로 닳은 옷이 어쨌다고 하는 겁니까."
"아니 그렇게 말해선 안 되지." 하고 숙부는 넥타이를 풀려던 손을 멈추고는, 급변해서 내지어로 말했다.

"그 놈들은 교오활(狡猾)해서 일부러 그런 옷차림으로 나타난 것
이야."[47]

인식은 물론 숙부도, 심지어 일본인 내무주임도 색의장려정책을
진지하게 생각하지 않는다. 색의장려정책은 조선인에게만 적용되는
것으로 옷에 먼지를 묻히며 일하지 않는 사람은 자주 빨지 않아도 되
는 색의를 입을 이유가 없다. 색의는 들일을 하는 농민들이 입어야 하
는 옷이다. 일제가 백의를 금지한 이유는 백의 세탁에 드는 시간을 노
동에 투입하기 위해서였다. 조선 전통 사회를 상징하는 백의는 일제
가 도입하고자 하는 근대적 시간 개념에 맞지 않다. 빨래에 드는 시간
을 줄여 생산에 투입해야하기 때문이다.

인식이 일본인 내무주임의 흰옷을 지적하자 숙부는 대답할 때 조
선어를 사용한다. 일제의 모순을 지적하는 데 일본어가 아닌 조선어
가 사용되는 것이다. 산민들에게 이야기가 옮겨가자 숙부는 다시 일
본어를 사용한다. 상황에 따라 언어가 달라지고 정체성이 바뀌는 것
이다. 즉 숙부는 산민들 앞에서 일본어를 사용하며 일본인으로 행세
하지만, 일본인을 비판할 때에는 조선어를 쓰는 조선인이다.

색의장려정책의 허상은 조선어 선생의 에피소드에서 명백히 드러
난다. 선생이 시책에 따라 군에서 하듯이 부인의 흰옷에 먹물을 칠해
놓은 것이다. 색의장려 정책을 곧이곧대로 믿는 어리석음이 드러나
는 대목이다.

　「あのおいぼれがわたしのたつた一つの白い裳にまで墨を付けや
　がつたんですよ，この糞爺奴，白い絹裳一つでも拵へてくれたとい

---

47) 김사량, 앞의 책, 75~76쪽.

ふのけ？　(중략) わたしの白い裳をどりしてくれるんだよ．どりして
くれるんだよ．郡廳の者だつてみな自分のりち着物にだけは上手く
やつてるでねえか……」

　　　"이 늙어빠진 영감이 하나밖에 없는 흰 치마에 먹칠을 해댔다 안
하오. 이 빌어먹을 영감탱이야. 네 놈이 나한테 흰 비단 치마 하나라
도 해줬느냐 말이다! (중략) 내 흰 치마를 어찌해줄 참이요. 어찌할 것
이냐고야. 군청 사람들만 혀도 지 집에 있는 옷은 수단 좋게 잘 간수
한다 안하느냐 말이요……"48)

　인식의 조선어 선생은 국가 시책을 순진하게 믿고 따르는 전형적
인 하급 관료이다. 학교에서도 그는 일본인 선생들의 심부름을 도맡
고 있었다. 봉급도 터무니없이 적어서, 학교 소사조차 고향에서 술 한
잔 걸치면 조선어 선생이었다고 거짓말을 할 정도로 당시 조선어 선
생의 지위는 열악했다. 인식은 노회한 교장과 교사들 못지않게 비굴
한 그의 모습이 보기 싫은 나머지 동맹휴업으로 함께 내쫓아버리는
데 일조했다.

　조선어 선생은 앞에서 나눈 지식인/중산층/농민층의 분류에 바로
들어가지 않는다. 관료이기 때문에 중산층으로 분류할 수 있지만 계
급적으로는 산민들보다 나을 것이 없다. 일본어를 사용할 수 있음에
도 불구하고 인식처럼 지식인도 아니다. 그리고 일제의 색의장려를
진심으로 믿는 유일한 인물이기도 하다. 그의 식민자 모방―흰옷에
먹물 칠하기―은 진심으로 식민자의 담론을 믿고 따른 결과이다.

　식민자는 피식민자에게 자신의 문화를 모방하면 비슷한 권력을 얻
을 것이라는 담론으로 피식민자의 협력을 끌어낸다. 그러나 식민자
와 피식민자 사이의 차별이 없어지는 것이야말로 식민자가 가장 우

---

48) 김사량, 앞의 책, 81쪽.

려하는 것이기도 하다. 일제도 내선일체의 핵심으로 주창되던 창씨
개명를 하면서도 호적에 조선인 신분을 기입하는 제도를 만들어 식
민자와 피식민자의 차이를 끝내 없애기를 거부한 바 있다.

인식의 숙부는 이러한 사실을 잘 알고 있기에 군수에서 물러난 뒤
일본어 사용을 그만둬 버린다. 일본어 사용이 이익이 되지 않는 이상
사용할 이유가 없는 것이다. 한편 조선어 선생은 산속에 색의장려 활
동을 떠났다가 실종된다. 인식은 혹시 조선어 선생이 백백교 사건의
희생자가 아닐까 생각한다. 조선어 선생은 색의장려를 진심으로 믿
고 따르는 유일한 인물이기 때문이다.

언어 사용을 기준으로 등장인물들은 인식/숙부/조선어 선생과 산
민/화전민으로 나뉜다. 이들은 각각 생산계층과 지배계층으로 분류
할 수 있다. 즉 일본어 사용이 신분 상승의 관건이 되는 식민지 조선
의 실상이 드러나는 것이다. 그런데 식민자 모방 여부를 기준으로 하
면 숙부/조선어 선생과 인식/산민/화전민으로 도식이 달라진다. 숙부
는 식민자를 모방하여 자기 이익을 도모하는 피식민자이다. "군청 사
람들도 자기들 옷은 수단 좋게 잘 간수"한다. 이들은 식민정책이 자
기들의 이익에 부합하면 적극적으로 모방하지만 그렇지 않으면 진심
으로 따르지 않는다. 이에 비해 조선어 선생은 식민자의 담론이 진실
이라고 믿고 진지하게 모방한다.

인식은 이미 식민자와 유사한 위치이기 때문에 모방할 필요가 없
다. 산민들도 식민자를 모방하지 않는다. 일본어를 모르면 모방도 불
가능하기 때문이다. 이들은 식민통치가 강요하는 색의장려에 수동적
으로 대응하며 별다른 저항을 보이지 않는다. 그러나 색의장려에 대
한 반감은 화전민들의 종교에 직접적으로 드러난다.

「わしら白い着物を着る朝鮮同胞はどうしても鄭鑑録(古來の妖書)にたよらねば救はれんのでしてな．ちやんとその中に白衣同胞の進むべきみちや運命が豫言してあるのですよ．」(중략) 白い着物を着てxxxxxxxxxと唱へれば，それで救はれるとちやんと鄭鑑録に書いてますからな，けけけ……」

"우리 흰 옷을 입는 조선동포는 누가 뭐라 해도 정감록에 의지하지 않으면 구원받지 못한단 말입지요. 분명히 책 안에 백의동포가 나아갈 길과 운명이 예언되어 있습죠." (중략) "흰 옷을 입고 xxxxxxxxx 라고 외우면 그걸로 구원을 받는다고 정감록에 써 있으니까 말이야. 케케케……"[49]

문명 생활에 제외된 계층은 언어 공동체에서도 소외당한다. 김사량이 본 화전민 계층은 근대 언어와 문명 공동체 양쪽에서 소외되어 있었다. 산촌에 들어온 인식은 처음부터 이곳이 됴쿄나 경성과 전혀 다른, 근대의 빛을 전혀 받지 못하는 곳이라는 사실을 감지하고 공포를 느낀다. 화전민들은 산 속에 움집을 짓고 들짐승처럼 살아가고 있었다. 이들은 일본어 사용은 물론, 색의장려 정책의 대상조차 되지 못하는 철저히 소외된 계층이다.

색의장려에 대한 산민들의 반감은 화전민들 사이에 퍼지는 사이비 종교로 표출된다. 흰 옷을 입어야만 구원을 받을 수 있다는 백백교의 교리는 색의장려에 대한 반감의 증거이다. 김사량은 백백교의 연쇄 살인행각에 조선어 선생도 당한 것이 아닌가하는 추측을 남김으로써 백백교와 색의장려에 대한 저항을 연결시킨다.

일본어는 식민자 모방의 주요한 도구이다. 그런데 일본어를 구사하지 못하는 계층을 식민지에 동화시키기 위해서는 의복과 음식 등

---

49) 김사량, 앞의 책, 95쪽.

의 생활 문화와 지역적 특색을 공격하는 것이 효과적이다. 색의장려 정책의 궁극적인 목적은 조선의 일반 노동계층을 식민자에 동화시키는 것이다. 그에 대한 반작용으로 백의착용은 식민자가 금지하는 것이기에 더욱 중요해진다. 「풀숲 깊숙이」의 사이비 종교는 모방 혹은 협력할 능력이 없는 피식민 계층이 식민자가 금지하는 대상을 중심으로 형성된 심리적 기제로 분석할 수 있다.

「풀숲 깊숙이」는 탈식민주의 연구의 주요 과제인 피식민자 모방 문제를 구체적으로 형상화하여 일제의 식민통치의 허구성을 효과적으로 드러내고 있다. 또한 피식민자 모방의 여러 가지 유형을 보여주고 있다. 김사량은 이 작품에서 식민지 조선에서 피식민자 모방 문제와 일본어 사용의 관계를 통찰하고 있다. 또한 지식인의 이중어사용뿐만 아니라 식민지 조선 중산층의 일본어에 대한 허위 의식을 꿰뚫어보았다.

「풀숲 깊숙이」의 이중언어 양상은 식민지 조선의 다양한 계층들로 확장된다. 「풀숲 깊숙이」의 식민통치에 대응하는 식민지 조선인들의 다양한 모습들은 민족주의나 사회주의 등의 단일 담론의 렌즈를 통해서는 쉽게 드러나기 힘든 것들이다. 단일 담론으로 식민지 현실을 재단하는 대신 다양한 주체들이 지닌 진실을 찾아내려는 김사량의 시각은 이후 독립무장투쟁을 다룬 희곡 「호접」에서 빛을 발한다.

3. 김사량의 근대성과 민족성 인식

1) 「빛 속에」의 근대성

근대국가 성립 과정에서 언어는 국가 구성원을 통일하는 주요 역할을 담당했다. 국가와 자본이 대중을 동원하기 위해 단일 언어 사용으로 구성원의 균질성을 높여야 했기 때문이다. 이 과정에서 혈통과 국적, 언어의 배타적 관계가 형성됐다. 식민지 조선의 조선 혈통－조선인－조선어 등식도 일제에 대한 대척점으로 작용했다. 혈통과 국적, 언어가 합치되고 그 관계 속에 이질적인 요소는 배제된다.

이러한 체제에서 이중어 사용자인 재일조선인은 언어 문제에 부딪칠 수밖에 없다. 언어는 기본적인 의사소통 도구이기 때문에 지역 언어를 구사하지 못하면 생존할 수 없기 때문이다. 재일조선인의 언어 의식은 정치·사회적 맥락에 민감하게 반응하면서 정체성과 언어 문제를 고민하게 된다.

「빛 속에」에는 민족정체성에 대한 김사량 본인의 고민이 반영되어 있다. 남선생은 조선인이지만 일본어를 사용하고 일본 이름으로 불리우며 하루오는 조선·일본 혼혈이다. 남南선생은 학교 동료와 학생들이 자신을 미나미南 선생이라고 부르는 데 익숙해져 있다. 남선생이 미나미라고 불리움으로써 그의 조선인 신분은 자연스럽게 은폐된다. 남선생도 일본에 사는 한 조선인이라는 사실을 드러내지 않는 편이 좋다고 생각한다. 혹시 모를 불이익을 받을 수 있기 때문이다. 남선생은 이러한 모순을 순수한 아이들과 어울리기 위해서라는 핑계로 합리화한다.

だが後から私はやはりかりいふ無邪氣な子供たちと遊ぶためには, 却つてその方がいいかも知れないと考へた

나는 이런 천진난만한 아이들과 놀기 위해서는 오히려 그편이 나은지도 모른다고 생각했다.[50]

---

50) 김사량, 『김사량 작품집』, 임헌영 편, 지만지고전천줄, 2008, 29쪽.

'천진난만한'이라는 표현은 외부의 이질적인 요소가 침투하지 않은 민족적 순수성을 암시한다. 단일 혈통과 단일 국적의 균질적인 구성원으로 이루어진 집단에 이질적인 요소가 침투하는 것은 이러한 천진난만한 아이들에게 부자연스러운 영향을 미칠 수 있다는 핑계로 남선생은 자신의 이름이 식민지배자의 언어로 불리우는 부조리를 억압한다.

'천진난만한' 상태로 유지되던 학교는 이군에 의해 미묘한 변화를 겪는다. 외부의 이질적인 요소가 침입하는 불안감은 다음과 같이 묘사된다.

> 私ははつ思つた。子供たちもどりいふ意味かは知らはいが何か險しい空氣にけおされて・彼と私の顔をかはるがはる見守つてるた。(중략) 「私は實際あなたにどちらの言葉で話しかけていいか分りませんでしだ」(중략) 私は先生の眼や顴骨や鼻立から、きしと朝鮮人であるのに違ひないと思ひました。だがあなたはそんな素振り一つしなつたやりです。」

> 나는 흠칫하였다. 아이들이 어떤 의미인지 모르지만 험악한 공기에 눌리어 그와 나의 얼굴을 번갈아 쳐다보고 있었다. (중략) "난 사실 선생님한데 어느 쪽 말로 말해야 좋을지 일 수 없있습니다. (중략) 나는 선생님의 눈과 관골과 코를 보고 꼭 조선 사람이 틀림없다고 생각했습니다. 그러나 선생은 그런 티를 하나도 보이지 않는 것 같습니다."[51]

이군은 일본어 이름을 사용하는 남선생에게 외모까지 지적하며 격렬히 항의한다. 일본어만 통용되는 교실에서 '선생님'이라는 조선어가 나옴으로써 남선생의 조선인 신분이 폭로된다. 숨기고자 했던 사

---

51) 김사량, 앞의 책, 29~31쪽.

실이 밖으로 드러나는 일종의 아웃팅52) 같은 상황이다. 남선생의 일본어 사용은 혈통－국적－언어의 배타적 관계를 파괴하기 때문이다.

한편 조선·일본 혼혈이기 때문에 하루오는 일본 쪽에서는 조선인으로, 조선 쪽에서는 일본인으로 취급된다. 하루오는 이러한 복잡한 상황의 책임을 어머니에게 전가하고 모든 부정적이고 더러운 것을 조선적인 것으로 취급하면서 무분별한 폭력을 가하는 등 아버지와 자신을 동일시한다. 외부 세계에서 조선적인 요소와 일본적인 요소가 전혀 융합하지 못하기 때문이다. 따라서 하루오는 강하고 주체적인 대상을 선택함으로써 갈등을 봉합하려 한다. 그러나 그 선택은 아버지의 폭력으로부터 하루오를 보호해주지 못한다. 아버지를 흉내내어 약한 사람에게 폭력을 휘둘러보지만 그 결과는 따돌림뿐이다.

남선생이 조선인이라는 사실을 안 뒤 하루오는 그를 볼 때마다 '조선 사람(조센진)'이라고 야유하지만 재일조선인만 쓰는 '잡아라'는 말을 무의식적으로 사용함으로써 자신의 신분을 드러낸다. 이러한 하루오의 행동은 자신이 조선인이라는 사실을 은폐하기 위해서이다.53) 식민 지배자 내부에 자리한 열등감과 부정적인 요소는 식민 피지배자에게 그대로 투영되고, 그 야만적인 요소가 식민 피지배자의 본성으로 간주되면서 식민 지배자는 그와 대치되는 문명적인 요소를 획득한다.

민족주의에 근간한 혈통－국적－언어 체제는 조선 혈통－조선인－조선어－조선문학(인)과   일본   혈통－일본인－일본어－일본문학

---

52) 본인의 의지와 상관없이 동성애자의 정체성을 외부에 폭로하거나 협박하는 행위.

53) 고모리 요이치는 미국의 강제 개항 이후 일본의 식민주의가 대만과 조선을 비롯한 식민지를 야만이라고 부름으로써 자신들의 야만성을 은폐하고 문명성을 부각시키는 기제로 사용한다고 분석하고 있다. 고모리 요이치, 『포스트콜로니얼』, 송태욱 역, 삼인, 2002, 35쪽.

(인)이라는 대립 체계를 만들어낸다. 두 체계 모두 내부에 이질적인 요소를 배제한다. 하루오와 남선생은 각기 조선 민족과 일본 민족 사이에서 이질적인 존재로 배척당한다. 두 인물의 고민은 이중어의식을 지닌 작가 김사량의 자의식이 반영된 결과로 볼 수 있다.

어머니의 부상 후 하루오와 남선생은 화해한다. 두 사람은 마쯔자까야 백화점에서 식사를 하고 우에노 공원에 간다. 두 사람은 자동차를 몰고 나온 이군과 마주쳐 드라이브를 한다. 남선생에게 하루오는 무용가가 되고 싶다는 희망을 고백한다.

> 春雄がエスカレーヌーに乗らりといふので二人で並んで乗つた時は，さすがに彼は幸福さりで晴夕としてるた．私もみちあふれるやりな歡びを全身に感じた．（중략）彼はアイスクリームとカレライスをとり私はソーダ水飲んだ．
> 「りまいかい」
> 「らん」彼は皿の上に顔をつけたまま私を上目で見た．

> 하루오가 계단식 승강기를 타자고 해서 나란히 올라탔을 때 그는 행복스러운 듯 얼굴이 환했다. 나도 넘쳐나는 듯한 기쁨을 느꼈다. (중략) 그는 아이스크림과 카레라이스를 먹고 나는 소다수를 마셨다.
> "맛이 있나?"
> "응."
> 그는 접시 위에 얼굴을 숙인 채 나를 치떠보았다.[54]

두 사람은 백화점을 돌아다니며 음식을 먹고 새 옷을 사면서 서로에 대한 불안감을 해소한다. 공원에 가기 위해 이군의 자동차를 타는 장면은 시사적이다. 자동차는 현대 문명의 대표적인 이기이기 때문이다. 하루오는 조선인인 남선생이 제국대학에 다니는 사실을 알고

---

54) 김사량, 앞의 책, 71쪽.

미래의 희망을 가진다. 그리고 무용가가 되겠다는 소망을 고백한다.
혈통에 대한 열등감과 아버지에 대한 공포는 남선생과 근대 문명을
체험하고 삶의 지향점을 찾아냄으로써 해결의 실마리를 찾게 된다.

그러나 근대성이 모든 조선인을 구제하는 것은 아니다. 하루오의
어머니를 만나면서 남선생은 자신의 협소한 시각을 깨닫는다.

> 　妾は朝鮮人でありますと彼女はいかにも悲しく云ってろた. 彼女
> の方では又もしかすれば自分が內地人と結婚してるろことを一種の
> 誇りと思って, この逆境に生きてゆくせめてもの慰めとしてるろの
> かも知れない. 私は寧ろあの半兵衛に向つて彼女が激しい憎惡を
> つてろることを期待し, そして同じ鄕國から出て來た者として義奮
> の悅びに醉ひたかつた. だか私は見事に肩すかしを食はされたでは
> ないか.

> “나는 조선 여자예요” 하고 그 여자는 아주 슬프게 말했다. 그 여
> 자는 혹시 자기가 일본 사람과 결혼한 것을 일종의 자랑으로 생각하
> 고 그로부터 얼마간의 위안을 받으면서 이 역경 속을 살아 나가는지
> 도 모른다. 나는 오히려 한베에에 대한 그 여자의 세찬 증오를 기대
> 했으며 같은 고국에서 온 사람으로서 의분의 기쁨에 취하고 싶었다.
> 그러나 나는 보기 좋게 한 대 얻어맞지 않았는가.[55]

하루오의 어머니는 한베에가 자신을 ‘자유로운 몸으로 만들어주었
다’고 말한다. 한베에는 그녀를 요리집에서 빼내어 가정을 이루게 해
주었기 때문이다. 주변에서 그녀를 ‘나쁜 일본인’에게 고통당하는 ‘불
쌍한 조선 여자’로 인식하는 것과 대조적인 진술이다. 하루오의 마음
을 여는 데 성공한 남선생도 그녀에게 도움이 되지 못한다. 그녀의 불
행은 일본인과의 결혼에서 비롯되었으며 조선으로 돌아가면 모두 해

---

55) 김사량, 앞의 책, 63쪽.

결될 것이라고 생각한다. 그녀를 도우려는 이군과 남선생 모두 그녀의 삶과 희망을 알지 못한다.

식민지 조선 문인들은 조선 민중을 계몽의 대상으로, 일제는 동원과 포섭의 대상으로 인식하였다. 그러나 하루오의 어머니가 겪는 고통은 근대성의 추구로 구제되지 못한다. 김사량은 남선생의 입을 빌어 하루오의 어머니에 대해 아무것도 알지 못한다고 솔직히 고백한다. 이러한 무지의 인식은 김사량으로 하여금 식민지 조선의 하위 대중의 생활과 의식 구조를 깊숙이 통찰하는 출발점이다. 김사량의 이러한 민중에 대한 관심은 이후 발표되는 「풀숲 깊숙이」·「지기미」 등으로 지속된다.

「빛 속에」는 하루오의 갈등을 근대성의 추구로 해결하지만 이것이 완전한 해결방식은 아니다. 백화점과 자동차로 표상되는 현대 소비 문화와 무용가가 되겠다는 희망이 식민지 문제까지 해결해주지 못하기 때문이다. 작품을 노정하는 주요 갈등 요소인 남선생의 조선어 호칭 문제도 명확히 해결되지 않는다. 두 사람은 자신의 정체성을 수용하는 것으로 겨우 갈등 해결의 첫 발을 내디뎠을 뿐이다. 물론 김사량은 근대성의 추구가 한계를 지니고 있음을 알고 있다. 김사량은 이 한계를 인식하고, 근대성의 한계 바깥에 존재하는 하위대중의 모습을 꾸준히 작품으로 형상화했다. 이러한 김사량의 노력은 그의 작품을 살아 숨쉬게 하는 강한 원동력 중 하나이다.

일제 치하 조선에게 일본은 '근대의 빛'을 수입하는 통로였다. 일제 말기 일본의 중국 침략이 격화되면서 일본은 대동아 공영권을 선전하고, 중국 침략이 곧 동아시아 근대화라고 주장했다. 이 과정에서 일본과 조선 문인들이 동원되어 조선인의 자원입대와 전쟁참여를 독려했다. 이 때 조선 작가들은 만주를 비롯한 중국의 전쟁 실태를 체험하고 작품화하였는데, 김사량의 「향수」도 그 중 하나이다. 「향수」는 식민지민의 전향을 주요 제재로 다루고 있다. 또한 이 작품에는 복고적 근대성과 이중어의식, 조선 문화의 지역성과 기독교적 영향 등 다양한 층위들이 복잡하게 얽혀 있다.

2) 「향수」에 나타난 전향과 기독교적 의식

1941년 7월 『文藝春秋』에 발표된 「향수鄕愁」는 김사량이 일본에서 낸 작품집 『고향』에 수록되었다. 이 작품은 주인공 현이 중국으로 독립운동을 떠난 누이를 만나는 여정을 그리고 있다. 김사량은 현을 통해 북경으로 가는 철도를 타면서 고구려를 떠올리며 만주국을 건설한 일본을 찬양하기도 한다. 「향수」는 전쟁 말기 독립군의 실상을 생생하게 그린 흔치 않은 작품이다.

평양에서 교육을 중심으로 애국계몽운동을 하던 주인공의 누이 가야와 윤장산 부부는 3·1 운동 후 일제의 탄압을 피해 독립 운동을 하기 위해 북경으로 떠난다. 소식이 끊긴 지 이십여 년 후 현은 윤장산의 부하 박준으로부터 두 부부와 그들 사이에 태어난 아이 무수가 살아 있다는 소식을 접하고 북경으로 떠난다. 그때 이미 만주는 일본 영토가 되었고 북경도 여러 개의 외국 조계로 쪼개져 있었다. 누이 가야의 주소로 찾아간 현은 윤장산이 박준의 아내와 바람이 나 도피했고 윤장산의 가장 믿음직한 부하 옥상열이 옛 동료들을 잡아들이는 일제 특무국에서 일하고 있는 충격적인 사태에 접한다. 더구나 가야의 아들 무수마저 일본군 통역으로 입대하고 가야는 생활고에 시달리다 아편 밀매로 생계를 잇는 사태에 직면한 현은 절망에 몸부림친다. 그러던 중 현은 우연히 고미술품 가게에서 보기 드문 조선 도자기 두 점을 찾아낸다. 현은 누이 부부와 조카 대신 조선 도자기를 데려간다고 생각하며 다음에는 반드시 그들을 데리고 귀향하겠다는 결심을 하면서 귀향길에 오른다.

이 작품을 쓰기 전 김사량은 두 편의 북경 여행 수필을 발표했다. 1939년 8월 조선어로 쓰여『博文』에 실린「北京往來」와 같은 해 9월에『文藝首都』에 실린「에나멜 구두와 포로(エナメル靴の捕虜)」이다. 문예시평과 같이 동일한 내용이 조선어와 일본어로 쓰여졌다. 두 편을 비교하면 일본어로 쓴「에나멜 구두와 포로」의 양이 좀 더 길고 내용이 풍부한 편이다.

두 수필의 내용으로 보아 김사량은 이때의 북경 체험을 바탕으로「향수」를 쓴 것으로 보인다. 순사에게 북경 고대문화 시찰이라고 둘러대는 대목부터 중국에 주둔하는 일본군 친구와의 만남, 토약점土藥占이라고 불리우는 아편 흡연소와 조선 이주민의 생활상, 일본군 통역자로 일하는 조선 독립운동가 아들과의 만남 등이 묘사되어 있다. 장물을 거래하는 거리에서 장사꾼에 속아 가짜 골동품을 샀던 경험도 눈에 띄는 대목이다. 김사량에게 북경은 고대문화의 흔적이 생생하게 살아 숨쉬면서 일본군에 대한 중국 인민의 투쟁이 벌어지고, 그 틈바구니에서 비참하게 생계를 이어가는 조선 동포들이 뒤섞인 혼란스러운 공간이었다. 그 복잡한 역사의 현장에서 김사량이 초점을 맞춘 것은 몇 개월 되지 않아 떨어져 버리는 불량품 구두였다. 김사량의 눈에는 조선을 떠나 북경까지 왔으면서도 직장을 찾지 못하는 무기력한 동포 젊은이들에 비해 뻔뻔스러운 태도로 불량품을 파는 중국인들은 생명력과 활기가 넘치는 민중이었다. 검열 때문에 길게 쓰지 못했지만 대부분의 중국 대학생들이 총을 들고 일본군과 싸우러 떠났다는 대목은 식민지 조선 독자들에게 분명 울림을 주었을 것이다.

「향수」는 성경 구절을 인용하는 등 김사량의 작품 중 기독교적 영향이 가장 깊게 배어 있다. 일제의 1940년대 대표적인 대對만주 정책인 오족협화五族協和를 노골적인 어조로 옹호하는가 하면 전향한 독립운동가의 비참한 생활 실상을 생생하게 보여준다. 현이 일본인 친구와 만나 일본어로 대화하는 장면에서는 김사량 특유의 언어의식이 표출되기도 한다. 주인공의 입을 빌려 일본의 중국 침략을 미화되기도 하고 조선인들의 일제 협력 양상이 그려지기도 한다. 김사량이 여행을 통해 겪었던 만주와 북경의 공간 체험, 철도와 고구려 민족을 연결시키는 복고적 근대성의 추구, 대륙—반도—열도를 잇는 언어의식과 기독교적 종교의식 등 「향수」는 김사량이 체험했던 북경처럼 복잡한 작품이다.

「향수」의 주된 초점은 재외 전향 조선인들의 비참한 삶에 맞추어져 있다. 명성을 드날리던 독립운동가 윤장산은 부하 박준의 아내와 도피하여 빈민굴에 숨어버렸다. 현의 누이 가야는 남편에게 버림받고 아편 밀매로 생계를 이으며, 그들의 아들 윤무수는 일본군 통역으로 일하고 있다. 만주와 중국을 오가며 용맹을 드날리던 독립군 행동대장 옥상열은 옛 동료들을 감시하고 잡아들이는 특무국에서 일한다. 이 작품의 독특한 면은 윤장산 일가와 옥상열뿐만 아니라 등장인물들이 모두 전향자라는 것이다. 주인공 현뿐만 아니라 일본인 군인 이토, 현에게 소식을 전하러 온 박준까지 모두 전향 경험이 있다.

<blockquote>
彼等二人も　時は思潮の波にさらはれ、高校の時分からお互ひ心の中で同志と叫んで手を握り合ふ間柄だつた。(중략) しかし東洋の平和、ひいてれ世界の平和のために、にの事變が巳むを得ぬ運命をもつて起り、尹藤もやはり戰場へ召される身となつて萬歳の聲に送られ東京驛を發てた。(중략) 今絃はこの懷かしい舊友の中に、見事
</blockquote>

に往前の憂悶や懐疑を拭ひ去つて清澄な， それこそ蟬脱といつてい
い程， 立派に軍人となりきつた新しい尹藤をみて， 眩しいのを感ず
ると共に， 心の奥から安堵もした.

　　두 사람도 한때는 사조(思潮)의 물결에 휩싸여 고교 때부터 서로
마음속으로 동지라고 부르고 손을 꼭 잡던 사이였다. (중략) 그러나
동양의 평화, 더 나아가서는 세계의 평화를 위해 이 사변이 멈출 줄
모르는 운명으로 발발했고, 이토도 역시 전쟁에 징집되는 신세가 되
어 만세 소리가 넘치는 환송 소리를 들으며 동경역을 출발했다. (중
략) 지금 현은 이 그리운 옛 친구를 통해, 예전의 근심걱정이나 번민,
회의를 벗어던지고 청징(清澄)함을 간직한, 그것이야말로 속세를 초
연했다고 해도 좋을 정도로 훌륭한 군인으로 성장한 새로운 이토를
보고 눈부심을 느끼는 동시에 마음속으로 안도했다.56)

　　현은 민족주의와 사회주의에, 이토는 사회주의에, 윤장산 일가와
옥상열은 민족주의와 기독교에 각각 등을 돌렸다. 일본 문인의 전향
문제는 혼다 슈우고(本多秋五)가 1954년에 「전향문학론」을 쓸 정도로
사상사적 중요성을 가진다. 그에 따르면 1934년이 일본 문인들의 전
향의 출발이자 절정을 이루는 시점이다. 일본 작가들의 전향은 물론
극심한 탄압이 직접적인 원인이지만 근본적인 이유는 결국 국민대중
의 선택이며 여기에 본인이 이미 갖고 있던 내적 논리가 덧붙여져 전
향논리를 이룬다. 문제는 전향 이후이다. 혼다 슈우고가 '전향논리의
절정'을 이룬다고 평가했던 하야시 후사오의 1941년 팜플렛 「전향에
대하여」는 다음과 같이 말하고 있다.

　　마르크스주의로부터의 절연 혹은 이탈을 가지고 나의 전향은 끝

---

56) 김사량, 「향수」, 작품집 『고향』, 1942, 김재용 · 곽형덕 편역, 『김사량, 작품과 연구 1』, 도
　　서출판 역락, 2008, 174쪽.

이라고 생각한다면, 그것은 전향이 아니고 단지 정지이다. 경박한 혁
명가 대신에 일개 바보가 탄생한 것에 지나지 않는다. (중략) 전향의
길을 열어준 것은 일본의 국체이다. 그렇지 않으면 한 명의 백성도
죽이지 않으시는 커다란 폐하의 마음이 우리에게 전향의 길을 열어
주신 것이다.[57]

이 팜플렛에는 카메이 카츠이치지로오, 스기야마 헤이스케, 나카
노 시게하루, 이와쿠라 세이지, 야스다 요쥬로오, 토쿠나가 스나오,
사사키 아사노 등 여덟 명의 추천문이 부록으로 붙어 있다. 전향한 일
본 작가들이 돌아갈 곳은 조국, 즉 천황제의 일본이었다. 조선 작가들
은 그럴 수 없었다. 겨우 메이지 유신 시대에 와서야 모습을 갖추게
된 천황제에 진심으로 충성을 바치는 것은 일본 측에서도 믿기 힘든
행동이었다. 그렇기에 하야시 후사오는 조선 작가의 전향에 대해 이
렇게 말했다. "조선의 작가는 전향해도 돌아갈 조국이 없다." 오만한
태도로 조선 작가의 일본어 창작을 강요하길 유명했던 하야시 후사
오의 이 말 뒤에는 '그러므로 조선 작가의 전향은 진심으로 믿을 수
없다'는 결론이 자연스럽게 도출되는 것이다.

「향수」의 등장인물들은 눈 뜨고 볼 수 없을 정도의 비참한 삶을 영
위한다. 이들의 비참한 삶을 그대로 묘사하는 것만으로도 일제 식민
통치의 잔학상은 충분히 고발된다. 그러나 하야시 후사오의 말처럼
'중요한 것은 전향 이후'이다. 「향수」의 등장인물들의 삶은 하야시 후
사오의 말대로 '나아가지 않는다면 전향이 아니라 정지이며 혁명가
대신 바보가 탄생한 것'에 불과하다. 전향한 일본인이 그런 바보가 되
지 않으려면 천황제에 충성해야 한다. 그러나 조선인은 완전한 황민

---

57) 혼다 슈우고(本多秋五), 「전향문학론」, 『문학』 제5권, 1954, 이경훈 역, 『현대문학의 연구』,
한국문학연구학회, 1993.

이 아니기 때문에 그런 기회는 주어지지 않는다. 그렇기에 전향한 조선인의 나아갈 길은 일본어가 되는 것이다. 일본어를 몸속 깊숙이 체질화하고, 모어—조선어를 대체할 수준에 이를 정도로 사용해야 한다.

その時，彼の目にはベンチを離れて槐樹の杜の方へ脱兎のやりに
逃げて行く青い支那服の姉がちらりと見えた．絃は一層驚いて彈か
れたやりに飛び出しながら叫んだ．「お待ち下さい! お待ち下さい!」
しかし今まで伊藤と內地語(日本語以下同じ)で語り合つたばかりな
ので，思はずそれは內地語だつた．

　　그때, 그의 눈에는 벤치를 떠나 회화나무 숲으로 울타리를 벗어난
토끼마냥 도망가는 푸른 지나복 차림의 누님이 언뜻 보였다. 현은 더
욱 놀라서 튀어나가듯이 달리면서 외쳤다.
　　"오마치구다사이(お待ち下さい)! 오마치구다사이!"
　　저도 모르게 그것은 내지어였다. 게다가 그는 지금 자신이 내지어
로 외치고 있다는 것을 알아차리지 못했다.[58]

　함께 사회주의를 꿈꾸었던 친구 이토 소위를 만나 반갑게 대화하던 현은 도망치던 누이 가야를 보고 무의식적으로 일본어로 "잠깐만 기다려요"라고 외치지만 그녀를 더욱 공포에 질리게 하고 만다. 현은 일본어로 외치면서 자신의 완전한 전향을 확인하게 된다. 조선인의 진정한 전향은 사상과 행동의 단순한 정지가 아니라 일본어 사용, 무의식의 차원까지 파고드는 국어國語의 일본어 사용이기 때문이다.
　위 장면에서 무의식의 차원에까지 파고든 현의 이중어의식이 나타난다. 그는 조선과 일본에서 모두 살면서 두 언어 시스템을 경험했기 때문이다. 이러한 일본어 사용은 현의 전향의 정도를 보여준다. 이에

---

58) 김사량, 앞의 책, 174~175쪽.

반해 재외 조선인은 전향을 하더라도 일본어를 사용할 이유도 기회도 없기에 '진정한 전향'이라고 보기 힘들다.

진정한 전향이 이루어지려면 적극적인 협력, 즉 천황제 충성과 전쟁 참여가 뒤따라야 한다. 그러므로 일본 작가들에게 전향은 끝이 아니라 시작이었다. 조선의 작가들은 달랐다. 그들의 전향은 황민화를 거부하는 동포들을 끌고 전쟁의 소용돌이 속으로 들어가는 것이기 때문이다. 압박에 못 이겨 전향을 하더라도 도피나 침묵 등을 통해 비협력의 한계 안에서 버티어야 했다. 김사량은 옥상열의 입을 빌려 다음과 같이 전향의 이유를 밝히고 있다.

> これこそ實に恥づべき憎むべき稼業でなくて何でせり！　わしら亡命客には鐵の掟がありました．如何に苦しくても阿片をのんではならない．又阿片を賣つて支那人の血を吸ひ取つてはならない．お分りになりますか．つまり朝鮮人だけの幸福のためといふことではいけないといふのです．それは日本人の場合でもさりであるゆりに，又支那人の場合でもさりであるべきなのです．だからこそわしもこの度轉向したのです．

> 실로 부끄럽고 창피한 돈벌이가 아니고 무엇인가! 우리들 망명객에게는 철통과 같은 규칙이 있었다네. 아무리 힘들어도 아편을 해서는 안 된다. 또한 아편을 팔아서 지나인의 피를 빨아 들여서도 안 된다. 아시겠는가. 즉 조선인만의 행복을 위해서 하는 것은 안 된다는 것이라네. 그것은 일본인의 경우에도 그렇고 또한 지나인 경우에도 그래야만 하는 것이라네. 그렇기 때문에 이번에 우리가 전향한 것이라네.[59]

혼다 슈우고는 「전향문학론」에서 다음과 같이 말하고 있다. 일본

---

59) 김사량, 앞의 책, 169쪽.

에서 거의 유일한 과학적 합리성을 보유한 마르크스주의 학문조차
그 관념성을 탈피하지 못한 상태에서 비합리적 현실을 맞아 패배하
였다. 그 비합리적 현실은 '어머니인 국민 대중의 움직임'이었다. 옥
상열과 같은 사상가의 이념을 뒷받침해주는 관념이 현실과 불일치를
넘어서 그 토대를 침해할 때, 아무리 그 이념이 옳더라도 놓지 않으면
안 된다. 이념을 지키기 위해 '지나인의 피를 빨아들여서는' 안 된다.

「향수」는 근대가 낳은 대표적인 합리적 사상인 민족주의와 사회주
의의 패퇴를 지극히 비참하게 묘사한다. 그 패배는 혁명가 개인의 잘
못이 아니다. 한 국가의 나아갈 향방은 궁극적으로 국민대중이 쥐고
있기 때문이다. 이 국민대중은 역사적 주체이기에 아무리 비합리적
선택을 하더라도 곧 현실화되어 사상의 관념성을 가볍게 뛰어넘는
다. 일본 국민대중의 비합리적 움직임이 합리적인 과학과 사상을 패
배시키고, 그 결과 파시즘의 광란으로 사회를 몰아넣었다. 혼다 슈우
고는 그것을 '비합리적인 합리와 합리적 비합리'의 싸움이라고 불렀
다.「향수」에 나타나는 기독교적 영향[60]은 바로 여기에서 기인한다.

> 「わが民の女のほろぶる時には情愛深き婦女等さへも手づから己
> の了等を煮て食となせり(舊約聖書哀歌四章十節)つて知らないの.
> こんな屑のやりな者達をどりしよりが…」 しかし彼女はもりほとに
> 氣力をなくしたとみえ, その場に再び崩折れて嗚咽を續けた. 「あ
> ―, でも絃さん, お願ひします. 妾達のために祈つてよ, 祈つてよ
> り. 母さんにもさりお願ひしてより……」

"가련한 여인들의 손이 자기 자식들을 삶았으니 내 백성의 딸이

---

60) 김사량 본인은 기독교인이라는 확증은 없으나 모친과 누이, 아내 모두 열렬한 기독교인
이고 목사 앞에서 결혼식을 올린 것으로 보아 기독교 교리와 세계관을 충분히 이해하고
있었을 것으로 추측된다.

멸망할 때에 그 자식들이 그들의 음식이 되었다는 것은 알바 아니야.
이 쓰레기 같은 자들을 어찌 한다고 하여도……" (인용자 밑줄)
　　그러나 그녀는 이미 몹시 기력을 잃어버린 듯, 그 장소에 다시 쓰
러져서 오열을 계속했다.
　　"아… 그렇지만 현아, 부탁할게. 우리들을 위해서 기도해 다오, 기
도해 다오. 어머니에게도 그렇게 부탁해 주거라……"61)

「향수」에서 사상의 실패는 과학성의 부족이나 대중과의 유리 때문
이 아니라, 도덕적 타락과 신의 징벌로 설명된다. 물론 논리적인 설명
은 아니다. 그러나 기독교는 이 비합리적이고 절망적인 사태를 납득
할 수 있는 마지막 설명이자 과학적 사상과 비합리적 주체 위에 군림
하는 섭리이다. 그 섭리는 수난당하는 민족의 미래에 대한 약속이다.

김윤식62)은 옥상열이 현에게 가족에게 물건을 맡기는 장면을 김사
량이 R여사에게 짐과 편지를 전하는『노마만리』의 첫 장면으로 연결
시킨다. 현의 '반드시 돌아오겠다'는 결심은 김사량의 망명으로 현실
화된다. 김사량은 현의 결심대로 중국으로 돌아간다. 그리고 옥상열
이 그랬듯이 (노천명으로 알려져 있는)R여사에 가족에게 전달할 물
건과 편지를 맡긴다. 김사량의 삶 속에서 이현과 옥상열의 행동이 반
복되는 것이다. 이 반복은 예술에 대한 삶의 모방이자 기독교의 핵심
을 이루는 재림을 암시한다. 김윤식은 작품과 현실 속에서 반복되는
이현과 옥상열과 김사량의 망명을 기독교의 부활과 재림의 세계관으
로 분석한다.

김윤식이 분석한대로 삶이 예술을 모방한 결과는 그 창조자인 김

---

61) 김사량, 앞의 책, 189쪽.

62) 김윤식, 「베이징, 1938년 5월에서 1945년 5월까지─김사량의 「향수」와 「노마만리」」,
　　『문학동네』 2006 여름호, 2006.

사량의 삶을 완전히 뒤바꾼다. 김재용은 「향수」에 중국에 거주하는 조선인들의 내부의 협력과 저항의 양극화를 분석한다.63) 일제에 협력하거나 도피의 길을 택한 윤씨 일가와 옥상열의 모습과 누나에게 줄 돈으로 조선 도자기를 사가는 현의 행동에는 일본 제국 신민화의 길을 걷고 있는 북경의 조선인들과 다른 길을 걷겠다는 작가의 의지가 투영되어 있는 것이다.

私をお救ひ下さい，私も私もです．…… あ—いいともいいともと彼は心の中に叫びながら' それらのものをも取り上げた．君達はやはり朝鮮のものだ．

저를 구해주세요. 저도 저도 구해주세요.
아 …… 그렇게 하고 말고. 그렇게 하고말고.
그는 마음속으로 외치면서 그것들을 집어 들었다. 너희들은 역시 조선의 것이다.64)

작품의 결말에서 현은 가야를 구원하기 위한 상징으로 조선 도자기를 넣어 가며, 옥상열은 현에게 조선의 가족에게 전할 싸구려 구두 두 켤레와 수정옥 안경을 맡긴다. 가야는 온갖 종류의 중국 지폐를 그러모아 현에게 평양행 기차표를 사 준다. 조선 도자기는 현이 구하지 못한 윤장산 일가를 상징하며, 옥상열이 맡기는 물건은 김사량이 「에나멜 구두와 포로」에서 쓴 신자마자 해어지는 가짜 가죽 구두이다. 이 가짜 구두는 일제 침략에도 불구하고 꺾이지 않는 중국 인민의 생기발랄한 '게릴라전'의 상징이다. 가야의 기차표는 아편 밀매로 모은

---

63) 김재용, 「일제말 김사량 문학의 저항과 양극성」, 『김사량, 작품과 연구 1』, 도서출판 역락, 2008, 426쪽.
64) 김사량, 앞의 책, 177~178쪽.

돈으로 산 중국 인민의 피와 생명이다.

이렇게 세 사람은 각자 자신에게 최대의 의미를 가진 물건을 주고 받는다. 증여와 교환에서 물건은 각기 사람을 대신한다. 제자리로 돌아가야 할 사람 대신에 물건을 그 자리에 가져다 놓고, 언젠가 도래할 귀환―반복―재림을 약속하는 것이다. "돌아갈 조국"은 물론 돌아갈 모국어도 가지지 못한 재외 조선인들의 전향은 미래의 저항을 예비한다. 중국에 있는 한 일본에 협조할지언정 조선어를 버리고 일본어만 써야 하는 일은 없기 때문이다. 그러므로 북경에 돌아가겠다는 현의 결심은 조선인 전향의 목적지인 일본어 시스템을 초극하려는 의지이다. 그 의지는 작품 맨 마지막의 단 한 줄, "1938년 5월도 끝나갈 무렵의 일이었다."라는 말로 요약된다. 미래의 한 시점에서 쓰여진 말이다. 그렇다면 이 진술은 현이 자신의 결심대로 다시 북경행을 감행한 증거일지도 모른다. 물론 김사량은 이 진술의 의미를 확정짓지 않고 작품을 열린 결말로 남겨놓는다.

일제의 탄압이 거세지면서 식민지 조선 작가들도 전쟁 협력을 강요당했다. 일제는 저항적 발언을 제한하는 것을 넘어서 전쟁 참여 선전과 일본어 창작 등 적극적인 협력을 요구하였다. 당시 조선 작가의 일제 협력은 일본과 조선 문인들의 이해관계가 미묘하게 반영되어 있었다. 다음 장에서 다룰 「천마」는 식민지 조선 문인의 일본 협력과 일본 문인의 식민주의적 조선관觀이 극명하게 드러난 문제작이다.

3) 「천마」의 피식민자―식민자 대립

「천마」는 1940년 6월 일본의 대표적인 문예잡지 『文藝春秋』에 발표되었다. 이 작품은 일제 말기 문인의 대일본對日本 협력을 적나라하게 묘사하고 있다. 지식인의 협력은 내적 자발성을 전제로 하기 때문에 매우 복잡한 과정이 전제된다. 협력 안에 저항성이, 저항 안에서 협력적 요소가 발견될 수 있다. 또한 식민자도 나름의 필요 하에 피식민자를 압박하거나 회유한다. 피식민자는 이러한 필요성을 감지하고 식민자와 협상하며 이득을 취하기도 한다. 「천마」는 이러한 일제 협력에 대한 유·무형의 복잡한 양상을 예리하게 포착한 문제작이다.

「천마」는 유곽 지대인 신마치(新町:현재 서울 중구 묵정동)을 빠져나온 주인공 현룡玄龍이 하루종일 경성을 돌아다니다가 한밤중에 자신이 빠져나왔던 유곽 골목으로 돌아와 헤매는 열두 시간 남짓한 시간을 그리고 있다. 현룡은 혼마치(本町:충무로)·소공동 조선호텔·종로·화신 백화점·관철동 우미관 등 당시 경성의 명소들을 거쳐 결국 자신이 전날 묵었던 신마치로 돌아온다. 호텔 로비·극장·까페 그리고 전쟁 참여를 독려하는 관변 행진과 미로처럼 꼬인 유곽 골목 등이 현룡을 비롯한 조선과 일본의 지식인들이 활동하는 무대이다. 김사량은 「천마」를 통해 친일 지식인의 모습뿐만 아니라 당시 경성의 공간도 효과적으로 그려내고 있다. 이러한 공간 묘사는 현룡이라는 문제적 인물이 왜곡되고 굴절된 조선 사회의 산물이라는 작가의 의도를 잘 전달하고 있다.

최광석은 「천마」를 일제에 동화된 식민지 조선 지식인과 민족성을 왜곡하는 일제에 대한 대항 담론을 구축하는 탈식민주의적 텍스트로 보고 있다.65) 비록 일본어로 쓰여졌지만 비견할만한 타 작품이 드문 점을 들어 일제 식민주의에 대한 김사량의 강한 비판의식이 드러난 작품으로 평가한다.

---

65) 최광석, 「김사량의 「천마」에 나타난 탈식민주의 연구」, 한국일본어교육학회, 『일본어교육』 제42호, 2007.

김재용은 「천마」를 우회적 글쓰기의 관점에서 분석하고 있다.66) 이 작품은 현룡을 성격파탄자로 설정하고 그의 내선일체 이념을 비판함으로써 표면적으로 사이비 내선일체를 비판하다는 메시지를 내세운다. 김사량의 진짜 의도는 내선일체 이데올로기를 비판하는 것이지만 읽기에 따라 작금의 상황은 진정한 내선일체가 아니라는 것으로 보일수도 있는 것이다. 실제로 김사량은 평론 「조선문화통신」에서 일본어 창작을 비판하면서 그 근거로 내선일체 이론가 인정식의 「내선일체의 이념」을 끌어오고 있다. 일제의 검열 하에서 김사량은 이러한 우회적 글쓰기로 자신의 의도를 표현하는 슬기를 보였다. 한편 고인환은 「천마」의 현룡을 연민과 풍자의 시선으로 보는 김사량의 관점이 작품의 긴장관계를 유지한다고 분석한다.67) 김사량은 작품 속에서 조선어 창작을 주장하는 평론가 이명식과 일본어 글쓰기를 하는 현룡의 중간자적 위치에 놓여 있다. 김사량은 현룡에 대한 연민과 풍자를 통해 일본어로 쓸 수밖에 없는 자신의 내밀한 자의식을 표출한다.

이 작품의 주요 등장인물은 소설가 현룡과 그의 후원자이자 잡지사 기자 오무라(大村) · 작가 다나카(田中) · 교수 쓰노이(角井) · 평론가 이명식 · 여류시인 문소옥 등이다. 대일본 협력 작가의 대표격인 주인공 현룡은 일본 문단에서 활동한 경력을 바탕으로 조선에서 제법 지면을 얻었으나 이제 양쪽에서 이용 가치가 떨어져서 몰락하기 직전이다. 얄팍한 지식과 말재주, 짧은 외국어 실력 등을 동원하여 조선

---

66) 김재용, 「내선일체의 우회적 비판으로서의 김사량의 「천마」」, 「어문논총」 제40호, 한국문학연구학회, 2004.

67) 고인환, 「김사량 소설의 현실인식 변모양상 연구」, 국제비교한국학회, 『비교한국학』 제15호, 2007.

과 일본 양쪽 문단에서 대접받는 데 성공하였으나 이제는 밑천이 드러나 문인들 틈에 끼기에도 어려운 실정이다. 그러던 중 후원자인 오무라에게 근신령을 명령받은 현룡은 일본 작가 다나카에게 아첨을 하며 근신령을 풀어줄 것을 부탁한다. 이러한 현룡의 사정을 김사량은 특유의 날카로운 어조로 낱낱이 묘사하고 있다.

> 事實小說家玄龍にしてもさり惡い人間ではなく, 性根は至つて弱い臆病者で, 文學の才能にもいささかは惠まれてるた. ただ長い間のどりすることも出來ない窮乏や孤獨や絶望が, 彼の頭を攪亂してしまた. それに今は朝鮮といふ特殊な社會が彼を益ヌ混迷にぶち込んだのであろ. (중략) で, 彼はふと神の啓示でも受けたやりに苦肉の一第として, 急に自分は朝鮮貴族の息子でしかも文學的な天才であるばかりが朝鮮文壇では第一流の作家だとふれ廻ることにした. 彼はそれで, 朝鮮人であるがためにより餘計に受けわばならない蔑視や氣拙いことをも多少は緩和させ, いくらか暮しの上でも融通をきかせよりとする心算である. ところが奇蹟的なことにはその方法が全く功を奏して次タと二三人の女に飼はれることが出來た.

사실 소설가 현룡도 그렇게 나쁜 인간이 아니고, 본성이 약한 겁쟁이로 문학적 재능도 조금은 타고난 편이라 할 수 있다. 다만 오랜 기간 어찌한 수 없는 궁핍과 고독과 절망이 그의 머리를 착란시키고야 말았다. 게다가 현재의 조선이라고 하는 특수한 사회가 그를 점점 더 혼미한 구렁텅이로 밀어 넣었다. (중략) 그래서 그는 갑자기 신의 계시라도 받은 것 마냥 고육지책으로서 자신이 조선 귀족 집안의 아들이고 게다가 문학적으로도 천재일뿐만이 아니라 조선 문단에서는 일류 작가라는 소문을 사방에 퍼뜨리고 다니기로 했다. 그는 그것으로 조선인이라서 쓸데없이 당해야 하는 멸시와 거북함을 다소마나 완화시켜, 조금이나마 생활 면에서도 도움이 되게 할 심산이었다. 그런데 기적적인 일은 그 방법이 완전히 주효해서 차례차례 두세 명의 여자가 후원자로 나섰다.68)

일본에서 생활하던 현룡은 생계가 막막해지자 조선의 귀족이자 일류 문학자라는 사기를 친다. 홍미로운 것은 일본에서 그러한 거짓말이 통한다는 사실이다. 현룡이 사기 행각에 주로 동원하는 수법은 조선 문단에 이름이 좀 알려졌으며 유럽어를 몇 마디 할 줄 알고, 괴기스럽고 외설적인 글줄을 좀 쓴다는 정도이다. 재능은 별 것이 없으나 적극적으로 대일 협력에 나선 결과 현룡은 일본에서 대접받을 수 있었다. 조선의 대일 협력을 간절히 바라는 일본인들은 현룡에게 눈을 돌리지 않을 수 없었다.

> 大村といふのは，實は朝鮮民衆の愛國思想を深めるために編輯される時局雜紙Uの責任者である．內地から渡つて來たばかりの元官吏でまだ朝鮮やその文化の事情に疎い彼は，最初に近寄つて來た玄龍こそ，彼の言葉の通りに朝鮮文壇を實際に擔ふ小說家であり，又その性格破綻に近いところなどは，いよいよ彼が非凡な藝術家である所以だと頑なに信じ込んだ．がりして絶望の玄龍はわけもなく大村に取り入り重用されるやりになつたのだ．

> 오무라라고 하는 자는, 사실 조선 민중의 애국 사상을 심화하기 위해 발행되던 시국 잡지 U의 책임자이다. 내지에서 건너온 지 얼마 되지 않은 본래 관리 출신으로, 조선과 그 문화 사정에 어두웠던 그는 처음으로 접근해온 현룡이야말로 그의 말 그대로 조선 문단을 실제로 짊어지고 있는 소설가이며 또한 그 성격 파탄에 가까운 구석이야말로 확실히 비범한 예술가이기 때문이라고 철썩같이 믿어버렸다. 그리하여 절망 속에 빠져있던 현룡은 손쉽게 오무라에게 뽑혀서 중용되었던 것이다.[69]

---

68) 김사량, 「천마」, 『문예춘추』, 1940, 김재용 · 곽형덕 편역, 『김사량, 김사량 작품과 연구 2』, 도서출판 역락, 2009, 32~33쪽.

69) 김사량, 앞의 책, 34쪽.

　　오무라는 상해 사건을 일으키고 조선에 송환된 현룡을 유일하게
봐주는 후원자이다. 현룡이 엉뚱한 일로 체포되자 오무라가 관청의
힘을 빌려 석방시켜 준 은혜로 현룡은 그의 말이라면 두말없이 따르
지 않을 수 없었다. 그러나 현룡이 곳곳에서 끼치고 다니는 민폐가 심
해지자 오무라는 그에게 묘광사에 들어가라는 근신 명령을 내린다.
근신령을 피하기 위해 현룡은 다른 뒷배를 찾다가 조선호텔에 묵은
작가 다나카에게 의존하려 한다.

> 實際內地(日本，以下同じ)の藝術界から誰か知名の人でも來ると，
> ぐりたらな文學くづれ達がいかにも朝鮮の文人を代表するやりな面
> で押し掛けて來るので，ボーイ達はりんざりするのだつた．

> 　실제 내지 예술계에서 누군가 지명도가 있는 사람이 오기라도 하
> 면, 시시한 문학 퇴물들이 마치 조선 문인을 대표라도 하는 낯짝으로
> 몰려들기 때문에, 보이들은 진절머리를 치는 것이었다. 지금도 다나
> 카는 오무라와 어느 전문학교 교수들을 동반해서, 조선인 문학 퇴물
> 들을 너댓 명 줄줄이 데리고 나간 뒤였다.[70]

　　일본의 저명한 작가로 등장하는 다나카는 만주로 가는 길에 조선
을 경유하던 자였다. 당시 일본 작가들은 국책 일환으로 조선과 만주
를 여행한 체험을 르포로 쓰거나 조선 문인들을 만나 대일본 협력을
권유했으며 이광수 등의 문인들이 일본에 건너가 대담을 갖기도 했
다. 이러한 시책의 근본적인 목적은 조선인들의 자발적인 전쟁 참여
였다. 구성원의 자발적인 참여 없이 국민국가 단위의 총력전은 이루
어지기 힘들기 때문이다. 그리하여 일제는 일본 문인들을 앞세워 조
선 문인들에게 조선인을 대상으로 한 전쟁 선전을 강요하였다. 이러한

---

70) 김사량, 앞의 책, 21쪽.

대대적인 회유 공작은 1942년 대동아문학자대회에서 절정을 이룬다.

다나카는 "유행을 타고 있는 만주에라도 가서 여기저기 배회라도 하고 오면 다른 레테르가 붙어서 새로운 분야의 일"을 기대하고 조선에 온 차였다. 게다가 동료 작가에게 지지 않기 위해 "조선인에 대한 신랄하고 독특한 관찰"을 하고자 하는 마당에 현룡과 마주친다. 식민지에 대해 일본인 입맛에 어울리는 자극적인 글을 쓰려는 다나카의 욕망은 식민자가 피식민자를 바라보는 시선을 대변한다. 식민자는 피식민자를 있는 그대로 관찰하는 대신 자신의 편향대로 해석하며, 약점을 부각시켜 열등화하여 식민 지배를 정당화한다. 또한 개척되지 않은 신천지의 이미지에 주목하여 새로움을 발굴하려는 욕망을 투영하기도 한다. 피식민자의 장단점은 반복적으로 들춰지고 비판되지만 그 어느 것도 객관적인 증거는 존재하지 않는다.

> いよいよ玄龍は火のやりな熱情に燃えて激しい息づかひをしながら叫んだ。
> 「僕はかりいふ度し難い民族性を考へると悲しくてならないんだ，田中，おり君，僕の氣持を分つてくれるか！」
> (중략) 田中はすつかり感動して，
> 「分るとも，分るとも」
> と共に泣く氣持になり，やはり朝鮮にも來てよかつたと思ふのだつた。内地にくすぶつてるては島國文學しか出來ないと云ふのは全くだ。ここに大陸の人々の苦しむ姿がある。箸にも棒にもかからないやりな男だつた玄龍でさへ，もつと大きな本質的なもののために全身をゆすぶつて悩んでるるではないか。さりだ，これこそ朝鮮の知識階級の自己反省として内地に報らせより。尾形に俺の目が負けてはなるものかと力みつつ沁々歡びを感じた。支那人は分らんと云ふ連中は愚の骨頂だ。朝鮮人を僅か二日で分つたこの調子でなら，俺は四日位で充分分つてみせるぞ，とも心の中で叫んだ。

점차 현룡은 불타올라 격렬하게 거친 숨을 쉬며 울부짖었다.

"나는 이처럼 구제하기 힘든 민족성을 생각하면 슬퍼서 견딜 수가 없다네. 다나카, 자네는 이런 내 마음을 이해해 주겠는가!"

(중략) 다나카는 완전히 감동해서는,

"알고말고 알고말고"

라고 말하며 함께 울고 싶은 기분이 돼서, 역시 조선에도 오기 잘했다고 생각하는 것이었다. 내지에 틀어박혀 있어서는 섬나라 문학(島國文學)밖에 할 수 없다고 말하는 것은 지당하다. 여기에 대륙 사람들이 고뇌하는 모습이 있다. 아무짝에도 쓸모없는 사내였던 현룡조차도 보다 커다랗고 본질적인 것을 위해 전신(全身)을 떨면서 고뇌하고 있는 것이 아니겠는가. 그렇다, 이것이야말로 조선 지식계급의 자기 반성으로 내지에 알리자. 오가타에게 내 통찰력이 질소냐 하고 힘을 주어 절절히 기쁨을 느꼈다. 지나인(支那人)을 알 수 없다고 하는 놈들은 더할 나위없이 어리석은 자들이다. 조선인을 불과 이틀에 파악한 이 기제라면 나는 나흘 정도에 충분히 파악해 보여야겠다 하고 마음속으로 외쳤다.[71]

다나카의 이러한 속셈은 일본 문인들의 조선과 만주행의 의도가 어디에 있는지 적나라하게 보여준다. 이른바 조선과 만주, 더 나아가 중국은 그야말로 신천지였다. 일본 문인들은 식민 본국의 정부와 독자들의 구미에 맞는 소재를 발굴하여 작품화하고, 조선 문단에 지도를 자임하는 한편 조선어를 말살하여 군국주의 선전과 인쇄자본주의가 나란히 진출할 발판을 조성했던 것이다. 조선 문인의 일본어 창작 강요는 이러한 기획의 시초에 불과했다. 이러한 일본 문인들의 행태는 나프 해산과 대대적인 전향 후 일제의 요구와 일본 문인들의 이득이 서로 맞물린 결과이다. 전향 후 설 곳이 없어진 일본 문인들에게 일제는 식민지 선전 활동을 요구하였으며, 대중문학과 사회주의 문

---

71) 김사량, 앞의 책, 51~52쪽.

학 양쪽에서 실패한 일본 문인들은 식민지 진출을 통해 내면적 · 외형적 탈출구를 찾아 나갔다.

오무라 또한 다나카와 비슷한 입장에 놓인 인물이다. 다만 그는 관리 출신 언론인이라는 점에서 좀 더 관변적이다. 작품 속에서 오무라는 비교적 진실하고 건전한 성격으로 그려진다. 다나카가 적극적으로 사익私益을 찾아 조선에 온 데 반해 오무라는 어느 정도 현룡을 교화하려고 노력을 기울이는 편이다. 동정이 가기 때문이기도 하지만 일제에 적극적으로 협력하는 현룡이 더 이상 말썽을 부리면 오무라의 입장이 난처해지기 때문이다.

「今はどりいふ時局だと思ふ. はつきり時局を認識しなくてはいかん. 酒場を飲み倒したり, 女を強奪したり, 人を恐喝するなどもつての外ぢや. 君は内鮮一體内鮮一體と氣違ひのやりに叫び廻るけれど, 朝鮮人は誰一人君を相手にしないさりぢやないか. (중략) 内鮮一體ちりのは君のやりな人間の魂まで引上げて内地人同樣にしてやることなんだぞ」

"지금이 어떤 시국이라고 생각하나. 확실히 시국을 인식하지 않으면 못 써. 술집에서 술값을 떼어먹고, 계집을 강탈하고, 남에게 공갈을 치고 다니는 것은 당치도 않아. 자넨 내선일체(内鮮一體) 내선일체하고 미치광이처럼 부르짖고 다니지만, 조선인 누구 하나 자네를 상대하지 않지 않나. (중략) 내선일체라고 하는 것은 자네와 같은 인간의 혼(魂)까지 구제해서 내지인과 동등하게 하는 것이란 말일세."[72]

처음에는 현룡을 후원하던 오무라도 그를 절에 밀어넣는 것을 마지막으로 손을 떼려 한다. 이제는 현룡의 이용가치가 떨어졌기 때문이다. 이제는 현룡뿐만 아니라 거의 모든 조선 문인들이 내선일체와

---

72) 김사량, 잎의 책, 54~55쪽.

보국행진에 나서고 있는 실정이다. 모든 조선인이 일본 편이 되었으니 앞잡이가 쓸모없어진 셈이다.

오무라는 뒤이어 "조선인은 자학적이다, 자신을 소중히 하라"는 충고를 아끼지 않는다. 이러한 오무라의 태도는 피식민자는 야만적이고 열등하므로 교화·계몽시켜야 한다는 생각에서 기인한다. 식민자가 피식민자를 구원한다는 명목으로 식민 지배를 정당화하고 도덕적 우위도 취하는 것이다. 이러한 심리적 기제에서 식민자 내부의 모순은 은폐되고, 피식민자에게 있어 식민자는 온정적인 구원자이자 남성적인 보호자의 가면을 쓰고 나타난다.

이러한 식민자의 태도에 관하여 미야다 세츠코는 조선 총독 우가키 카즈시게宇垣一成를 대상으로 흥미로운 분석을 하고 있다. 1927년과 1931~1937년 두 차례 조선 총독을 역임했던 우가키 카즈시게는 식민지 조선에 온정적이고 계몽적인 정책을 펼쳐 검열을 완화하고 농민의 생활 기반을 확충하여 조선인의 반감을 누그러뜨리는 데 노력을 기울였다고 알려져 있다. 그로 인해 경성을 중심으로 한 조선 언론과 문학이 어느 정도 꽃을 피울 수 있는 틈새가 생겨났다. 이른바 우가키의 통치 철학은 '정신주의'였다. 농민의 생활 기반을 확충하기 위해서는 경제적 지원도 필수적이지만 무엇보다도 자포자기에 빠진 농민의 정신상태를 깨끗이 하는 것이 중요하게 여겼던 것이다. 우가키가 계획한 1932년부터 1940년까지 진행된 농촌진흥운동의 주요 목표는 '정신적인 재생'과 '5년 이내 안정적인 생계'를 이룩하는 것이었다. 정신적인 재생의 지표는 '근로호애勤勞好愛', '자주자립自主自立', '보은감사報恩感謝' 등이었다. 이 과정에서 우가키는 조선의 농본주의자들의 주장과 유교 향약의 전통 일부를 식민 정부의 목적에 맞게 가공하였다. 조선 농본주의자들의 농촌의 생활방식 찬양과 정신주의와 도덕 개혁 운동, 집단주의, 전통적 가치와 제도의 존중과 유교 향약의 충효, 노인 공경, 근검 절약 등의 이데올로기가 식민정부의 농촌진흥 운동에 대폭 수용되었다. 이 과정에서 우가키는 '진정한 유교의 가치'를 강조하기도 하였다. 식민지 조선의 농촌에서 근대의 과정이 거꾸로 돌아간 셈이다.[73]

미야다 세츠코는 이러한 우가키의 정신주의적 철학을 자아형 로맨티스트로 규정한다. 계몽주의적 식민 정책이 식민 지배의 모순과 실제 현장에서 벌어지는 각종 부조리를 은폐하고 식민자로 하여금 평화적·민주적 목민관이라는 심리적 기제에 도취하게 한다는 것이다.[74] 미야다 세츠코의 분석은 총독 우가키 개인에 한정되었으나 식민자 내면의 중요한 일면을 들여다볼 수 있게 하는 중요한 분석을 제공한다. 식민자가 피식민자를 계몽하고 구원한다는 환상은 식민자에게 자기 만족을 가져다줄 뿐만 아니라 식민 지배를 정당화하기 때문이다.

김사량은 사익을 추구하는 다나카와 온정적인 구원자인 자기 만족에 빠진 오무라 외에도 또다른 쓰노이라는 인물을 등장시킨다. 쓰노이는 현룡처럼 조선과 일본 양쪽 모두에서 환영받지 못하는 인물로 그려지고 있다. 관립 전문학교 교수인 쓰노이는 다나카의 안내자를 자임하며 조선의 실상에 대해 자기 좋을대로 해석한 엉터리 정보를 제공한다.

---

73) 신기욱·마이클 로빈슨 엮음, 『한국의 식민지 근대성』, 도면회, 삼인, 2006, 146~151쪽.
74) 미야다 세츠코, 『조선민족과 황민화 정책』, 이형랑, 일조사, 1997, 205~206쪽. '자기를 상대화할 줄 모르고 모든 것을 자기 본위로 사고하고 현실도 자신이 보고 싶은 대로 본다. 그 결과 자신에게 보이지 않는 현실은 간단하게 잘라버린다. 그것은 민족운동에 대한 우가키의 자세에서 전형적으로 나타난다.'

もともと彼は大學の法科を出ると共に朝鮮くんだりへ來て眞直
ぐ教授にもなれたのだが, 此頃は藝術分野の會にまでのさばり出る
など內地人の玄龍ともいふべき存在だつた. (중략) 自分は撰ばれた
者として民族的に生活的に人一倍下司つぼい優越感を持つてるる.
だがただ一つ藝術分野の會合等に出ると, 自分が朝鮮の文人達のや
りに藝術的な仕事を何もし得ないことにひけ目を感じ, 彈ね返つて
は彼等を憎タしくさへ思つてるるのだ.

원래 그는 대학 법과를 졸업하는 것과 함께 조선 구석에 와서 바
로 교수가 되었는데 요즘에는 예술 분야 모임에까지 활개를 치고 나
가는 등 내지인 현룡이라고 할 법한 존재였다. (중략) 자신은 선택받
은 자로서 민족적으로 생활적으로도 남보다 갑절 낫다는 우월감을
갖고 있다. 하지만 다만 한 가지 예술분화 회합 등에 나가서는 자신
이 조선 문인들처럼 예술적인 일을 아무것도 할 수 없다는 것에 열등
감을 느끼고 그 반동으로 그들을 몹시 못마땅하게 생각하고 있었
다.75)

김사량이 실제 모델로 삼았는지는 확인할 수 없으나 당시 쓰노이
와 유사한 인물이라면 녹기연맹綠旗聯盟을 만들었던 쯔다 사카에(津田
榮)를 들 수 있다. 29세의 나이로 경성제국대학 예과에 부임했던 쯔다
사카에는 1925년 예과 학생들을 모아 경성천업청년회京城天業靑年會를
만들고, 1930년 녹기동인회綠旗同人會로 개칭한 다음 1933년 그것을
모체로 녹기연맹을 결성하였다. 겉으로 보아 녹기연맹은 조선총독부
와 아무런 연관이 없으나, 각종 강연회를 통해 국책 선전에 힘을 기울
였다. 또한 각종 매체를 통해 조선총독부의 정책을 열심히 선전한 결
과 쯔다 사카에는 1936년 3월호 총독부 기관지인 『朝鮮』에 「마음 개
발의 근본적 용의(心田開發の根本的用意)」라는 글을 게재하는 데 성공하

---

75) 김사량, 앞의 책, 47~48쪽.

였다. 해당 호에 각종 종교의 교파와 교화단체가 이름을 올렸다는 점에 비추어 쯔다 사카에의 힘이 막강해졌다는 사실을 알 수 있다. 쯔다 사카에는 같은 해 『綠旗』를 창간하고, 1944년 3월호부터 『興亞文學』으로 개칭하여 발행하였다. 쯔다 사카에는 '내선일체의 실천'을 주장하고 『녹기』에 조선 작가의 친일문학작품을 집중적으로 게재하면서 문화관료적 위치에서 특권을 휘둘렀다. 그의 주된 목적은 조선의 문화적·정신적 일본화였다. 쯔다 사카에와 녹기연맹 그리고 『녹기』는 당시 문인들의 대일본 협력을 논할 때 빠질 수 없는 존재이다.76)

「あのくだらない朝鮮連中から解放されたすがすがしい氣持で，一つ朝鮮の酒でも嘗めてみませんか.」(중략) かり云はれてるる男は今まで彼等の後をぞろぞろとついて廻りながら，田中に先生先生とべこべこしてるた朝鮮人の事大的な文學くづれ達のことに違ひなかつた.

「(중략) だが實際にあの人達は自分で云つてるるやりに，文壇や劇壇等で相當活躍してるるんでせりかね」

「さりですよ,あの達中が一流どころですよ」

"그 형편없는 요보 놈들로부터 해방된 후련한 기분으로 조선술이라도 마셔 보시지 않으시렵니까?" (중략) 이렇게 말하는 사내는 지금까지 그들의 귀를 졸졸 따라다니고 맴돌면서 다나카에게 센세(先生) 센세 하면서 굽실굽실대던 사대적인 퇴물 조선인 문학자들을 말하고 있음이 틀림없었다.

"(중략) 허나 실제로 그 사람들은 자기네들이 말하는것처럼 정말로 문단이나 극단 등에서 상당한 활약을 하고 있는지요?"

"그렇죠. 저 치들이 일류입니다.77)"

---

76) 호테이 토시히로, 앞의 논문, 55~58쪽.

77) 김사량, 앞의 책, 45~46쪽.

구술 증언으로 미루어 보아 얌전한 성격이라는 쯔다 사카에가 쓰노이의 직접적인 모델이 되었던 것 같지는 않다.78) 그러나 『녹기』는 쯔다 사카에뿐만 아니라 동생이자 주간인 쯔다 타카시(津田剛), 한복을 입고 다닐 정도로 열성적이었다는 부인 쯔다 세츠코(津田節子)도 주요 멤버였다. 이들은 문학·문화·여성 등 다방면에 걸쳐 내선일체 이데올로기를 선전하였으며 조선 문화의 지도적 역할을 자임했다. 즉 쯔다 일가는 식민지배의 주요한 축인 정신문화 식민화를 이끌었던 것이다. 또한 이들이 오랫동안 조선에 주재하면서 조선에 대한 정보를 조선총독부와 일본의 지식층에 전달하였을 가능성도 높다.79)

쓰노이에게도 현룡은 이용가치가 높은 인물이다. 일본인인 자신보다 월등한 조선 문인들의 예술적 재능을 질투하는 탓에 누구나 멸시하는 현룡을 조선의 대표적인 문인으로 치켜세움으로써 조선 문단 전체를 모욕할 수 있기 때문이다. 김사량이 그려내는 쓰노이는 조선에 대해 왜곡된 정보를 식민 본국에 전달하고 개인적인 콤플렉스를 충족시키는 인물이다. 그의 역할은 식민지에 거주하면서 정보를 취합하고 전달하는 것이다.80) 그러나 쓰노이도 식민자적 우위의 환상에 휩싸여 조선의 실태를 직시하지 못한다. 식민권력에 아부하는 일부 지식층을 피식민자의 전부로 간주해 버리는 것이다. 식민자는 이러한 잘못된 정보와 피식민자의 사익 추구에 의한 기만, 자기만족적 기제 등에 눈이 가리워져 피식민자가 자신에게 완전히 동화되었다고

---

78) 한국정신문화연구원, 『내가 겪은 민주와 독재』, 선인, 2001, 87쪽.

79) 김재용은 오무라의 모델을 쯔다 다카시로, 쓰노이의 모델을 경성제국대학 중문과 교수였던 가라시마 쯔요시(辛島驍)로 보고 있다. 김재용, 앞의 논문, 142쪽.

80) 오무라도 관리 출신 언론인으로 쓰노이처럼 정보 취합과 선전이 주된 역할이나, 오랫동안 조선을 삶의 터전으로 삼고 살아온 쓰노이에 비해 내선일체 이데올로기를 조선에 퍼뜨려야 할 급박성에 의해 특별히 파견된 인물이라고 할 수 있다.

믿게 된다. 그 결과 해방을 맞은 조선인들의 환호에 일본이 충격을 받는 웃지 못할 사태가 벌어졌던 것이다.

「천마」에 등장하는 다나카, 오무라, 쓰노이 세 일본인은 각기 나름의 이유에 의해 조선에 오고 현룡을 이용한다. 이 세 인물은 식민자의 심리적 기제를 꿰뚫어본 김사량의 날카로운 시각이 반영되어 있다. 피식민자와 마찬가지로 식민자 내부에도 다양한 동기와 이해관계가 존재한다. 그러나 각기 다른 동기와 목적에 불구하고 식민지를 착취하려는 의도는 동일하다. 김사량은 이러한 식민자 내부의 미묘한 차이와 동기를 예리하게 포착하고 구체적으로 형상화하고 있다.

その實の玄龍は體よく愛國主義の美名のもとに隱れて，朝鮮語での述作はおろか言語そのものの存在さへも政治的な無言の反逆だと讒誣をして廻る者の一人なのだ．(중략) 殊に事變以後その危懼は一層甚しかるべきである．玄龍はそれにつけ込んで愛國主義をふりかざし人夕を賣りつけながらのさばり廻つているるのだつた．それでどれ程多くの無實な人夕が不安と焦躁，苦悶の深淵に突き落されたことだらりか．

실제 현룡은 겉만 그럴듯하게 애국주의자라는 미명하에 숨어서, 조선어로 글을 쓰기는커녕 언어 그 자체의 존재조차도 정치적인 무언의 반역이라고 중상을 하고 돌아다니는 사람 가운데 하나였다. (중략) 특히 사변이후 그러한 위구(危懼)는 한 층 정도가 심해졌다 하겠다. 현룡은 그것을 틈타서 애국주의를 내세워서 사람들을 팔아넘겨가며 지나치게 횡포를 부려댔다. 그래서 얼마나 많은 무고한 사람들이 불안과 초조, 고뇌의 심연 속으로 떨어졌단 말인가.81)

현룡은 사실상 조선 문단의 스파이이자 밀고자이다. 현룡의 본성

---

81) 김사량, 앞의 책, 28쪽.

이 탄로남에 따라 아무데서도 글을 실어주지 않자 문인들은 그를 따돌리기 시작했다. 그러자 현룡은 아무나 마음에 들지 않으면 밀고하겠다는 위협을 부렸던 것이다. 그럴수록 조선의 문화인들은 그를 겉으로만 받아주면서 피하기 일쑤였다. 더구나 조선 문인들이 차례로 일제에 협력하면서 밀고를 하겠다는 위협도 전혀 통하지 않게 되었다. 몰락 직전에 이른 현룡은 마지막으로 자신을 따르는 여류시인 문소옥을 만나는데 공교롭게도 그녀도 신사 참배를 가는 길이었다.

> 輕薄な女流詩人文素玉は玄龍をこの上もなく尊敬してゐるのだ
> てた．彼はいみじい詩の言葉，ラテソ語やフラソス語を知つてゐる
> ばかりか，彼女の好きなラソボヴやボードレールともただ國籍を異
> にしゐるだけに過ぎないと彼女固く信じてゐる．玄龍は又自分でも
> さり囁き廻つてゐた．何しろ彼女は時人としてもランボウの詩を幾
> つかもぢつてみた位のところであるが，それを玄龍が二三流の雜誌
> に擔ぎ上げて彼女の美貌と共にその前途を謳つたのだ．彼女がすつ
> かり詩人になつに氣取りで，人の出版記念會とやらにはどりいふこと
> があつても出席するやりになつたのも，それ以來のことである．

경박한 여류 시인 문소옥은 현룡을 더할 나위 없이 존경하고 있었다. 그는 적절한 시어와 라틴어 및 프랑스어를 알고 있을 뿐만 아니라, 그녀가 좋아하는 랭보와 보들레르와도 다만 국적만이 다를 뿐이라고 굳게 믿고 있었다. 또한 현룡 자신이 그렇게 큰소리를 치고 다녔다. 아무튼 그녀는 시인으로서도 랭보의 시 몇 편을 흉내냈었던 정도인데, 그것을 현룡이 이삼류 잡지에 다뤄서 그녀의 미모와 함께 그 전도(前途)를 칭송했던 것이다. 그녀가 완전히 시인이라도 된 기분으로 남의 출판기념회 등에 무슨 일이 있어도 출석하게 된 것도 그 이후부터였다.82)

---

82) 김사량, 앞의 책, 24쪽.

김사량은 현룡과 마찬가지로 문소옥을 현대 조선사회의 피해자 중 하나로 그리고 있다. 신여성으로서 봉건적 구습에서 벗어나 자유 연애를 구가하였으나 대개 조혼이었던 당시 풍습상 연애 결혼이 매우 어려웠기 때문이었다. 그녀가 여류시인으로 문단의 자리를 차지한 연유는 문학적 재능이 아니라 현룡이 저널리즘에 평을 써주었기 때문이다.

문소옥이라는 인물에는 당시 여성문인에 대한 문단의 얄팍한 시선을 잘 포착한 김사량의 통찰이 드러나 있다. 김사량은 1939년 11월 「조선의 작가를 말한다」에서 대표적인 여류 문인으로 박화성·강경애·김말봉·백신애·최정희 등을 소개하고 있다. 「천마」가 발표된 1940년에도 여류 문인에 대한 저널리즘의 관심은 상당했다. 그러나 저널리즘의 관심은 문학작품 자체보다 작가의 생물학적 여성성에 초점이 맞추어져 있었다. 당시 여성문인에 대한 평가는 제대로 써낸 문학작품의 조명보다는 여성 작가의 미모나 사생활에 초점을 맞추는 옐로우 저널리즘적 속성을 벗어나지 못했다. 뿐만 아니라 동경 유학생이거나 이화여전 출신의 신여성들은 이렇다 할 작품이 없어도 '여류문사'로 치켜세워지는 경우가 많았다. 또한 신문·잡지사에 근무하는 여기자도 여류문사로 분류되었다. 수필이나 잡문을 한 편 실어도 바로 여류문사로 보도되면서 사생활 등속이 파헤쳐지는 일이 허다했다. 심지어는 의사인 이광수의 부인 허영숙조차 여류문사로 보도되기도 하였다.

평론가 안함광이 "여류문사를 기자층이나 문사와의 유기적 관계에서 구할 게 아니라 그 문호를 넓게 개방할 것"이라고 지적한 바와 같이 당시 여류문인들은 남성작가와의 정실적 관계나 문인들과 가까워질 기회가 많은 여기자층에서 발굴되는 경우가 많았다. 이러한 경

우 문학적 재능보다 당장 판매를 자극할 요소—미모나 학벌, 사생활
—이 조명받는 경우가 많았다. 모윤숙과 노천명은 이화여전 출신이
었으며 최정희는『삼천리』의 기자이자 시인 김동환의 배우자였다.
이에 비해 조선 문단에 최초로 존재감을 보인 박화성이나 강경애, 백
신애 등은 경성 문단과 언론에 별다른 연고가 없었다.[83]

이러한 당시 문단 사정을 돌이켜볼 때 문소옥이라는 인물은 언론
의 무분별한 옐로우 저널리즘적 행태와 그에 부합하여 명성을 얻는
일부 여류문인들, 그리고 남성문인들의 정실적 관계를 풍자하기 위
한 김사량의 창작물이라고 볼 수 있다. 그녀도 현룡처럼 진지하게 조
선어의 미래를 논하는 자리에는 초대받지 못하는 조선 문단의 파생
물인 셈이다. 그러나 그녀조차도 일제에 협력하면서 현룡과 멀어진다.

神社の神は內地人の神であると誰も拜みに行かなかつた頃, 率先
して內地人の群に投じ社頭にぬかづいた當初の彼は眞に重大な人物
で後光さへさしいろいろな役目もあつた. けれど今はもりさりでは
ないのである. 寧ろ有象無象神社へ神社へと雲のやりに押しかけて
行く朝鮮人達が憎くてならい位だつた.

신사의 신(神)은 내지인의 신이라고 누구도 참배를 하러 가지 않
을 무렵, 솔선해서 내지인 무리에 몸을 던져서 신사 입구에 머리를
조아렸던 당초의 그는 참으로 중요한 인물로 후광마저 비춰서 갖가
지 역할이 주어졌다. 하지만 이젠 그렇지도 않았다. 오히려 신사로
신사로 하면서 구름처럼 몰려드는 조선인들이 미워서 견딜 수 없을
정도였다.[84]

---

83) 여류문학에 대한 소고는 심진경,「문단의 '여류'와 '여류문단'—식민지 시대의 여성작가
의 형성과정」, 상허학회,『상허학보』13집, 2004, 요약.

84) 김사량, 앞의 책, 62쪽.

　이제는 모든 조선인들이 신사로 몰려들기 때문에 현룡의 신사 참배는 이제 아무런 가치를 갖지 못한다. 문단에서 소외받는 문소옥조차 신사 참배를 하러 가기 때문이다. 현룡은 문소옥을 쫓아 나가는 길에 학생과 교사, 신문·잡지사 기자들과 이름난 문인들까지 참가한 보국 행진과 마주친다. 그러나 이제 그는 그 행진에조차 낄 수 없는 존재이다. 이제 그의 이용 가치는 완전히 소모되었기 때문이다. 헤매다니면서 도망치다가 숨어들어간 곳은 아침에 눈비비며 빠져나왔던 유곽 골목이다. 현룡은 아무 문이나 잡고 두드리면서 '자신은 조선인이 아니다, 내지인 겐노가미 류노스케다'라고 외치면서 작품이 마무리된다.

　「천마」는 일제에 협력하는 지식인과 굴종을 조장하는 식민자의 내밀한 심리적 기제와 당대의 분위기를 단적으로 보여주는 탁월한 작품이다. 또한 1940년대 경성공간과 문단의 물밑 흐름을 생생하게 그려냄으로써 고현학考現學적 가치도 상당하다. 그럼에도 불구하고 「천마」는 친일과 협력 문제를 현룡 개인의 파탄적인 성격에만 돌려지우는 듯한 인상을 남긴다. 현룡뿐만 아니라 다른 조선 지식인들이 친일과 전쟁 찬양에 나선 배경은 작품에서 찾아보기 어렵다. 아마도 단편 분량의 한계로 인하여 이 이상은 다루기 힘들었을 것이라 여겨진다. 대신 김사량은 친일 지식인의 내면을 들여다볼 수 있는 흥미로운 단초를 제공하고 있다.

　　玄龍は默つたまま桃の枝を肩にかけると人々をかき分けるやり
　にして再び人混みの中へ出て來た．その時彼は自分の恰好から不意
　にそれといつた脈絡もなしに十字架を負へるキリスト億ひ出し，
　自分にもその殉教者的な悲痛な運命を感じよりとした．自分こそ或
　る意味では朝鮮人の苦悶や悲哀を一身に背負つて立つたやりな氣が

せぬでもなかつた.

　　현룡은 입을 다문채로 복숭아 가지를 어깨에 걸치고 사람들을 헤
치고 나가면서 다시 북새통 속으로 들어갔다. 그때 그는 자신의 모습
에서 느닷없이 이렇다 할 연관도 없이 십자가를 짊어진 예수 그리스
도를 떠올리고, 자신에게도 그러한 순교자적인 비통한 운명을 느끼
려고 했다. 자신이야말로 어떤 의미에서는 조선인의 고민과 비애를
한 몸에 짊어지고 서 있는 것과 같은 기분이 드는 것이었다.[85]

　현룡은 자신의 일제 앞잡이 노릇은 "혼돈했던 조선이 나와 같은 인
물을 만들어낸 다음 필요가 없어지자 십자가를 지우는 것"이라고 생
각한다. 자신이 동족을 위하여 희생양의 역할을 맡고 있다고 자위하
는 것이다. 현룡은 복숭아 가지를 지고 가다가 난데없이 올라타고
"현룡이 하늘로 올라간다, 복숭아꽃을 타고 하늘로 올라간다"고 외친
다. 현룡이 친일행위에 나서는 심리적 기제는 민족에 대한 희생자적
위치에 자신을 올려놓는 환상에서 기인한다.

　자신을 희생자적 위치에 올려놓음으로써 친일을 정당화한 대표적
인 문인은 다름아닌 이광수이다. 이광수의 친일행위의 심리적 기제
에 종교의식이 작용했으며, 그 기반이 법화경이었다는 사실은 잘 알
려져 있다. 이광수는 1934년 아들의 죽음을 겪고 불교에 귀의했기 때
문이다. 그런데 이광수가 받아들인 불교 교리는 한국 불교의 중심축
인 화엄경이 아니라 일본의 주류 불교인 법화경이었다.

　　<법화경>이라는 경전이 하필 일본 불교의 기본 경전이었다는
사실은, 그가 나중에 열렬한 친일활동을 전개할 무렵 그가 거의 종교
적인 열정과 경건성을 가지고 그런 활동을 전개할 수 있도록 힘을 북

---

85) 김사량, 앞의 책, 39쪽.

돌아 주는 요인으로 작용한 것이 사실이며, 그런 점에서 문제가 없었
다고 할 수 없다.86)

숭유억불로 일관해온 조선과 달리 일본의 불교는 고대와 중세 내
내 정치권력과 깊은 관계를 맺어왔다. 13세기 일본의 중세 승려 니치
렌은 법화경을 국가 개혁과 안보 논쟁의 자료로 삼아 『입정안국론』
을 저술하였다. 이후 메이지 시대의 극우 혁명주의자들이 니치렌주
의87)를 받아들였으며, 1920년대 일본 정당정치가 종료되고 군부의
국가 지배가 시작되는 전환점인 혈맹단 사건88)의 이노우에 잇쇼도
니치렌주의자였다.89)

박규태에 의하면 니치렌주의 불교의 국가주의적 성격은 절복주의
와 법화경 절대주의에 입각한다고 지적한다. 근대 니치렌주의는 독
선적인 섹트에 빠져 배타적인 민족주의에 치중한 측면이 있다는 것
이다.90) 이러한 근대 니치렌주의가 절대적인 진리로 받든 경전이 법
화경이었다는 사실에 비추어 볼때, 이광수의 법화경 귀의가 개인의
종교적 차원에만 머물렀다고 보기 어렵다. 이광수 특유의 선각자의

---

86) 이동하, 『이광수—「무정」의 빛, 친일의 어둠』, 동아일보사, 1992, 128~129쪽.

87) 일본 중세 13세기 승려 니치렌이 주창한 불교 종파. 다양한 진리의 가능성을 부정하고 진
리는 단 하나의 경전에만 담겨있다고 주장했다. 그의 주장은 메이지 혁명가들에게 영향
을 미쳐 후일 일본 군국주의의 내적 축을 이루었다. 박규태, 『상대와 절대로서의 일본』,
제이앤씨, 2005, 247쪽.

88) 1932년 5월 15일 극우 해군장교들로 구성된 혈맹단이 군축을 구상하던 수상 이누카이 쓰
요시를 암살한 사건. 당시 1920년대 일본 은 다이쇼 데모크라시라고 불리우는 정치 · 사
회 · 문화 전반에 걸친 민주적 사회 분위기를 경험하였다. 이에 불만을 품은 일본 군부가
수상을 암살하고 군부 중심의 파시즘 제국주의 체제를 구축하였다. 5 · 15 사건이라고도
불리운다.

89) 마쓰오카 세이고, 『만들어진 나라 일본』, 이언숙, 프로네시스, 2008, 386쪽.

90) 박규태, 같은 책, 같은 쪽.

식이 결백성과 금욕주의를 특징으로 한 국가주의적 니치렌주의와 결합하여 진지한 친일행위로 발전했을 가능성이 높다. 다른 문인들에 비해 이광수의 친일행위가 유독 종교적이고 열정적이었으며 진지했던 이유는 바로 이것이었다. 반민특위 조사에서 '나는 민족을 위해 친일했소'라는 대답으로 일관한 것도 이와 무관하지 않을 것이다.

김윤식은 이광수와 법화경의 관계에 대해 다음과 같이 설명한다.

> 남보다 자기가 잘났다는 유아독존적 생각을 가진 춘원이기에 '자기 희생'이란 유아독존과 표리의 관계에서 오르내린 것이다. (중략) '조선 민족을 위해' 자기 희생으로 나아가는 길이 『법화경』 속에 뚜렷이 있었다. 다른 어느 경전보다도 『법화경』이 배타적이고 투쟁적임은 연구가들이 지적하는 터이다. (중략) 유독 법화경이 극단적 양식을 띠고 있다. 이와 꼭 마찬가지로 순교적인 면도 강조되어 있음이 법화경이다. (중략) 춘원이 생애를 두고 그토록 민족을 위해 온 몸을 바쳤다고 주장한 것, 심지어 친일조차도 민족을 위해서 했다는 극단적인 자기 희생의 강박 관념은 그가 법화경 행자로 자처한 일과 결코 무관하지 않다.[91]

김사량은 1939년 이광수의 대표작 「무명」을 일본어로 번역하였으며 평론 「조선의 작가를 말한다」에서 이광수를 톨스토이의 영향을 받은 작가로 소개했다. 일본에 「무명」이 발표되던 해 이광수는 조선총독부의 어용 단체인 조선문인협회를 결성하고 1940년 2월 창씨개명을 단행했다(같은 해 제1회 조선예술상[92]을 수상했다). 이후 이광

---

91) 김윤식, 『이광수와 그의 시대』, 솔출판사, 1999, 241~242쪽.

92) 조선예술상은 1939년 기쿠치 칸이 자금을 대고 『모던일본』 주최로 신설되었다. 수상 선정 범위는 문학, 연극, 영화, 무용, 음악, 회화 등의 분야로 5백 엔의 상금이 주어졌다. 전형을 위해 경성과 도쿄에 위원회가 설치되었고 문학작품 심사는 아쿠다가와상 위원회에 위촉되었다. 이 상의 광고가 실린 『모던일본』에는 김사량의 「조선의 작가를 말한다」와 주요한(「봉선화」) 김기림(「나비와 바다」) · 모윤숙(「장미」) · 김소월(「님의 노래」) · 백석

수는 1942년 제1회 대동아문학자대회차 일본을 방문하여 법화경에 대한 해박한 지식을 과시하기도 하였다. 김사량은 자신의 번역을 통해 이광수가 일본에 소개되고 예술상을 받은 터에 그의 친일행위를 눈여겨 보았을 것이다.

いつの間にかもり何千何萬の人夕が唱へ合つてでもるるやりな, 南無妙法蓮華經, 南無妙法蓮華經といふ念佛が, 太鼓や木魚の音にのつて海のやりに彼の周圍に擴がつてしまつた. (중략) 玄龍は極度の焦躁に追ひたてられて, あ—坊主共のお經や念佛が一齊に僕を呪つて追ひ廻しやがるぞと叫びつつめちやめちやに走つた.

갑자기 그의 고막이 굉음을 내며 폭발한 것 같더니, 몇천 몇만 명의 사람들이 합창을 하는 듯한, 남묘호렌게교, 남묘호렌게교라고 하는 염불이, 북과 목탁 소리를 타고 바다처럼 그의 주위에 퍼져버렸다. (중략) 현룡은 극도로 초조한 기분에 내몰려서, 아 중놈들이 외워대는 독경과 염불이 일제히 나를 저주하고 쫓아다니는구나하고 부르짖으면서 죽는 힘을 다해 달렸다.[93]

'남묘호렌게교南無妙法蓮華經'라는 염불은 불교의 나무아미타불처럼 외우는 구절로 나무묘법연화경을 의미한다. 일제하 니치렌 종파의 이 독송을 뜻풀이하면 '우주의 대생명에 귀의하여 이를 통해 불성을

(「모닥불」)·정지용(「백록담」)의 작품과 이효석(「메밀꽃 필 무렵」)·이태준(「까마귀」)·이광수(「무명」)의 작품이 함께 게재되어 있었다. 편집형태를 미루어 보아 이들 작가들의 작품이 조선예술상 후보로 올랐으며, 평론을 실은 김사량이 번역한 이광수의 「무명」이 유력한 후보였을 것으로 추정된다.『일본잡지 모던일본과 조선 1939』, 윤소영·홍선영·김희정·박미경 역, 이문학사, 2007, 490-491쪽. 조선예술상 제정은 일본 문단의 체계적이고 조직적인 활동에 따라 이루어졌으며, 예술상 등을 통해 조선 문인들을 일본 문단에 진출시킨 다음 전쟁참여 선전을 강요하는 등 식민지 조선에 대한 일제 식민통치의 정교화와 관련되어 있는 것으로 보인다. 이광수의 친일행적에는 이러한 전략이 반영되어 있다.

93) 김사량, 앞의 책, 65쪽.

일으킨다'라고 한다.94) 절에 감금될 처지인 현룡이 염불소리를 듣는 환상에 빠지는 전개는 이야기 전개상 맞아떨어지면서도 1934년부터 법화경 행자를 자처했던 이광수를 떠올리게 한다. 「빛 속에」의 남南 선생과 조선총독의 이름을 동일하게 한 설정처럼 읽기에 따라 단순한 우연일 수도 있지만 작가가 자신의 의도를 가장 깊이 숨겨놓은 지점일 수도 있는 것이다.

「천마」는 식민지 조선 지식인의 일제 협력과 굴종의 복잡한 내면을 그려낸 근대문학의 수작이다. 김사량은 내선일체를 둘러싼 조선 문단과 일본 문단의 대립 양상을 생생하게 그려내었으며 피식민자—식민자 간의 역학 관계를 예리하게 통찰하였다. 문제적 인물인 현룡을 풍자하여 친일 문인의 왜곡된 심리를 날카롭게 묘사하였으며, 일부 여성 문인의 허위의식을 묘사하는 등 조선 문단이 당면한 문제점을 고발했다. 또한 작품 속에서 경성이라는 공간을 재배치하고 현룡의 파탄적인 심리를 묘사하기 위해 십분 활용하였다.

「천마」 속의 현룡은 김사량의 자기반성적 인물에 그치지 않고 피식민자인 조선 민족이 처한 현실과 정신 세계를 냉정하게 직시하려는 노력의 일환이다. 김사량의 눈에 비친 조선인은 피식민자이며 가난하고 비루한 존재이다. 그러나 김사량은 조선 민족의 현실을 직시하는 데 그치지 않고 애정어린 시선을 담아 그들을 문학적으로 재현했다. 김사량의 이러한 애정은 파탄적 인물인 현룡을 일방적으로 비난하는 대신 연민과 풍자로 그려내게 하였고, 화전민·혼혈인·도시 빈민 등 조선의 최하층 민중을 제재로 삼게 한 원동력이 되었다. 조선의 최하층 민중을 통해 조선 민족의 정체성을 탐구하려는 김사량의

---

94) 김사량, 앞의 책, 65쪽 36번 주석.

노력은 「지기미」·「유치장에서 만난 사나이」·「십장꼽새」 등의 작품으로 이어진다.

4) 피식민자의 자기인식

김사량의 문학을 꿰뚫는 여러 문제의식 중 하나는 '조선 민족이란 누구인가'라는 질문이다. 그는 이 질문에 답하기 위해 그때까지 잘 다뤄지지 않았던 재일 조선인·화전민·산촌민·혼혈인·도시 빈민 등의 다양한 인물들을 그의 작품 속에 끌어들였다. 이러한 시도는 조선 민중의 참상을 자연주의적으로 묘사한 작품들과 조선어의 모어 감수성을 집중적으로 담은 작품, 그리고 식민지 지식인의 갈등을 다룬 작품 등으로 나눌 수 있다. 이들 작품에는 김사량이 가진 언어와 역사, 민족의식이 십분 드러나 있다.

김사량의 일본 활동 시절 작품은 위와 같이 세 갈래로 나뉜다. 그런데 이러한 경향은 시간 순서대로 작가의식이 변화하여 순차적으로 나타나지 않고 이리저리 뒤섞여 있다. 즉 조선 지식인의 갈등을 다룬 작품을 발표한 뒤 민중들의 삶을 그린 작품을 쓰기도 하고, 그 뒤에 일본에서의 체험을 바탕으로 한 작품을 발표하는 등 김사량이 지닌 여러 주제의식이 아직 통합되지 않은 여러 단편들로 구체화되어 나타났다.

김사량의 민족성 성찰은 '조선적인 것은 무엇인가'라는 질문과 '언어와 국가를 제외한다면 과연 민족성이란 무엇인가'라는 질문으로 대략 정리할 수 있다. 전자의 대답은 이제까지 잘 다루어지지 않은 재일 조선인·화전민·산촌민·혼혈인·도시 빈민 등 다양한 하위주제를 문학으로 끌어늘이는 것이었다. 재일 조선인을 다룬 작품으로

「지기미」와 「십장꼽새」를 들 수 있다. 후자의 대답은 지역성에서 발견되었다. 조선의 온천에 얽힌 전설을 소재로 한 「산의 신들」 시리즈와 어린 신랑과 시어머니에 부대껴 사는 새 며느리의 생활을 낭만적으로 그려낸 「며느리」 등이 대표적인 작품이다. 「며느리」는 1941년 『新潮』 12월호에 「지방파의 소설 특집」으로 게재되기도 하였다.

이중에서 「조선인과 반도인朝鮮人と半島人」에는 김사량이 민족차별에 대한 의견을 피력하고 있다. 중수필 형식을 가진 이 글은 1941년 5월 『新風土』에 게재되었다. 오랫동안 묻혀 있던 이 글은 2008년 오오무라 마쓰오大村益夫 · 호테이 토시히로가 편집한 『근대조선문학일본어작품집近代朝鮮文學日本語作品集』에 게재되면서 다시 빛을 보게 되었다.

김사량은 아는 일본인에게 '조선인과 반도인 중 어느 명칭이 좋은가'라는 질문을 받았다는 말로 서두를 연다. 그리고 일본에서 조선인이라는 이유로 받았던 차별을 이야기한다. 당시 일본에서는 식민지였던 조선과 대만, 중국과 만주 등을 경멸하여 부르는 여러 가지 말이 있었다.

> 대만 출신 사람들은, 대만인 혹은 본도인(本島人)이라고 불릴 때 어떠한 기분이 드는 깃일까하고 고개를 갸우뚱해 본다. 지나(支那) 사람들만은 확실히 중국인이라고 하는 말보다는, 지나인이라는 말로 불리는 것을 싫어하는 것은 사실이다. 지나인에 대한 더욱 이상한 말로 짱꼴로라고 하는 것이 있는데, 대만인을 대인(臺人)이라는 말이 그런 것인지는 모르겠는데, 조선인을 센징(鮮人)이라는 말 혹은 요보라고 하는 말도, 그러한 경멸하는 의미 등을 내포하고 있는 줄도 모르고 늘상 하듯 말하는 사람도 있기는 하다.95)

---

95) 김사량, 「조선인과 반도인(朝鮮人と半島人)」, 『신풍토』, 1941, 앞의 책, 188쪽.

조선인에 대한 가장 모욕적인 언사는 '요보'라는 말로, 조선인들이 서로 '여보'라고 부르는 것을 일본인이 듣고 붙인 것이다. 심지어 '요보'라는 말의 의미를 아예 알지 못하고 사용하는 일본인도 있었다. 김사량은 자신을 '센징상'이라고 부르는 하숙집 노파를 언급하면서 조선인에 대한 경멸이 일본인의 무의식적인 부분까지 파고들어 있다는 사실을 넌지시 비춘다. 김사량을 '센징상'으로 부름으로써 개인의 고유한 개별성은 조선 민족의 일반적인 특성이라는 모호한 편견 속으로 사라진다. 일반적 특성이란 즉 '민족성'이라고 불리우는, 식민자가 피식민자를 제멋대로 규정하는 담론이다. 조선인은 게으르고 교활하고 믿을 수 없다는 등등의 말들이다. 교묘하게도 김사량은 내선일체를 이유로 이러한 민족차별 시정을 요구한다.

> 우선 내선일체는 조선인 혹은 반도인이라고 호칭하는 말 가운데 쓸데없는 뉘앙스 등이 들어가지 않도록 노력하는 것으로부터 시작하지 않으면 안 된다. 센징 혹은 요보라고 하는 호칭은 시국적인 면에서 봐도 더욱더 당치도 않다. 이 두 가지 말만이라도 맨 먼저, 조선에 살고 있는 내지인의 입술에서부터 사라지지 않으면 안 될 것이다.[96]

내선일체는 그 자체로 모순을 안고 있다. 본격적인 중국 침략을 준비하는 일본은 저렴한 농산물과 공산품 시장 역할 이상의 식민지 협조가 필요했다. 민족국가 단위 총력전을 수행하기 위해서는 전방과 후방의 모든 자원을 동원해야 했기 때문이다. 그러기 위해서는 구성원의 자발성이 절대적으로 요구되었다. 이때 요구되는 자발성은 대가의 기대 혹은 미온적인 수준이 아니라 멸사봉공 수준이었다.

일본의 이러한 정책은 식민지 지식인들에게 여러 반응을 일으켰

---

96) 김사량, 앞의 책, 191쪽.

다. 내선일체와 참전을 통해 일본인과 동등한 대우를 획득하자는 주장은 친일 논리에서 자주 찾아볼 수 있다. 흥미로운 것은 일부 지식인들이 내선일체 이데올로기를 역이용하여 일본에게 완전한 평등을 요구했다는 것이다. 대표적인 사람이 아나키스트였던 현영섭이다. 그는 전향 후 내선일체를 위해 일본인과 조선인이 완전히 동일한 대우를 받아야 한다고 주장했다.

이러한 주장은 일제에 매우 당혹스러운 것이었다. 내선일체는 조선을 전쟁에 효율적으로 이용하기 위해 만들어낸 이데올로기일 뿐 조선을 일본과 똑같이 우대하기 위해 만들어낸 것은 아니기 때문이다. 물론 일본인 중에는 조선의 관습과 생활습관을 폐지하고 일본화해야 한다고 주장하는 사람도 있었다. 녹기연맹을 주도한 쯔다 사카에가 대표적인 인물이었다. 그러나 식민 통치에서 피식민자의 문화를 식민자의 것으로 교체하는 사업이 그 자체로서 목적인 경우는 드물었다. 식민자가 피식민자의 문화를 혐오하는 이유는 피식민자를 단결시키는 구심점이 되기 때문이다.

내선일체는 조선인을 전쟁에 동원하기 위한 이데올로기였다. 그러나 조선인의 동등한 지위 획득은 일본이 결코 원하지 않는 것이었다. 그럼에도 불구하고 일본은 효율적인 전쟁을 위해 조선인의 협력이 절대적으로 필요했다.

> 사변이후 호칭이 상당히 신사적으로 변하는 것은 사실이다. 우선 도쿄나 오사카 등지의 큰 신문이 지금까지 센징이라고 부르던 말을 조선인 혹은 반도인이라고 바로잡았다.[97]

---

97) 김사량, 앞의 책, 앞의 쪽.

김사량은 일본과 조선의 관계에 전쟁이 미치는 영향을 놓치지 않았다. 그는 전쟁에서 일본이 조선의 협조를 필요로 한다는 것을 알고 있었다. 전쟁에 협조하여 평등한 발전을 꾀하자는 것이 당시 대부분의 지식인들의 생각이었다. 그런 면에서 전쟁은 일종의 기회로 인식되었다. 참전을 통해 일본에게 시민의 권리를 요구할 수 있기 때문이었다. 식민자인 일본과 함께 중국에서 식민자로서의 지위를 획득하는 것이 조선 지식인들의 생각이었다. 그러기 위해서 또 다른 식민지인 중국의 희생이 필요했던 것이다.

> 결국은 조선인이 부끄러운 느낌이 들지 않도록, 정신적으로 생활적으로도 스스로 노력을 기울이는 것 외에는 달리 방도가 없다. 그것이 조선인 혹은 반도인이라는 말이 갖고 있는 표정을 구원하는 근본적인 방법일 것이다.[98]

인용된 이 글의 결말은 많은 점을 시사한다. 조선인의 낙후된 의식과 생활의 원인은 어디에 있다고 보아야 할 것인가. 일제의 식민 지배와 수탈·자본주의의 급속한 도입·모순적인 토지 제도로 인한 소작농 확산 등이 원인으로 제시될 수 있을 것이다. 위에 열거한 원인들은 검열 때문에 당시 식민지 지식인이 입밖에 낼 수 있는 말이 아니었다. 김사량도 모르지는 않았을 것이다. 조선인에게 덧씌워진 여러 이미지―게으르고 파당을 좋아하며 교활하고 이기적인 면은 모든 종류의 인류 공동체에서 찾아볼 수 있는 것들이다. 그러나 김사량은 식민자가 피식민자를 지배하는 구조를 정당화하기 위한 이러한 '야만적인 민족성'을 극복하는 현실적인 방도는 '조선인 스스로가 노력하는 길'

---

98) 김사량, 앞의 책, 192쪽.

이라고 말하고 있다. 차별과 식민지배로 고통받지만 그럼에도 불구하고 '정신과 생활'을 깨끗이 하는 것 외에는 별다른 방법이 없다.

이러한 김사량의 결론은 조선 농촌의 갱생을 위해 정신적 구제를 부르짖었던 우가키 총독을 연상시킨다. 사실 정신과 생활의 근본적인 구제는 절대빈곤의 퇴치 없이 불가능하다. 도시빈민의 생활을 생생하게 그려낸 「토성랑」을 쓴 김사량이 그 사실을 몰랐을 리 없다. 조선인이 현재 체제 하에서 정신과 생활을 구제하는 길은 일제가 제시하는 전쟁 참여의 길 외엔 보이지 않았다. 김사량이 이를 의도하고 쓴 것으로 보이지는 않는다. 그러나 민족차별의 문제를 지적한 이 짧은 수필에서 배어나는 시대의 문제는 되짚어볼 필요가 있다.

① 「유치장에서 만난 사나이」의 피식민자 자기 인식

「유치장에서 만난 사나이」는 김사량이 일본에서 쓴 조선어 단편 중 하나이다. 1941년 2월 『文章』에 발표된 이 작품은 이후 일본어로 번역된 「Q백작」이라는 일본어 제목을 달고 제2소설집에 수록되었다. 일제 말기의 지식인의 절망과 광기를 다룬 이 작품은 지식인에 대한 김사량의 독특한 관점을 보여주고 있다.

이 작품은 네 사람의 대학동창이 나누는 이야기로 시작된다. 네 사람은 모두 도쿄에서 사는 조선인이며 광고업자, 축산회사원, 신문기자 그리고 직업을 밝히지 않은 '나'이다. 화이트칼라 노동자이자 지식계층인 이들이 만나는 장소는 공교롭게도 부산발 신경新京행 급행열차 안이다. 신경은 지금의 길림성 장춘長春이다. 부산에서 장춘까지 바로 갈 수 있는 기차는 곧 일본의 만주 침략의 상징인 셈이다.

도쿄 경찰 유치장에 수감되어 있던 화자는 형사와 간수들 사이에서 '왕백작'이라고 불리우는 청년을 만난다. 조선의 고위 공직자이자 백작의 아들인 그는 수감되어 있으면서 일본 형사와 간수들에게 일반 잡범들도 보이지 않는 비굴한 태도를 취해 주변의 비웃음을 산다. 그는 아나키스트를 자처하면서 경찰에 구속된 사상범에게 편지를 써보내거나 방 안에 일부러 불온서적을 쌓아놓고 드러누워 있다가 경찰이 동행을 요청하면 기다렸다는 듯이 따라나서는 이상한 인물이다. 경찰에서는 그를 광인 취급하지만 화자는 왕백작이 원래 총명한 인물이나 어떤 연유에 의해 광인이 되었다고 느낀다. 화자가 출옥하고 나서 다시 왕백작과 마주치는 곳은 다름아닌 만주 이민열차이다. 왕백작은 동포들과 이민열차를 타고 나가고 싶지만 번번이 국경을 넘지 못하고 돌아와야 한다며 눈물을 쏟는다. 왕백작과 헤어진 뒤 화자는 강원도 산속과 서울 번화가에서 왕백작과 비슷한 인물을 보지만 끝내 확인하지 못한다.

「유치장에서 만난 사나이」는 감옥과 광인, 이민열차 등 어둡고 혼란스러운 분위기로 가득 차 있다. 왜곡되고 파탄적인 성격의 인물을 그리는 데 일가견이 있는 김사량의 작품 속에서도 왕백작은 가장 미스테리한 인물이다. 일부러 사상범으로 잡혀 들어가려고 애쓰는 그의 행동은 쉽게 이해될 수 없다. 그러면서도 그는 감옥 속에서도 같이 잡혀온 동포를 챙겨주는 따뜻한 마음도 지니고 있다.

이 작품에 대한 선행적인 연구로 최광석[99]과 황호덕[100]의 논문을 꼽을 수 있다. 최광석은 「유치장에서 만난 사나이」가 완전히 내선일체 이데올로기에 함몰되었다고 평가한다. 작중 화자이자 일세에 협력적인 네 인물을 긍정적으로, 왕백작을 극단적으로 부정적인 인물

---

99) 최광석, 위의 논문.
100) 황호덕, 위의 논문.

로 그렸기 때문이다. 왕백작은 친일파의 아들이면서 아무것도 할 수 없는 나약하고 무력한 인물에 불과하다. 또한 기자는 궁핍에 몰려 만주로 떠나는 농민들을 광명을 찾아 떠나는 개척자로, 왕백작을 시대에 묻혀 사라져갈 인물로 보고 있다. 그러므로 최광석은 한 사람의 일본 국민으로서 내선일체를 수용하고 협력하는 작가의식이 기저에 담겨 있다고 분석한다.

이에 반해 황호덕은 김사량이 작품집 『고향』을 출간하면서 「유치장에서 만난 사나이」의 제목을 「Q백작」으로 바꾼 것에 주목한다. 'Q백작'이라는 제목은 바로 일본 문단에서 루쉰의 「아Q정전」을 연상시키며 호평을 이끌어냈다. 루쉰은 조선과 일본 양쪽에서 존경받는 문호였다. 1936년 루쉰 사망 당시 조선에서는 이육사가 조선일보에 상당한 크기로 추도사를 썼으며 1938년 일본에서 루쉰전집이 출간되었다. 루쉰의 '아Q와 광인'이라는 문학적 · 역사적 알레고리를 빌려 창조된 김사량의 '왕백작'은 민중과 식민 사이의 식민지 지식인의 '아Q'라고 볼 수 있다.

이러한 두 가지 상반되는 견해가 「유치장에서 만난 사나이」를 둘러싸고 있다. 이 작품은 「지기미」와 함께 조선어로 먼저 쓰인 뒤 일본어로 번역된 유일한 작품이기도 하다. 그만큼 김사량은 이 작품에 담긴 메시지를 일본 독자에게 전달해야 할 필요성을 느꼈다고 할 수 있다. 그러므로 먼저 조선어로 쓰고 일본어로 번역했다는 사실에 주목할 필요가 있다. 김사량은 자신이 쓰려는 작품이 일본어로 바로 형성될 수 없는 것이며, 먼저 조선어로 쓰여진 다음 일본어로 '번역'될 수밖에 없는 것이라고 판단한 것이다. 그 결과 일본어로 번역된 「벌레」에는 원작에 없던 '이슬람교도'라는 알레고리가 삽입되었다. 조선어라면 그대로 써도 전달될 수 있는 피식민자의 아픔은, 일본어라는 식민자의 '정본 언어'를 통과하기 위해 '이슬람교도'와 'Q백작'이라는 새로운 알레고리를 뒤집어써야 했다.

루쉰의 「아Q정전」이 중국 민중과 역사에 대한 적나라한 성찰로서 동아시아 근대 정신사에 한 획을 그은 데 반해 김사량의 「유치장에서 만난 사나이」에서는 그만큼의 성찰은 찾아보기 힘들다. 광인으로서의 왕백작의 진실한 내면은 묘사되지 않으며, 이미 일제에 적극 협력하는 언론인이자 지식인의 거리를 둔 관찰로만 나타난다. 화자는 내내 왕백작과 거리를 두며 그에 접근하지 못한다. 왕백작의 광기어린 표정과 외침, 기행 등이 묘사되지만 그가 광기에 빠져든 원인까지 시원스럽게 드러나지 않는다.

왕백작이 아나키스트를 자처하며 감옥에 드나들고 국경을 넘지 못하면서도 이민열차에 올라타는 이유는 동포애 때문이다. 자신의 아버지가 작위를 받은 친일파라는 사실은 수시로 그를 괴롭힌다. 일본 형사와 간수들 앞에서 황송하게 허리를 굽히는 것은 나약한 처지와 무력감에서 비롯된다. 끊임없는 자학으로 자신을 괴롭히는 왕백작은 우월감과 허위의식을 제거한 식민지 지식인의 진짜 모습이다.

> "그럴 게야. 꼭 그게 왕백작임에 틀림없을 게야. 그는 전쟁이 벌어져 기뻐할걸. 왜 그런고 하면 지금의 우리나라는 현실적인 괴로움은 있지. 그러나 일정한 방향을 향하여 거국일치의 체제로 맥진에 맥진을 거듭하고 있으니 말일세. 그는 이제는 생활의 목표와 의의를 얻어 메었는지두 모르지. 경방단 반장쯤 넉넉히 지냄직한걸."
> 모두들 묵묵히 끄덕이었다.
> "그랬으면 좋으련만."
> 하며 신문기자는 한참동안 비-루 잔을 들여다보며 한숨을 짓는다.
> 그리고 또다시 계속하였다.
> "그러나 그 뒤 또 어떤 날……"101)

화자인 신문기자는 강원도 산속과 서울 어딘가에서 왕백작과 비슷한 사람을 보았다는 이야기를 털어놓는다. 듣고 있던 친구들은 이제 왕백작이 시국에 적응하여 건강하게 살아가고 있을 것이라며 낙관한다. 그러나 화자는 한숨을 지으며 '또 어떤 날……'이라고 이야기를 계속하는 것으로 작품이 끝난다. 화자는 또 어디에선가 왕백작을 본 것이다. 그 이야기는 독자의 상상에 맡겨진다.

이러한 모호한 결말은 왕백작이 구체적인 인물이 아니라 일종의 표상임을 암시한다. 사실 왕백작은 조선 어디에 가도 마주칠 수 있는 사람인 것이다. 광기 뒤에 숨어 자학하는 식민지 지식인, 바보와 광인을 자처하며 치욕을 감수하는 당대 지식인의 모습이다. 이러한 왕백작의 존재는 근대화라는 명목으로 식민지 조선을 전쟁으로 끌고 가던 일제의 기획에 뚫려 있는 거대한 심연을 보여준다.

황호덕은 「Q백작」에서 Q백작의 언어가 '크레올화되어 … 부르짖고 신음하고 목이 메어 … 통곡하는 조선어, 조르는 內地語, 공포와 규율의 일본어, 언어를 초과하는 비명'102)을 보여준다고 지적한다. 김사량은 「유치장에서 만난 사나이」를 「Q백작」으로 고쳐쓰면서 의도적으로 일본어를 비튼다. Q백작의 외침은 일본어로 나오면서 비틀리고 왜곡된다. 고통을 표현하기 위해서이다. 식민자로부터 당하는 고통을 표현하기 위해 식민자의 언어를 쓸 수 밖에 없는 고통은 그 언어의 왜곡으로 나타난다. 이러한 Q백작의 '비틀린 언어'는 식민자의 언어로 작품을 써야 했던 김사량의 존재 근본과 정확하게 포개진다. 피식민자의 고통과 절망이 아무리 깊을지라도 '보편 언어'로 표현되지 않는 이상 그것은 비존재에 머문다. 고통으로 말미암아 지르는 비

---

101) 김사량, 『노마만리』, 이상경 편집, 동광출판사, 1989, 80쪽.
102) 황호덕, 위의 논문, 406쪽.

명마저도 '보편 언어'로 바꾸어 질러야만 하는 상황이 김사량의 이중어의식을 통해 드러나는 것이다. 신체에 느껴지는 고통을 식민자의 언어로 바꾸어 말해야만 하는 고통은 크레올화로 나타난다. 피식민자의 '특수한' 고통이 식민자의 언어를 거쳐 '보편적 공감'을 얻어내기 위해, 재일 조선인들은 조선과 아무 상관도 없던 이슬람교도로, 조선의 지식인 아나키스트는 아Q로 변형된다.

그럼에도 불구하고 김사량은 조선문학이 세계적인 보편적 차원에 호소할 수 있는 힘을 가지고 있다고 믿었다. 일본어로 쓰면서도 그는 내내 조선문학을 한다고 생각했고 단 한 번도 일본 문학에 속한다고 생각해본 적이 없었다. 나약하고 핍박받는 자기에 대한 성찰, 피식민자의 자기 성찰이야말로 김사량의 일본어 소설을 관통하는 주제의식이다. 그래서 그의 관심은 자연스럽게 식민화를 부른 역사에 도달한다. 그의 미완성 장편소설은 둘 다 한일합병 전후를 다룬 역사소설이다. 근대화를 이루지 못한 역사적 실패를 탐구하여 피식민자로서의 현재를 되돌아보려는 것이 김사량의 의도였다.

② 「지기미」·「십장꼽새」의 재일 조선인

「지기미」는 김사량이 1941년 『삼천리』에 발표한 조선어 단편소설이다. 김사량은 발표 뒤 이 작품을 일본어로 써서 『신조』에 발표하였다. 일본어로 다시 쓰는 과정에서 제목도 「벌레(蟲)」로 바뀌었다.

재일한인문학에서 김사량은 효시적 위치를 차지하고 있다. 일본으로 건너간 조선인을 다룬 작가는 김사량이 처음이기 때문이다. 물론 이전에도 정인택 등 일본에서의 체험을 다룬 작품은 적지 않다. 그러나 이주 조선인을 작품의 제재로 쓴 작가는 많지 않다. 김사량이 이들을 작품에 끌어들인 이유는 그의 작품세계 전반에 드러나는 유난한 동포애와 김사량 본인이 밀항을 시도한 경험을 들 수 있다.

「지기미」는 시바우라 해안에서 선박에 실린 짐을 나르는 조선인들을 그리고 있다. 서술자인 '나'는 걸레장사를 하면서 그림 공부를 하고 있다. 이들은 오끼나까시沖仲仕라고 불리우며 처음 하는 사람은 며칠 동안 코피를 쏟으며 고통스러워할 정도로 힘든 노동을 한다. 지기미는 육십이 된 노인으로 이 함바 저 함바 돌아다니며 잠을 얻어 자는 거렁뱅이이다. 지기미라는 이름은 혼자 지기미라는 욕설을 중얼거리며 다니면서 붙은 별명이다. 조선인들은 아편중독자인 그의 존재를 부끄러워한다. 그러나 지기미는 조선인 일꾼들을 돌보는 일을 자신의 의무로 생각하며 아침마다 열심히 깨우기도 하고 아픈 사람들을 간호해주기도 한다. 매일 아침마다 일꾼들을 싣고 떠나는 배를 전송하는 것은 그의 큰 기쁨이다. '나'는 동포가 그리울 때마다 시바우라 해안으로 가서 스케치를 하고 조선인들의 모습을 본다. 그렇다고 해서 '나'가 조선인 일꾼들과 특별히 친하지는 않다. 사실 동무라고는 지기미 노인 한 사람뿐이다.

> 지기미는 아편쟁이로 벌써 나이 육십인데 (중략) 다니면서 무슨 의미인지는 모르나 지기미지기미지기미 중얼거린다. 지기미기로서니 처음부터 제 이름이 없었으랴마는 이 때문에 이름이 지기미가 되고 말았다. (중략) 지기미는 이 고역을 하는 사람들 구역에 살면서까지 천애고독한 인간이다. 거기 사람들은 지기미 같은 영감은 이 세상이 한번도 필요로 하지 않는, 외려 조선사람에게 수치를 주는 존재라고 생각을 한다. 이리하여 지기미는 더욱 외롭다.[103]

---

103) 김사량, 앞의 책, 82쪽.

'나'는 힘든 일을 하는 조선인 일꾼들 중에서도 가장 천대받는 지기미에게 애정을 가진다. 지기미도 '나'를 볼 때마다 "가느스레한 눈이 반짝하고 뜨일" 정도로 반가워하며 좋아한다. 이역 땅에서 고생하며 살아가는 동포에 대한 본능적인 애정이다. 지기미는 동포에 대한 애정과 고향을 그리는 향수에서 자신의 삶의 의미를 찾고 있다.

> 지기미는 제가 아무런 의미로라도 이 시바우라 해안에 존재의의를 가졌다고 생각고자 한다. 존재에 대한 하염없는 향수였다. (중략) 그러다가 밤중 한시 반쯤이면 일어나 밑바닥에 내려와 우들우들 떨며 밥짓는 일을 도와 준다. (중략) 그리고 두시 반쯤만 되면 예의 마라톤 선수 모양으로 할딱거리며 그 근방 모든 함바로 "회―잇, 오끼로 오끼로!" "시간(時間)이다. 회―잇, 회―잇, 오끼로!" 하며 깨우러 다닌다. 누가 깨워 달래서 그러는 것도 아니고, 단지 지기미는 제가 얼마나 그들의 필요한 없어서는 안 될 인물인가를 알리고자 하기 때문이다. 아니 외려 제가 그것을 굳게 확인하며 또 그 인정을 즐기고자 하기 때문이다.[104]

아편중독자인 지기미는 같은 조선인들 사이에서도 멸시당하지만 그는 어떻게든 도움이 되려고 애쓰면서 기쁨을 느낀다. '나'도 지기미와 같이 다니다가 일꾼 우두머리에게 얻어맞기도 한다. 그럼에도 불구하고 지기미는 시바우라 해안을 떠나지 않는다.

지기미가 이토록 동포에게 애정을 가지는 이유는 그의 과거에서 드러난다. 그는 십대 시절 대한제국 말기 창설된 근대식 군대의 병사였다. 육십이라는 나이로 보아 친군영 소속이었던 것으로 추정된다. 지기미는 청나라 군인과 싸우고 도망다니다가 일본으로 건너와서 이제까지 고향에 돌아가지 못한 채 나이를 먹었던 것이다.

---

104) 김사량, 앞의 책, 83쪽.

　　"전쟁은 또 언제?"

　　"옛날 한국 병정쩍 횟, 그 원세개란 놈이 민비청을 궁성 지키려 병정을 거느리구 와가지고 지드럭거리길래 한놈을 총틀로 때려 부셨지. 그때 칼로 코끝을 찔리운기라. 나는 그래 그놈 귀를 하나 잘라 버리고 달아났지. 그 뒤 숨어 다니다 건너온 게지. 건너와서는 매일 연병장에만 가서 먼바루 구경하며 살았능기라 ……"105) (89쪽.)

　　지기미가 말하는 '한국'이란 대한제국을 의미한다. 지기미는 조선에 와서 거만하게 굴던 청병을 때려눕히고 도망쳤지만 내내 조국을 그리워하고 있었다. 근대식 군사 훈련을 받았던 그는 일본 연병장의 군인들을 구경하면서 자신이 군인으로서 충성했던 대한제국을 생각한다. 그의 몸짓에 남아 있는 차렷자세와 군인다운 모습은 외세 속에서 근대화에 몸부림쳤던 대한제국의 흔적이다. 지기미는 그러한 자신의 기억을 시바우라 해안에서 고생하는 동포들 앞에서 재연한다.

　　　지기미는 아주 내 말은 귀에도 담지 않고 병정놀이를 실제로 하기 시작했다. 앞으로 갓! 좌향좌 우향웃! 그리고 또 기착! 하고서 한 삼 분 가량 까딱도 않고 빳빳 굳어진 채 바다 편을 바라보는 것이다. 내가 무어라고 말하여도 그는 들은 채도 않는다. 나도 하는 수 없이 멍하니 바다 쪽을 바라보니 멀리서 가물가물 전마선들이 돌아오는 게 보인다.106)

　　지기미가 경례하는 전마선들에는 다름아닌 동포들이 타고 있다. 대한제국 군인의 명예를 동포들에게 바치는 것이다. 한때 어엿한 군인이었지만 아편중독자이자 거렁뱅이로 고향에도 못 돌아가는 신세인 지기미는 근대화에 실패하고 일제의 노예가 된 비참한 조선의 실

---

105) 김사량, 앞의 책, 89쪽.
106) 김사량, 앞의 책, 앞의 쪽.

상이 체현된 존재이다. 심지어 이름조차 없다.

망국을 직접 눈으로 본 사람과 태어날 때부터 식민지민이었던 사람의 역사인식은 판이할 수밖에 없다. 김사량은 1914년생이므로 독립된 나라를 경험해본 적이 없다. 힘없는 나라일지언정 주권의 유무는 엄연한 차이를 수반한다. 지기미라는 인물은 그 차이를 조금이라도 추체험하려는 김사량의 노력인 동시에 한일합병 이후 세대의 눈에 비친 가난하고 비참한 역사이다.

「지기미」가 일본어로 다시 쓰여지면서 제목도 「벌레」로 바뀐다. '지기미'라는 욕설의 느낌을 받을 수 없는 일본 독자를 위해서였을 것이다. 작품은 거의 변화가 없다고 보아도 무방하다. 다만 결말에서 지기미 노인을 묘사하는 부분은 다소 바뀌어 있다.

> 四時頃になるとこれら傳馬船は悉くもとの入江にはひつて來るのだ.
> 　それを迎へて悅び雀躍するちぎみの姿は，夕陽を浴びて恰かも天に拜むイスラム教徒のやりに美しかつた.

> 네시 무렵이 되면 이 전마선들은 모두 강어귀로 되돌아 왔다. 그것을 맞이하면서 기쁨에 겨워 덩실덩실 춤추는 지기미 노인의 모습은 마치 석양을 받으면서 하늘에 경배하는 이슬람교도처럼 아름다웠다.107)

「지기미」에서 전마선을 향해 경례하던 지기미 노인은 「벌레」에서 춤을 추는 이슬람교도로 바뀐다. 대한제국 군인 경례 대신 이슬람교도의 춤이 들어간 셈이다. 작품 초반에도 "시바우라 해안은 조선인의 메카이자 메디나"라고 묘사되기도 한다. 이 부분에 대해 조진기는 당

---

107) 김사량, 『김사량 전집 2』, 1974, 22쪽.

시 이슬람민족이 유럽 제국주의에서 막 벗어나던 시기임을 지적하며 동경제대 대학원에 재학중인 김사량이 이슬람민족의 탈식민화에 대한 정보를 접했을 것으로 보고 있다.108)

'조선인은 이슬람교도'라는 비유는 사실 잘 와 닿지 않는다. 조선에 이슬람교가 포교된 적도 없거니와 서남아시아 지역과의 교류도 드물었기 때문이다. 김사량이 이렇게 어색한 비유를 선택한 이유는 일본에 사는 조선인이 받는 핍박과 설움을 표현하기 위한 고육지책이다. 유럽 제국주의가 이슬람민족을 식민화하면서 그들의 문명까지 가차 없이 파괴한 역사는 일본이 조선의 문화를 핍박하고 말살했던 식민지 조선의 현실을 떠올리게 했을 것이다.

그럼에도 불구하고 일본어를 쓰지 않았다면 이렇게 어색한 비유가 굳이 들어가지는 않았을 것이다. '조선인은 이슬람교도'라는 비유는 '조선적인 것'을 일본어로 쓰는 김사량의 작가의식이 구체화된 결과이다. 김사량은 조선이라는 소재를 일본어로 쓰는 한 일본 독자가 이해할 수 있도록 쓰지 않으면 안 된다는 생각이 깊게 자리잡고 있었던 것이다.

1942년 1월 김사량은 「지기미」와 「벌레」의 속편에 해당하는 「십장꼽새」라는 작품을 발표한다. 이 작품은 1941년 11월 참여한 재일 조선인 운동회에서 만난 이수섭이라는 인물을 모델로 쓰여진 것이다. 김사량은 작품 초반에 쓰게 된 동기를 직접적으로 밝히고 있다.

> それは同市の會社に勤やてるO君から, 「來る日曜はこの港市八千
> 餘の蟲やイスラム教徒達の運動會である. (중략)」云タと誘つて來た
> ので, 「ではこの蟲も是非參加させて頂き度く」云タと返事を出して,

---

108) 조진기, 「김사량의 일본어 문학 연구」, 경남대학교, 2007, 122~123쪽.

勇躍出向いて行つた時のことだつた。蟲やイスラム教徒達といふの
は、私が以前に芝浦飯場界隈の或る奇妙な老人を小説に書いた際(前
出、「蟲」を指す)、さりいふたとへ方をしたのを思ひ出し、O君が面白
半分さり書いて來たもでのことで、云ふまでもなくわが朝鮮移住民
達のことを指してるる。

　　같은 시에 있는 회사에 근무하고 있는 O군이, "오는 일요일은 여
기 항구도시 팔천여 명의 벌레와 이슬람교도들의 운동회입니다.(중
략)" 운운하는 초청을 해 왔기에, "그럼 이 벌레도 꼭 참가하겠음." 운
운하는 답장을 보내고, 용약(勇躍)하여 그쪽으로 갔을 때의 일이었
다. 벌레와 이슬람교도들이라고 하는 것은, 내가 이전에 시바우라 함
바집 근처의 어느 기괴한 노인을 소설로 썼을 때, 그러한 비유를 했
음을 떠올리고, O군이 반쯤 재미로 삼아 그렇게 써서 보냈을 따름이
며, 그것은 말할 필요도 없이 우리 조선 이주민들을 가리키는 것이
다.109)

　여기서 '나'는 김사량 본인을 가리킨다. 작품 속에 등장하는 '나'는
조선인들을 벌레와 이슬람교도에 비유했던 김사량이다. 김사량은 조
선 이주민 지역에 갔다가 친구 O군에게 자주 들었던 십장꼽새라는
인물을 만난다. 십장꼽새는 보통 사람 키의 절반밖에 안 되는 꼽추이
나 동포들의 일이라면 두 팔 걷고 나서는 의리파이다. 스물아홉 나이
에 수하를 삼백여 명이나 거느렸을 뿐만 아니라 그들에 대한 마음도
지극하고 무슨 일이든 맡아서 제대로 처리하는 유능한 인물이다.

　이주민 지역에서 벌어진 잔치는 운동회가 아니라 남쪽으로 돈벌러
가는 사람들의 송별연이었다. 십장꼽새는 내만을 지나 남방南方까지
가는 이늘을 꼼꼼하게 챙겨준다. 담배를 사주면서 말라리아에는 키
니네가 특효약이라는 사실을 알려주기도 한다. 배를 타지 않은 다른

---

109) 김사량, 「십장꼽새」, 『신조』, 1942; 김재용 · 곽형덕 편역, 『김사량, 작품과 연구 2』, 도
　서출판 역락, 2009, 145~146쪽.

조선인들은 떠나는 친구를 위해 마라톤에 출전한다. 상품으로 걸린 타월을 선물하기 위해서이다. 항구에서 막 떠나는 배 앞에서 마라톤 선수들이 달려오자 조선인 이주민들이 열띠게 응원한다. 십장꼽새는 상품을 타자마자 항구로 달려온 마라톤 선수에게 타월을 낚아채어 배에 탄 동포에게 전달하는 데 성공한다. 김사량은 이 정신없는 배웅을 하나도 빠뜨리지 않고 속도감 있게 전달한다.

「십장꼽새」는 당시 조선 이주민의 생활과 실상을 전달하는 스케치 같은 작품이다. 주인공 십장꼽새는 몸은 불구이지만 보통 사람보다 훨씬 유능하고 밝은 인물이다. '벌레와 이슬람교도의 대장'인 그는 자신의 처지에 대한 슬픔은 내면에 밀어 넣고 주변 사람들을 챙기고 보살피기 바쁘다. 김사량은 그에게서 일본에서 살아가는 재일 조선인들의 거친 생명력과 건강을 포착했다. 이러한 김사량의 재일 조선인에 대한 관심은 이후 재일한인문학의 시초로 평가받고 있다.

③ 「며느리」·「천사」·「물오리섬」의 모어 이상주의

일제의 억압이 날로 가속화되던 1930년대 말부터 1945년까지 조선어문학이 살아남는 방법은 조선문학가들의 공통적인 고민이었다. 일본이 패망할 기미가 보이지 않는 가운데 조선어와 조선문학의 미래는 암담하기 그지없었다. 그러한 상황에서 조선문학의 지역문학화는 그 명맥을 잇기 위한 하나의 방편으로 거론되던 방법 중 하나였다.

원래 일본은 다민족국가로서 메이지 유신을 거치면서 소수민족을 정복하고 그 문화를 말살해왔다. 이때 아이누 민족과 유구 왕국이 정복당하여 강제 통합의 길을 걸었다. 쓰기 쉬운 한글과 조선어의 존재는 일본이 쉽사리 없앨 수 없었지만, 내선일체 이데올로기가 강화되면서 조선문학도 일본 내 소수민족과 비슷한 억압을 당했다. 또한 비슷한 시기에 동기와 배경은 다르지만 지역문학으로서의 만주문학이 장려되었다.110) 일본 지역문학은 1945년 이후 집중적으로 논의되었지만 아이누 문학 등에 대한 관심은 1920년대부터 찾아볼 수 있다.

김사량의 작품도 지역문학으로 일본에 소개된 전력이 있다. 그의 단편소설 「며느리」는 1941년 『신조』 12월호에 「지방파의 소설 특집」으로 게재되었다. 이때 『신조』에는 만주문학·대만문학·오사카문학·큐슈문학도 함께 소개되었는데, 이는 문화적으로 조선이 일본의 한 지방으로서 편입되는 양상을 단적으로 나타낸 예라고 하겠다.111)

물론 그렇다고 해서 김사량의 조선문학 번역이 조선문학의 일본지방문학화를 의도했다고 볼 수는 없다. 그러나 일본이 경제 공황과 전쟁을 겪으면서 식민지에 대한 의존도가 높아지고, 그에 따라 정치·경제적 예속의 강화와 자발적인 협력을 위한 문화적 동질성을 높일 필요가 있었음이 사실이다. 일본 내 조선문학 번역 붐과 아울러 만주와 대만에 대한 문화적 관심은 이러한 배경에서 바라보아야 한다.

그렇다면 제국이 요구하는 지역문학은 과연 어떤 것인지 살펴볼 필요가 있다. 『신조』에 소개됐던 「며느리」는 김사량의 가장 목가적인 작품이다. 산촌 농가에 시집온 며느리의 일상이 유머러스한 풍경화처럼 펼쳐진다. 가혹하고 채신머리없는 시어머니와 철없는 어린 신랑, 며느리를 유혹하려는 머슴 득보와의 에피소드가 김사량 특유

---

110) 당시 만주로 이주한 조선인들의 문학작품도 지역문학의 일환으로 일본에 소개되었다. 당시 만선일보는 상당한 금액의 상금을 건 문예공모를 실시하고 있었다. 이때 강경애를 비롯한 조선 이주민들이 작품을 발표했으며 한설야 등 만주를 여행한 경험을 작품화한 문인들도 등장했다.

111) 황호덕, 위의 논문, 385쪽. 황호덕은 당시 조선문학의 번역 붐이 결과적으로 외지민족어 문단의 일본어문단화, 조선문학의 지방문학화를 이끄는 전단계라고 지적한다.

의 입담으로 서술된다. 고된 시집살이에 수난을 면치 못하는 며느리
의 생활은 코흘리개에 불과한 신랑이 그럭저럭 나쁘지 않은 남편으
로 성장할지도 모른다는 암시로 마무리된다.

조선문학의 지방문학화라는 관점에서 이 작품의 가장 큰 특징은
탈지역성과 몰역사성이다. 작품의 배경은 산촌이라는 것 외에는 조
선의 어느 지역인지 전혀 나타나 있지 않다. 일본어로 쓰여졌기 때문
에 사투리를 통해 알 수도 없다. 식민지 시대라는 것은 며느리의 친정
식구가 만주로 이주했다는 언급을 통해 드러나지만 그 외에 이 작품
의 시대적 배경은 전혀 나타나지 않는다. 등장인물들은 역사와 사회
의 흐름에 전혀 영향받지 않고 자연 속에서 살아간다. 역사적 맥락은
제거되고 시골 특유의 목가적인 분위기가 작품을 이끌어간다.

> 栗の木を通して遙か向ふ西の空には，赤紫の雲が花叢のやりに湧
> き出てるた．薄白い夕霧が野原の上を流れ，塒にかへる野鳥の啼聲
> が聞えて來る．

> 밤나무 저편 아득히 먼 서쪽 하늘에는 붉은빛과 보랏빛을 띤 구름
> 이 마치 꽃이 무리지어 있는 것 마냥 피어오르고 있었다. 희끄무레한
> 저녁안개가 들판 위를 흘러가고 있었고, 둥지로 돌아가는 들새들의
> 울음소리도 들려왔다.112)

며느리 곱실이의 생활은 시어머니에게 구박받고 머슴에게 위협을
당하면서 고된 노동을 감수해야 하는 힘든 나날이다. 그러나 김사량
은 그녀의 고생을 풍경화처럼 그려낸다. 독자는 그녀의 고된 생활과
적절한 거리를 유지하며 구경꾼처럼 바라보게 된다. 시어머니는 악

---

112) 김사량, 「며느리」, 『신조』, 1941; 김재용 · 곽형덕 편역, 『김사량, 작품과 연구 1』, 도서
　　출판 역락, 2008, 256쪽.

인이기보다는 우스꽝스럽고 체신머리없는 인물로 그려지며, 머슴 득보도 자연스러운 욕망에 따라 살아가는 인물로 나타난다. 시어머니에게 학대당하는 병든 시아버지도 그저 우스꽝스럽게만 그려진다. 아름답고 목가적인 조선의 시골, 그 안에서 식민지는 복닥대고 시끄럽게 싸우면서도 훼손되지 않은 자연 속에 녹아들어 살아가는 이미지로 재현된다.

제국이 식민지를 수난받는 여성의 이미지로 재현하는 양상은 여러 연구자들이 종종 지적해왔다. 또한 식민지는 개발되지 않은 자연과 때묻지 않고 순수한 아동의 이미지로도 재생산된다. 이러한 이미지는 식민지의 실상은 물론 식민지민이 실제 경험하는 감정과 행동을 은폐한다. 식민지 내부의 갈등은 심각한 것이 아니라 미성숙한 민족의 '당파를 좋아하는' 성향에 불과하고, 이러한 갈등과 미개발 상태를 성숙시키기 위해 제국이 계몽에 나서게 된다.

제국이 상상하는 식민지의 이미지는 김사량의 「며느리」에 고스란이 재현되어 있다. 조용하고 깨끗한 산촌 마을과 수난당하는 여성, 낭만적인 시골의 이미지는 식민지 조선을 비역사적인 태고의 공간으로 재탄생시킨다. 이러한 몰역사성은 김사량의 작품에 처음 나타나는 것은 아니다. 그의 작품에는 일제의 억압에 대해 첨예한 정치적 · 민족적 · 언어적 인식과 조선에 대한 에스닉한 태도가 번갈아가며 나타나기 때문이다.

「며느리」가 전달하는 식민지 조선의 이미지는 몰역사성에 그치지 않는다. 이 작품의 탈지역성은 수많은 지역의 차이와 개별성을 지워버린 채 조선을 하나의 아이콘으로 뭉뚱그려 놓는다. 제국 일본이 건네받는 것은 다채로운 차이와 개별성이 기투하는 실존으로서의 식민지가 아니라 작가의 눈으로 정제된 조선이라는 아이콘이다. 작품 속의 곱실이·은동·득보 등은 이름은 있지만 사실 없는 것이나 마찬가지다. 이들은 고소설이나 민담에서 쉽게 만날 수 있는 매우 전형적인 인물이기 때문이다. 이들은 이름 대신 각기 며느리·꼬마신랑·머슴으로 불리워도 작품 전개에 전혀 지장이 없다.

조선문학은 조선을 대표한다. 현실적으로 존재하는 조선을 대표하는 게 아니라 스테레오타입화된 지방문학으로서 제국에게 식민지를 대표한다. 조선뿐만 아니라 만주·대만·오사카·큐슈는 각기 지역의 지방문학으로 중앙에 자신을 대표한다. 지방문학으로 아이콘화된 식민지는 제국과 중앙의 장식물이 되어 식민주의를 정당화한다. 이러한 지방문학의 지역성은 제국과 중앙의 헤게모니를 위협하지 않는 선까지만 허용된다. 제국이 즐길만한 신천지를 제공하면서도 제국이 독점하는 근대와 '빛'에 어둠을 드리워서는 안 된다. 식민지민의 고통도 낭만적인 향수 속에서 표현된다.

> 兩親は弟や妹を連れて滿洲へ移つて行き, 部落の娘達もそれぞれちりぢりになつてるる. 都へ洋服男に連れて行かれたソブソオ, 邑內の催主事のところへ奉公に行つたヂョムスンイ, オクブンイ, どこかへ賣られて行つたンブンネ, ボクツリ …… から一人一人のことを憶やと, それでも食ふに困らないところへ嫁入りしただけでも, 自分はまだまだ仕合せのやりな氣がする.

> 부모님은 남동생과 누이동생을 데리고 만주로 이주해갔고, 부락 처녀들도 제각각 뿔뿔이 흩어져버렸다. 도회에서 온 양복 입은 사내에게 끌려간 소분네, 읍내 최주사 집에 식모로 간 점순이와 옥분이, 어딘가로 팔려간 소분네와 복네 …… 이렇게 한 사람 한 사람을 떠올리자, 그래도 먹고 사는데 지장이 없는 곳에 시집 온 것만으로도 자신은 행복한 편이라는 생각이 들었다.113)

---

113) 김사량, 앞의 책, 249쪽.

곱실이는 어렸을 때 불던 고무 꽈리를 가지고 놀면서 가족과 고향 친구들을 떠올린다. 식민지 조선의 이민과 이주의 양상이 그녀의 추억 속에 그려진다. 농민은 땅을 잃고 국외로 이주하거나 도시 노동자가 된다. 전형적인 근대화 과정 중 하나이다. 그러나 주인공은 그러한 근대화를 겪지 않고 산 속에서 식민지 이전의 생활을 영위한다. 그러한 모습은 전근대적이거나 부정적인 모습이 아니라 자연스럽고 행복한 원형적 삶으로 그려진다.

이 정신적인 끌림이 가장 잘 나타난 작품이 「물오리섬」이다. 대동강 섬에 얽힌 민담을 소설화한 이 작품은 일본어로 쓰여졌지만 이상적인 모어의 세계를 그려낸다. 정백수는 이 작품에서 모어 관념의 형성을 읽어낸다. 그에 따르면, 이 작품에 나타나는 모어 공동체 탄생의 기억과 표상은 관념화되고 이상화된 비현실적인 조화의 상상114)이라는 것이다.

> 黒い目が云つた，「お伽噺もやつてくれる？」
> 「あ，いつでもやつて上げるよ. 毎日聞きに來てくれるかい？　それにをぢさんはここに葡萄畑をこしらへるかも知れない，さりしたらいくらでも歸りに包んで上げるよ」
> 「ええな」と二人はお互ひ顔を見合つてくすつと笑つた.
> 「毎日，毎日來るよ．あたいたち自分で小舟を漕げるだもの．どんなお伽噺を聞かしてくれる？」
> 「さろだな」
> と云ひながら一寸考へ込む中に，娘は昔自分がこの少女たちのやりに幼かつた頃，七星女やボングネやスウニにお伽噺をねだつてるたことを思ひ出した.

까만 눈의 소녀가 말했다.

---

114) 정백수, 앞의 책, 378~379쪽.

　　"얘기도 해줄 거야?"

　　"응, 언제라도 해줄게. 매일 들으러 올래? 게다가 아저씨는 여기에
포도밭을 만들지도 몰라. 그렇게 되면 집에 갈 때 얼마든지 싸줄게."

　　"신난다."

하며 둘은 마주보고 웃었다.

　　"매일매일 올게. 우리는 우리 힘으로 나룻배를 저을 수 있거든. 어
떤 얘기를 해줄 건데?"

　　"글쎄."

하며 잠깐 생각에 잠긴 량은 자기가 이 소녀들처럼 어렸을 적에 칠성
네나 봉구네나 순이에게 얘기해 달라고 졸랐던 생각이 났다.[115]

　주인공 량은 어렸을 적 자랐던 섬에 놀러왔다가 두 소녀를 만난다.
옛날이야기를 해달라는 소녀에게 량이 어렸을 때 동네 누나들에게
들었던 이야기를 풀어놓자 소녀는 다 아는 이야기라고 대답한다. 량
은 자신이 어렸을 적 즐겼던 이야기가 그대로 전승되고 있는 모습을
확인한다. 정백수는 이 대목에 주목하면서 량이 들었던 옛날이야기
가 주인공과 소녀들, 과거와 현재를 조화적인 세계 속에서 결합시키
는 매체로 제시[116]된다고 지적한다. 옛날이야기는 김사량이 꿈꾸는
모어 세계의 표상이다. 관념적이고 이상화된 이 세계는 탈지역적이
고 탈사회적이며, 몰역사적이기도 하다. 시공의 흐름과 완전히 차단
되어 순수성이 유지되는 세계이다. 어렸을 적 량에게 옛날이야기를
전해주는 동네 처녀들의 아름다움과 따뜻함은 이 세계의 아이콘인
셈이다.

　제2차 조선교육령을 적용받는 평양 공립 교육기관에서 교육을 받
은 김사량에게 공공 영역을 지배하는 언어는 일본어였다. 작가 김사

---

115) 김사량, 「물오리섬」, 『국민문학』, 1942; 김재용 외 편역, 『식민주의와 비협력의 저항』,
　　도서출판역락, 2003, 320~321쪽.

116) 정백수, 앞의 책, 378쪽.

량은 일본어를 배우고 그 일본어로 공적 생활을 영위하는 식민지 지식인이다. 이에 비해 조선어는 사적 영역, 가정의 영역과 얼마 안 되는 저항적인 출판 · 언론에 의해 명맥을 잇고 있었다. 평양 출신으로서 경성 문단과 거의 인연이 없는 김사량에게 조선어는 공적 언어가 아니라 가정 내에서나 사용되는 언어였을 것이다. 이후 창작을 시작하면서 그에게 조선어는 조화로운 태고의 세계 즉 모어라는 관념으로 재발견117)되었다는 것이 정백수의 날카로운 시각이다.

그러나 앞선 논의에서 살펴본 바와 같이 조선어는 상상이나 이상화된 관념과 거리가 멀다. 외부로는 일제의 식민주의와 싸우고 내부에서도 문법 · 철자법을 둘러싸고 정치적 내홍을 겪어온 역사를 지니고 있다. 현실의 장에서 작동하는 언어 시스템 내부에서는 엄청난 싸움이 벌어지는 모습을 관찰할 수 있다. 언어의 의미를 전유專有하는 것은 상당한 권력을 내포하기 때문이다.

정백수는 김사량의 「물오리섬」이 이러한 복잡한 역사성을 탈각하고 있다고 말한다. 이 작품은 언어의 노스텔지어를 '한숨을 쉬듯' 그려낸다. 여기에 언어를 둘러싼 갖가지 역사적 · 현실적 생활의 복잡성은 탈색되어 있다. 개인의 언어 표현 · 언어의 정치 사회적 권력 · 화용론적 의미 · 문자세계 등과 분리된 환상으로 나타나는 것이다. 이 환상적인 노스텔지어는 구어와 문어가 완전히 분리되기 이전의 완벽한 이념체로 상정된다. 문자와 음성은 물론 선사시대의 기억으로 거슬러 올라가는 「물오리섬」의 옛날이야기는 일본어의 국어화에 대척하는 조선어의 전형적이고 극단적인 표상이다.118)

「물오리섬」은 당시 조선적인 색채를 드러내는 대표적인 작품으로

---

117) 정백수, 위의 책, 379쪽.
118) 정백수, 위의 책, 381쪽.

주목받았다. 1943년 3월 『국민문학』에 실린 좌담회 「신반도문학에의 요망」에서 김사량의 「물오리섬」이 거론되고 있다.

<blockquote>

최재서   지금 가장 민감한 문제는 향토색이라고 할까요. 그것이 여러 차례 문제되었습니다. 예컨대 『국민문학』에 김사량 군의 「물오리섬」이라는 작품을 게재한 적이 있습니다. 그 작품은 향토색을 다분히 띠고 있어서, 일부에서는 민족주의의 잔재가 아니냐고 보기도 합니다. 결코 그렇지 않다고 역설한 결과 그렇게 통하고는 있습니다만, 그렇게 보이는지의 여부는, 아무래도 결국 작품을 쓰는 당사자의 문제겠지요.

기쿠치칸   향토색이 상당하게 드러나지 않는다면 조선문학의 특징이랄 수 없지요. 내지의 작가와 같은 것을 쓰고 있어서는…….

최재서   그래서 우리는 조선문학이 일본 문학과 대립해서가 아니라, 일본 문학의 일환으로서 그 안에 조선문학의 독자성을 충분히 가져야 한다고 생각하고 있습니다.

유아사   향토색의 문제는 아닐지라도, 오랜 풍속에 들러붙어서 그 방향만을 좇는다면 지금처럼 급변하는 시기에, 문학으로서 어떻겠어요.[119]

</blockquote>

이 좌담회의 화제는 신체제에 걸맞는 조선문학의 새로운 제재와 주제이다. 기쿠치 칸은 일본어로 쓰더라도 조선 작가의 향토색을 포기하면 일본과 다를 것이 없다는 상식적인 주장을 펴고 있으며, 유아사 가쓰에 등은 신체제에 걸맞도록 조선 작가들이 향토색을 포기해야 한다고 주장한다. 최재서는 「물오리섬」등에 나타난 향토색이 결코 민족주의가 아님을 주장하면서 동시에 향토적인 제재를 선택하는 작가의 자유를 옹호하고 있다. 「물오리섬」에 대한 이러한 논의는 일

---

119) 문경연 역, 앞의 책, 417쪽.

본어 창작으로 방향을 돌린 조선 작가들이 조선 향토적 제재를 씀으로써 우회적 저항을 도모하였으며, 이 의도를 파악한 일제가 일본어 작품의 내용까지 제한하고자 했다는 것을 알 수 있다. 이러한 상황은 갑자기 나타난 것이 아니라 조선문학의 일본 소개－조선 작가의 일본어 창작－조선인 작가가 쓴 일본어 작품의 지방문학화에 따른 필연적 귀결이었다. 이렇듯 일제가 일본어 작품의 내용까지 검열하여 조선어를 포기한 작가들의 최후의 자유까지 빼앗으려 할 때 비로소 김사량의 망명이 이루어진 것이다.

비슷한 작품으로 1941년 8월 『부인아사히婦人朝日』에 발표된 단편 「천사天使」를 들 수 있다. 주인공 양亮은 오월 어느 날 밤 시인 친구 조군과 함께 석왕사에 간다. 석왕사는 태조 이성계가 왕사 무학대사를 위해 세운 절로 두 사람의 친구이자 역시 시인인 홍군과 그의 여동생 이쁜이와 곧잘 어울렸던 추억의 장소이다. 홍군이 폐병을 앓다가 석왕사 절간에서 죽은 뒤 이쁜이는 석왕사의 그네 타기 대회에 매년 참가하러 온다. 양과 조군은 이쁜이가 그네를 타는 환상적인 모습을 보며 죽은 홍군의 영혼을 부르는 천사 같다고 느낀다.

이 작품은 매우 아름답고 서정적이다. 석왕사의 봄날 추억과 그네 타기는 환상적으로 묘사된다. 이쁜이의 그네 타기는 죽은 오빠의 영혼을 부르는 초혼이다. 그네 타기라는 민속 놀이와 한복을 입은 이쁜이의 아름다운 모습은 조선적인 색채의 아름다움을 한껏 드러낸다.

びーんと張りに張つた繩が美しい天使を乘せて夜空の中を横切つたかと目を瞠るや、彼女は宙に舞ひ上りぐんぐ提燈の方へ近付いて行つた。ますます近くなつて行く、そこで三四尺しか距てぬところで、急に足を蹴り上げ體が風船玉のやりに丸くなつた。と、見事に提燈が二つも蹴られ、ばつと燃え上つた。わあつと歡聲が上り、

群は波濤のやりに搖れ出した．暗闇の夜空に，提燈はなほ火を吹き
ながら燃えてるる．と，　その一つが燃えながら空中から舞ひ下りて
來はじめた．
　「それ見ろ，洪君が天から下りて來るぞ」

　팽팽하게 당겨진 끈이 아름다운 천사를 태우고 밤 하늘 속을 가로
지르는 것 같아 눈을 부릅뜨고 있을 때, 그녀는 하늘로 날아올라 점
점 제등 쪽으로 접근해갔다. 더욱더 가까워져가고 그곳에서 삼사척
밖에 떨어져 있지 않은 곳에서, 갑자기 발을 차올려 몸이 풍선처럼
둥글게 됐다. 그때 멋지게 제등을 두 개 발로 차서 제등이 확 타올랐
다. "이야"하고 환성이 오르고 군중은 파도처럼 출렁거렸다. 어두운
밤하늘에 제등은 한층 불을 뿜으면서 타올랐다. 그 때 그 중 한 개가
타오르면서 공중에서 내려오기 시작했다.
　"저기 보게, 홍군이 하늘로부터 내려온다네."[120]

　이쁜이의 그네타기는 말로 이루 표현할 수 없는 궁극적인 아름다
움으로 묘사된다. 하늘 높이 올라간 천사가 제등에 불을 붙여 영혼을
부르는 것이다. 이러한 궁극적인 아름다움은 순수하고 침범할 수 없
는 종류의 것이다. 동시에 역사와 사회로부터 완전히 유리되어 그 자
체로서 존재하는 완전한 이념체이기도 하다.

　김사량에게 모어는 단순한 도구적 차원을 넘어선다. 시공을 초월
하고 역사를 탈각하여 전승되는 완전한 이념체이다. 시대를 반복하
여 나타나는 여성들의 입에서 입으로 전해지는 이상적인 공동체의
표상이자 표현될 수 없는 궁극적인 아름다움의 완결체이기도 하다.
이러한 그의 모어의식은 나날이 국어화國語化하는 근대어로서의 일본
어에 대한 대척점에 서 있었다.

---

120) 김사량, 「천사」, 『부인아사히』, 1941; 김재용 · 곽형덕 편역, 『김사량, 작품과 연구 1』,
　　도서출판 역락, 2008, 203~204쪽.

5) 김사량의 식민지 역사의식

① 『낙조』의 언어의식과 역사의식

『낙조』는 김사량이 1940년 2월부터 1941년 1월까지 『조광』에 연재한 미완성 장편소설이다. 김사량이 해방 전 집필한 몇 안 되는 조선어 소설 중 하나인 『낙조』는 친일파 집안의 서자 윤수일이 기생 어머니 산월과 함께 윤씨가에 들어가 살면서 겪는 이야기를 다루고 있다.

임형모는 이 작품이 비슷한 시기에 발표된 김남천의 「대하」(1939), 이태준의 「사상의 월야」(1942), 이기영의 「봄」(1942), 한설야의 「탑」(1942) 등과 많은 공통점을 지니고 있다고 지적한다.121) 위에 열거된 작품들 모두 개화기를 배경으로 하여 주인공이 모두 아이들(소년)이며 정신적 성장을 위해 가출을 감행하는 등의 유사점을 지니고 있다. 그러나 주인공 수일은 근대적이고 성숙한 개인으로 나아가지 못하며, 윤남작과 해주집 등의 친일파 인물들은 점점 타락하면서 작품은 미완성에 그친다. 임형모는 『낙조』가 전근대적인 유교 이념과 아버지로 상징되는 국가와 왕 그리고 일본까지 뿌리부터 거부하는 의식을 지니고 있으며 작품의 완성도를 떨어뜨린다고 평가되는 고소설적 작가 개입도 의도된 형식으로 보고 있다.

작품을 일별하면 『낙조』는 비록 미완성이나 김사량의 조선어 구사 역량과 이야기꾼으로서의 재능이 여실히 드러난 작품이다. 또한 평양 사투리와 판소리, 감각적인 의성어·의태어가 풍부하게 구사되어 한국어를 모어로 하는 독자라면 모어만이 주는 특유한 이미지를 만끽할 수 있다. 김사량의 일본어 작품들이 대개 건조하고 차가우며

---

121) 임형모, 「김사량의 초기 한글 소설 연구─해방 이전을 중심으로」, 국제한인문학회, 『국제한인문학연구』 제3호, 2006.

때로 혼란과 광기를 묘사하는 데 반해 『낙조』에서는 풍부하고 다채
로운 언어의 이미지가 펼쳐진다.

> 어디서 한 마리의 학이 춤을 추러 왔느냐. 스르르 불이 꺼지니 비
> 취비녀만이 유난하게 캄캄한 방안을 반딧불처럼 헤엄친다. 수일이
> 는 눈을 꼭 드리감고 숨소리를 잦추고서 더욱더욱 이불 속으로 깊이
> 기어 들어갔다. 그러자 어느덧 푸근한 가금도리에서 후꾼후꾼 향기
> 가 내어 풍기는 어머니의 두 팔이 그의 조그마한 윗도리를 살며시 끼
> 어 들이었다.
> "오―우리 수일이, 혼자 두었댔구만 오―"[122]
>
> 무풍에 홍도화는 세우동풍에 눈물을 머금고 동정호 비치운 절색
> 그믐이 되면 무광이라 내 심중 깊고깊고 회포를 뉘가 알리
>
> 산월의 목소리는 방울이 울리는 듯 옥을 매치는 듯 명주를 찢는
> 듯 오르고 내리고 갸날픈 분결같은 손길은 가락가락 줄을 타고 노닌
> 다.[123]

위와 같이 평양 사투리와 4음보를 갖춘 판소리, 각종 의성어와 의
태어를 구사하기 위해서는 조선어로 쓰지 않을 수 없었을 것이다. 서
자로 태어니 아버지의 첩들에게 구박을 받다가 어머니마저 잃는 주
인공의 스토리는 다소 통속적이나, 풍부하고 감각적인 문체와 생기
넘치는 인물 묘사가 돋보인다. 또한 아버지가 친일파인 탓에 주변의
질시를 받는 주인공의 고민과 봉건적 안주를 버리고 계몽적 근대화
에 적극 나서는 주인공의 이복누이에서 식민지 합병의 역사를 더듬
는 김사량의 의식을 엿볼 수 있다.

---

122) 김사량, 『노마만리』, 이상경 편집, 동광출판사, 1989, 154쪽.
123) 김사량, 앞의 책, 155쪽.

임형모는 김사량의 『낙조』가 비슷한 시기 발표된 김남천과 이태준의 작품들처럼 전근대적 이념과 일본에 대한 거부와 정신적 성장을 위한 가출을 주제로 삼고 있다고 주장한다. 그런데 『낙조』의 주인공 윤수일은 가출에 성공하지 못하고 아버지가 강요한 결혼에 밀려 주저앉고 만다. 가출하는 이는 이복누이 귀애이다. 귀애는 근대적 개인으로서의 성장―소설가―을 꿈꾸며 수일의 정신적 성장에 중요한 역할을 한다. 사상가를 꿈꾸는 학교 친구 석순철도 평양으로 옮겨가면서 수일은 집을 벗어나지 못하고 더욱 고립된다.

역사적 해석을 배제하고 나면 『낙조』에서 가장 두드러지는 것은 근대적 성장과 반봉건 정신이 아니라 주인공 수일의 오이디푸스 콤플렉스이다. 아버지 없이 자라는 수일은 기생 어머니 산월과 밀착되고 안정된 애정 관계에 놓여 있었다. 그러다가 윤남작의 집에서 어머니와 떨어져 생활하게 되면서부터 급격한 불안에 시달린다. 어린 수일이 윤남작을 옛날이야기 속 호랑이와 동일시하는 부분은 전형적인 오이디푸스 콤플렉스의 발현이다.

> 아버지는 수상한 듯이 수일이를 내려다본다. 수일이는 이번은 흘금흘금 살피던 눈으로 아버지를 쳐다보다가 그만 머리가 화끈하고 등줄이 쭈뼛함을 느끼었다. 아버지의 깊숙하나 번질번질한 눈이라든지 허옇게 뻗친 콧수염이라든지 굵은 목이라든가 갈 데 없이 옛말에 나오는 범으로 보인 것이다.
> "아바지 범이구나 범."
> 수일이는 어느새 이렇게 부르짖었다.[124]

어머니와의 관계에 아버지가 포함되어 있다는 사실을 인식한 어린

---

124) 김사량, 앞의 책, 168쪽.

아이는 아버지에게 공포를 느낀다. 이러한 공포는 아버지가 자신을 죽이고 어머니를 빼앗거나 혹은 둘 다 죽이리라는 환상을 포함한다. 어린 두 남매를 잡아먹는 호랑이가 등장하는 옛이야기는 이러한 어린아이의 공포를 반영하고 있다.

수일은 어린이를 잡아먹는 호랑이와 윤남작을 무의식적으로 동일시한다. 이러한 공포는 후일 어머니의 방화와 자살로 현실화된다. 그러나 수일이 느끼는 공포는 전적으로 개인적인 차원에 국한될 뿐 윤남작이라는 인물이 지닌 친일파와 한일합병의 역사적 의미와는 별 연관이 없다. 수일은 근대적 개인으로서의 성장을 꿈꾸지도 않고 정신적 수준도 기생 어머니 산월과 크게 다르지 않다. 산월은 전근대적 유교 가부장제의 희생물이며 운명에 저항할 의지가 전혀 없는 인물이다. 수일의 꿈이 귀애처럼 소설가나, 혹은 순철처럼 사상가가 아니라 소리꾼이라는 점은 그가 전근대적 인물이라는 사실을 보여준다. 수일은 귀애와 산월이 떠난 후 기생 홍도와 아버지의 첩들, 강제로 결혼한 아내 등 여자들의 품에서 헤어나지 못하는 것도 그가 어머니의 세계에 고착된 미성숙한 인물이라는 증거이다.

윤남작의 집에 사는 수일과 산월의 고통은 세밀하게 묘사되는 데 반해 정작 가장 중요한 인물인 윤남작은 추상적으로만 그려진다. 윤남작이 한일합병에 공로를 세우고 귀족 작위와 엄청난 재산을 끌어모으는 모습이 나타나지만 그 구체적인 과정이나 역사적 의미는 독자에게 잘 다가오지 못하고 추상적인 차원에만 머문다. 권력과 재산만 추구하는 윤남작은 살아 숨쉬는 입체적인 인물이 아니라 수일의 옛이야기에 등장하는 호랑이 이상의 성격을 부여받지 못한다. 한일합병과 3·1운동 등 배경으로 나오는 역사적 사건들도 명백한 역사적 의미에도 불구하고 추상적으로만 언급된다.

작품이 이렇게 풀기 없이 진행되는 가장 큰 이유는 주인공이 근대적 개인으로서 성장해야 할 아무런 내적 동인을 찾지 못하는 데에 있다. 정신적 성장은 본인이 성장하지 않으면 안 될 강한 내적 동기 없이 이루어지지 않는다. 주인공이 이리저리 휩쓸리다가 귀애와 순철 등 긍정적인 인물들이 모두 퇴장하고 작품도 미진하게 끝나는 이유는 이와 무관하지 않다. 물론『낙조』가 아쉽게 중단된 가장 큰 이유는 김사량의 역량 부족일 것이다. 그러나 작가 본인이 주인공이 전근대성을 청산하고 근대적이고 독립적인 개인으로 나아갈 이유를 찾아내지 못한 것도 근본적인 원인으로 작동한다. 수일이 어머니의 편안한 세계를 떨치고 오이디푸스 콤플렉스를 극복하여 아버지의 폭력적인 역사와 대면해야 하는 이유가 설명되지 못하기 때문이다. 역사와 개인이 근대화를 받아들이지 않으면 안 되는 이유는 무엇인가? 왜 모어의 감각적이고 따뜻한 세계로 상징되는 전근대적 이념에 머무르면 안 되는 이유는 무엇인가. 이 이유는 김사량이 자신의 모어인 조선어를 버리면서 일본어로 글을 썼던 까닭과 다르지 않을 것이다.

② 「태백산맥」의 역사의식

한일합병 시기에 대한 김사량의 관심은 이후 1943년 2월부터 10월까지『國民文學』에 연재된 장편소설 「태백산맥」으로 이어진다.『국민문학』은 조선어 문학지가 모두 폐간당하고 생겨난 매체로, 일본어와 조선어 양용 발간으로 기획되었으나 사실상 일본어로만 발간된 문학지이다. 「태백산맥」은 김사량이 최초로 쓴 일본어 장편소설로『낙조』처럼 미완성작이다.

『낙조』와 마찬가지로 「태백산맥」은 한일합병 전후를 배경으로 심고 있다. 「태백산맥」은 갑신정변에 실패한 윤천일 부자의 화전민 생활이 주된 줄거리이다. 갑신정변의 실패로 역적으로 몰린 윤천일 부자는 화전민이 되어 산불을 지르면서 무능한 조선 왕조에 대한 울분을 터뜨린다. 청일전쟁을 피한 백성들이 산속으로 도망오면서 윤천일은 그들이 살 수 있는 새로운 땅을 찾아 두 아들 일동과 월동을 떠나보낸다. 그 와중에 사이비 종교로 전락한 동학은 화전민을 현혹하고 그들의 재산과 생명을 농락한다. 윤천일은 동학교인들과 싸우다 목숨을 잃고 장남 일동은 화전민을 이끌고 새로운 땅으로 이동한다. 그리고 차남 월동은 한양에 잡혀간 김옥균을 구출하러 떠난다.

일제 말기 대표적인 친일 매체인 『국민문학』에 연재된 「태백산맥」은 여러모로 복잡한 역사관을 드러낸다. 먼저 조선 왕조의 무능과 부패를 신랄하게 비판하며 갑신정변의 정당성을 주장하는 점, 청일전쟁으로 건너온 청병淸兵을 비난하면서도 동일한 목적을 가진 일본군에 대해서는 별다른 비판이 없는 점, 동학교의 타락을 비판하면서 윤천일의 종교적 태도를 미화하는 점 등이 그러하다. 작품에 나타난 동학교는 흰 옷을 입고 농민을 미혹하며 살인과 약탈을 서슴지 않는 화적떼로 나타난다. 이러한 동학교의 묘사는 당시 문제가 되었던 백백교를 모델로 한 것으로 추측된다.

오히려 「태백산맥」의 문제점은 역사소설을 표방하면서도 역사를 거의 다루지 않는다는 데에 있다. 주요 배경으로 등장하는 사건은 갑신정변과 청일전쟁인데 정작 주인공들은 화전민 생활을 하기 때문에 직접 역사적 사건과 부딪치는 모습은 찾아보기 힘들다. 윤천일의 갑신정변 실패도 프롤로그 정도에 그치고 있다. 작품 속에서 갑신정변은 봉건적인 조선 왕조가 청의 힘을 빌려 근대화를 시도하려는 개화파를 좌절시킨 것 이상의 의미를 갖지 못한다. 그러나 갑신정변은 단지 개화파의 실패로만 볼 수 없는 여러 모로 복잡한 사건이다. 갑신정변의 실패는 일본에 지나치게 의지한 결과이며 외국 군대를 끌어들임으로써 청일전쟁에 간접적인 원인을 제공하였다. 그러나 갑신정변의 근대화 계획은 갑오경장에 대부분 반영되어 실현되었고 경술국치 이후에도 그 개혁이 역행하지 않았다는 면에서 부분적으로 성공한 면도 없지 않다. 「태백산맥」에서 갑신정변은 구체적인 역사적 사건이 아니라 추상적인 이념의 실패로 그려지고 있어 김사량의 한말 역사 이해의 한계가 드러나는 대목이다.

「태백산맥」의 주제의식은 민족의 역사를 새롭게 다시 시작하려는 데에 있다. 민족의 순수성과 태고적 이미지를 강조한 종교적 믿음을 빌려 유토피아를 건설하는 것이다.

> 「山神樣が啓示を垂れ給りたのだぞ！ 星の導きだ，さあ，東南の方へだ！ おお，見ろ！ あの空に瑞雲たなびき，夕陽の反照に美しく照り映えてるるではないか． あの空に明日のあけぼの曉雲を突いて太陽が差しのぼろ時，お前達二人は發つのだ． 彼方にわし等の天國がある！(중략)」
>
> その夜，部落の人々は男女老幼を問はず天一の小屋の前に集まつて焚火をしながら，いと氣高い山神を仰め，今に現はれるべき安住の地を夢見つつ，心からこの二人の旅出を祝福し合つた．

> "산신령께서 계시를 내리셨다! 별의 인도하심으로, 자 동남쪽이야! 오오 보렴! 저 하늘에 서운(瑞雲)이 깔리고 석양빛을 되받아 아름답게 빛나고 있지 않으냐. 저 하늘에 내일 새벽 구름을 뚫고 태양이 떠오를 때, 너희 두 사람은 출발하는 거야. 저쪽에 우리의 천국이 있다! (중략)"
>
> 그날 밤, 마을 사람들은 남녀노소 할 것 없이 천일의 오두막 앞에 모여 모닥불을 피워놓고, 저 숭고하신 산신령을 높이고 이제 곧 나타날 안주의 땅을 꿈꾸며 진심으로 두 사람의 출발을 축복해 주었다.125)

윤천일의 산신령 숭배에는 왕정 복고와 일제 식민지배를 비롯한
이전 역사와 단절하고 새로운 영토에서 유토피아를 건설하려는 희망
이 드러난다. 새로운 낙원을 향한 그의 신앙은 순수한 민족성을 추구
하는 김사량의 주제의식을 반영한다. 모어를 핵심으로 한 조선적인
요소를 탐구하던 김사량의 언어의식이 역사적 차원에까지 확대되지
만, 이전 역사와 단절하려는 욕망이 너무 강한 나머지 몰역사적이라
는 인상을 남긴다.

그 결과 화전민 신앙을 중심으로 한 「태백산맥」은 역사소설이 아
니라 역사를 배경으로 한 환상소설에 가까워지고 만다. 화전민이 중
심에 놓이면서 역사성과 사회성이 탈각되고, 윤천일 부자는 실패한
근대 혁명가가 아니라 종교적 지도자가 된다. 일동과 월동 형제도 개
연성을 지닌 인물이 아니라 고소설에나 등장할법한 영웅적이고 초인
적인 인물로 그려진다. 화전민들은 쫓겨난 농민으로서 윤천일 부자
보다는 좀 더 입체적으로 묘사되지만 그들에게 일방적으로 지도받는
입장에서 벗어나지 못한다.

「태백산맥」은 김옥균을 구출하려는 월동의 출발에서 미완성으로
그친다. 만약 작품이 더 이어졌다면 김사량은 한일합병을 앞둔 조선
의 핍진한 역사를 재현하지 않으면 안 되었을 것이다. 그러나 당시 조
선의 사정은 「태백산맥」의 추상적이고 환상적인 세계관으로는 도저
히 서술될 수 없는 것이었다. 한일합병과 화전민의 역사를 결합하려
는 김사량의 의도는 『낙조』와 마찬가지로 역량 부족으로 귀결된다.
역사의 재해석이란 결코 쉽지 않으며 구체적으로 재현하는 것은 상
당한 역량을 요한다.

---

125) 김사량, 「태백산맥」, 서은혜 역, 『실천문학』 2002년 여름호, 318쪽.

오히려 「태백산맥」에서 엿보이는 것은 새로운 국가에 대한 김사량의 열망이다. 『낙조』에서 드러나는 것은 한일합병의 역사에 대한 관심이 아니라 모어로서의 조선어에 대한 애정이듯이, 김사량은 무의식중에 「태백산맥」에서 새로운 국가의 시작을 열망한다. 윤천일의 신비주의 저변에는 외세의 영향과 부패한 기득권층으로부터 자유로운 국가의 형성에 대한 열망이 숨어 있다. 김사량이 「태백산맥」을 통하여 말하고 싶은 것은 역사성의 탐구가 아니라 바로 국가의 형성이었다.

그런 면에서 「태백산맥」은 역사소설로서도, 일반적인 의미의 소설로서도 성공작이라고 보기 어렵다. 작가 자신이 작품을 쓰는 근본적인 욕망을 이해하지 못하면 본래 의도대로 집필되기 어렵기 때문이다. 어떤 형태로든 작품은 원래 동원된 문학적 장치에서 일탈하고 작가의 근본적인 욕망을 반영하며 진행되기 마련이다. 작품만 가지고 볼 때 김사량의 역사의식은 「태백산맥」과 같은 장편소설을 완성하기에 역부족으로 보인다. 왜냐하면 역사의식은 과거와 억지로 단절하는 게 아니라 그것을 투명하게 인식하는 데에 있기 때문이다.

이후 김사량은 조선의용군을 통해 새로운 국가 건설에 참여할 수 있었다. 길지 않은 일본어 창작 기간동안 김사량은 민족국가의 뒷받침을 받는 민족어의 존재를 누구보다도 열망했다. 이러한 그의 바람은 탈출 이후 사망에 이르기까지 5년 남짓한 기간동안 여러 가지 형태로 실현되었다.

4. 조선어에서 '국어' 시스템으로

연안 탈출 이후 김사량은 한국어로 창작하는 한편 전쟁 기간에는 종군작가로 활발한 활동을 벌였다. 탈출에서 태항산 독립군 활동을 기록한 『노마만리』는 기록문학의 정수로 꼽힌다. 김사량이 경험한 독립군들의 모습은 김사량이 그대로 작품화할 수 있는 이상적인 참 현실이었다. 『노마만리』는 김사량이 작가이자 혁명가로서 매우 행복한 시절에 쓰인 작품이었다.

이때 김사량은 『노마만리』 외에 독립군의 무장투쟁을 다룬 희곡 「호접」을 집필했다. 같은 시기 쓰여진 일제의 강제 징병을 다룬 「봇똘의 군복」과 옛이야기 형식을 빌려 지주계급을 비판한 「더벙이와 배뱅이」는 평소 김사량의 연극에 대한 관심과 공연의 오락적 성격을 이용하여 인민을 계몽하려는 필요가 맞물린 작품이다. 해방 이후 쓰여진 「E기사의 초상」은 수필 형식을 빌린 선전문학이며, 「마식령」과 「차돌의 기차」는 해방 이후 국가체계가 형성되고 있던 북한 공간을 묘사한 독특한 작품이다. 「칠현금」은 해방 이후 김사량의 대표적인 작품으로 일제의 폭력으로 불구의 몸이 된 노동자 작가를 다루고 있다. 한국 전쟁을 기록한 「종군기」는 전시 상황을 전달하고 인민의 임전의식을 앙양하는 선전문학이다.

해방 이후 김사량의 작품에는 선전문학적 요소가 많이 배어있는 것이 사실이다. 「종군기」는 김사량이 종군작가로 후방에 전시 상황을 전달하기 위해 쓴 작품으로 딱히 작가의식이나 창작의도는 찾아보기 어렵다. 「봇똘의 군복」을 비롯한 희곡 작품은 당시 인민들을 계몽하고 국가 건설에 동원하기 위한 작품이기도 하였다. 「E기사의 초상」은 남한의 이승만 정권의 폭력성을 고발하고 있다.

　　그러나 이 시기의 김사량의 작품이 전적으로 이데올로기 편향으로
만 기울어져 있다고 볼 수는 없다. 해방과 독립으로 말미암아 김사량
은 소원하던 한국어 창작에 자유롭게 매진할 수 있었다. 그러나 계몽
적 성격이 강한 「호접」이나 「봇똘의 군복」 등 희곡 작품을 자세히 분
석하면 국가 이데올로기 안에 고스란히 포섭될 수 없는 다양한 정체
성을 지닌 인물들이 살아 숨쉬는 모습이 나타나 있다. 「마식령」과
「차돌의 기차」는 해방 직후 국가 건설 도정에 놓인 북한 인민의 생활
상이 묘사되어 있다. 「칠현금」은 김사량이 해방 이후 남긴 작품 중
가장 독특하고 완성도 높은 작품이다. 해방과 독립 이후에도 김사량
의 소외된 사람들에 대한 관심은 멈추지 않았다. 그로 인해 「칠현금」
은 새로운 국가 건설을 위한 건강한 노동자와 인민에 관심을 기울이
지 않는다는 비판을 받기도 하였다.

　　이때 김사량은 일제의 억압에서 벗어나 자유롭게 글을 썼으며, 새
로이 건설되는 국가에 대한 기대에 차 있었다. 이러한 기대에 부응하
여 김사량은 자신의 문학적 재능을 인민 동원과 계몽 및 선전에 사용
하는 것을 거부하지 않았다. 그러나 동시에 그는 민족과 국가라는 주
체가 모든 구성원의 차이를 통합할 수 없다는 사실을 잘 알고 있었다.
이 시기의 김사량 작품에도 여성·장애인·아동·농민 등 다양한 주
체들이 등장한다. 이들은 민족주의와 국가주의로 무조건적으로 통합
되는 대신 나름대로의 세계관으로 식민지 현실에 대응한다. 이러한
다양성을 작품화하려는 김사량의 작가의식이 항상 북한의 국가주의
이데올로기와 항상 조화를 이루지는 않았다. 이러한 그의 관점은 태
항산 시절 남긴 기행문 「노마만리」와 세 편의 희곡에 잘 드러나 있
다.

1) 『노마만리』의 언어의식

1945년 5월 김사량은 연안 탈출에 성공한 뒤 조선의용군에 합류한다. 귀국 후 김사량은 탈출부터 의용군 합류와 태항산 생활을 엮은 『노마만리』를 발표하였다. 1946년 1월부터 2회에 걸쳐 『민성』지에 「연안망명기－산채기」를 게재했고, 같은 해 3월부터 7월까지 같은 지면에 「연안망명기－노마만리」를 7회에 걸쳐 연재했다. 이듬해 10월 평양에서 『려마천리驢馬千里』라는 제목의 단행본이 발간됐으며, 1955년 사후 발간된 『김사량선집』에 실릴 때에는 편자들에 의해 『노마만리駑馬萬里』로 제목이 바뀌었다.

『노마만리』는 조선의용군의 투쟁역사가 기록된 귀중한 사료이자 태항산 지역의 풍속이 생생하게 그려진 르포문학의 진수이다. 이춘매는 『노마만리』를 서방 기자로는 최초로 홍색 소비에트 구역에 들어가 중국 혁명을 취재한 에드거 스노의 『서행만기西行漫記』에 비견하고 있다.126) 『서행만기』는 서방 세계에 최초로 중국 혁명군의 대장정을 상세히 보도하고 식민주의 해방 투쟁과 중국 지도자들의 위대하면서도 서민적인 면모를 보여주었다. 혁명군의 군사 책략과 지방 민정 풍속에 대해 자세히 소개하면서 홍군과 중국 농민의 깊은 정신적 유대를 정확히 통찰하였으며, 중국 혁명이 발생한 배경과 이유에 대해서도 깊이 탐구하고 있다. 에드거 스노의 『서행만기』는 서방 세계의 공산당원들이 중국 혁명에 우호적인 태도를 갖게 한 주요한 저서이다. 이춘매는 『노마만리』를 김사량의 비타협적 반식민주의 투쟁 의지를 실천하는 한편 독립무장투쟁과 중국 태항산 일대의 풍속을 상세히 기록하는 등 중국 혁명의 실상을 기록한 『서행만기』와 쌍벽

---

126) 이춘매, 「김사량의 『노마만리』 연구」, 한중인문학회, 『한중인문학연구』 제23집, 2008.

을 이루는 걸작으로 평가하고 있다.

유임하는 김사량이 다소 낭만적 기질을 발동시켜 탈출을 감행했으나 태항산에서 중국 혁명군을 지켜보면서 근대적 국가 건설의 기획을 체험했다고 보고 있다.127) 김사량은 장개석의 독재와 일본군의 공격을 한데 물리치면서 해방구를 건설해가는 중국 혁명군의 모습에서 중국과 조선의 청년들이 연대하는 것이 '조국의 미래'라는 생각을 떠올렸던 것이다. 유임하는 김사량이 사상적으로 사회주의적 근대 기획으로 전환하고 역사적 과업에 동참할 자기 자리를 찾는 모습이『노마만리』에 나타나 있다고 지적하고 있다.

고인환은『노마만리』를 세 겹으로 이루어진 구조로 분석하고 있다.128)『민성』에 처음 실린「연안망명기─산채기」는「종이 소동」과「담배와 불」두 편으로 이루어진 낭만적인 회상담이다. 그 다음 연재된「연안망명기─노마만리」에서는 혁명의 길에 들어선 문인의 결연한 의지가, 1947년 10월 출간된『노마만리』에서는 강인한 혁명가의 면모가 부각되어 있다. 고인환은 전편과 달리 단행본『노마만리』가 4부로 쓰여졌으며 각 부가 다시 4개의 장으로 나누어진 완결된 구조를 지니고 있음을 지적하면서 과거의 체험이 다시 거리감을 가지고 재구성되었음을 지적한다. 또한 위장 형식으로 중국을 방문하거나 떠나는 장면을 축소하는 등 일본에 협조적이었던 과거를 축소하려는 의도가 드러나 있다고 보여준다. 세 편으로 이루어진 텍스트는 작가적 열정과 낭만성이 문인의 결연한 의지를 거쳐 강인한 혁명가로, 즉

---

127) 유임하,「사회주의적 근대 기획과 조국해방의 담론 : 해방 이후 김사량 문학의 도정」, 한국근대문학회,『한국근대문학연구』제1권 제2호, 2000.

128) 고인환,「김사량의 <노마만리> 연구─텍스트에 반영된 현실 인식의 변모 양상을 중심으로」, 어문연구학회,『어문연구』, 2009.

문인에서 혁명가로 변모하는 작가의식의 일면을 구체적으로 보여주고 있다.

언어적 측면에서 볼 때 『노마만리』는 김사량이 해방 뒤 한국어로 발표한 최초의 텍스트라는 점에서 의미가 있다. 이전에 발표된 「지기미」·「유치장에서 만난 사나이」는 비록 조선어였으나 일제의 검열을 의식하면서 쓰여진 작품이다. 조선어 소설뿐만 아니라 일본어 소설도 항상 탄압을 염두에 두어야 했다. 그러나 『노마만리』는 김사량이 창작을 시작한 이래 처음으로 일본을 염두에 두지 않고 자유롭게 쓴 작품이다. 이러한 해방감은 「산채기」에 잘 나타나 있다.

> 나는 전에 없이 행복스런 감분에 젖었다. (중략) 사실로 일인이 없는 이 산중에 와서 붓대를 들고 보니 하나도 거리끼는 일이 있을 리 없었다. 이미 종이는 있으며 무엇이나 쓸 수 있는 이상, 또 조국에 돌아간다면 알리고 싶은 일, 비장한 이야기, 통절한 이야기, 느끼는 점, 보고 들은 점, 이런 것 저런 것 모두 적어 하나하나 바랑 속에 집어넣는 기쁨이란 여간 큰 것이 아니었다. 행복스런 마음속에 이렇게 붓을 달려보기는 지금까지에 처음이었다.129)

두 번의 연재와 단행본 출간을 거쳐 발표된 『노마만리』에서 가장 먼저 쓰여진 부분이 바로 위에 인용된 「종이 소동」이다. 종이가 귀한 태항산에서 김사량이 시계 등 값비싼 물품과 종이를 바꾸며 애를 먹다가 일본이 항복한 뒤 일본 영사관에서 미처 태우지 못한 서류더미를 보고 환호하는 등 종이에 얽힌 에피소드를 그리고 있다. 『노마만리』에서 가장 쓰여진 부분이 「종이 소동」이라는 것은 일제의 검열 없이 쓸 수 있는 자유가 김사량에게 가장 소중했다는 사실을 시사한다.

---

129) 김사량, 『노마만리』, 김재용 편주, 실천문학사, 2002, 264쪽.

『노마만리』에서 김사량은 중국의 사회주의 혁명과 조선의용군의 활동은 물론 항일 무장투쟁에 얽힌 갖가지 에피소드를 온갖 방언과 감각적인 의성어·의태어를 동원하여 자유롭게 풀어놓는다. 이전의 김사량 작품에서 찾아볼 수 없는 활달하고 명랑한 분위기가 흘러넘친다. 제2부「유격 지구」에서는 해방구에 무사히 도착하여 항일 근거지로 들어가는 여정이 그려져 있다. 김사량은 여정에서 들은 이야기를 조선의용군 동지들의 입을 직접 빌어 이야기를 풀어놓는다. 이들이 사용하는 말은 활자에 갇히지 않은 생생한 구어체의 조선어이다.

> "글쎄 아버지 일이 어제오늘 별하게도 간절해지니 웬일일까요? ……. 바로 이렇게 달도 없는 고요한 밤이었어요. 감옥에서 시체가 되어 아버지가 돌아오신 게 ……. 그때 내 나이 여섯 살이니까 십일 년 전이로군 ……. 누구나 다 제 부모는 좋다구 하나 우리 아버지는 특별히 좋은 분이었어요 ……. 눈물이 많구 착하시구 그리면서두 용기가 있구 ……. 나를 데리구 노실 적엔 범놀이, 수박따기, 말놀이 다 해주며 어떤 때는 동리 애들을 죄 모아놓고 다리헤기, 원님내기까지 해주셨구먼요……."130)

조선의용군 소년 동무의 아버지 회상은 화자의 입을 그대로 빌려 서술된다. 화자의 이야기는 구어체의 조선어이다. 김사량은 『노마만리』에서 이전까지 사용하지 못했던 조선어를 마음껏 사용한다. 작품의 제재와 내용을 거리낌없이 선택할 수 있는 것은 물론 문체도 "무엇이든 쓸 수 있"기 때문이다. 조선의용군의 항일 무장투쟁과 중국 인민들과의 연대를 쓰기 위하여 김사량은 조선어 구이체를 선택한다.

김사량의 작품 전기에서 『노마만리』는 중요한 분기점을 차지한

---

130) 앞의 책, 92~93쪽.

다. 일본어로 작품을 써서 일본 문단에서 인정받던 김사량이 일본어를 완전히 떠나 조선어 속에 안착하는 첫 번째 체험을 형상화한 작품이기 때문이다. 일제 치하에서 조선어는 일본이 세운 학교 체제에서 간신히 명맥을 이으며 검열에 시달리고, 일본어 번역 대상 이상이 되지 못하는 언어였다. 그러나 김사량의 『노마만리』에서 조선어는 검열 없이 자유롭게 발화되며 일본에 대한 투쟁 의지를 표현하는 귀중한 도구이다. 조선어로 쓰여진 이야기와 노래는 조선의용군의 동지애를 북돋웠고 때로 중국 인민들과의 유대감을 강화하기도 하였다. 민족의 미래에 대한 구상과 동지의 죽음의 기록도 조선어로 쓰여졌다.

김사량의 항일독립투쟁에서 조선어는 완전히 새로운 언어였다. 김사량이 이 시기를 "전에 없이 행복스럽"게 보낸 것은 그가 이전까지 경험한 조선어 시스템과 전혀 다른 조선어를 경험했기 때문이었다. 조선어는 탄압당하고 「향수」의 가야처럼 쫓겨가는 언어가 아니라 투쟁과 유대의 언어였다.

> (일병의 노래)
> 왜 왔던고 왜 왔던고
> 울고 갈 길은 왜 왔던고
>
> (의용군의 노래)
> 나가자 나가자 굳게 뭉치어
> 승리는 우리를 재촉하나니[131]

『노마만리』에는 이 외에도 혹독한 전투를 치른 후에도 농담을 주고받는 조선의용군의 생활이 묘사되고 있다. 김사량은 이러한 태항

---

131) 앞의 책, 242쪽.

산 항일독립투쟁을 결연하면서도 활달하고 생기 넘치는 문체로 묘사하고 있다.

이러한 급격한 작품의 변모는 김사량이 항일무장투쟁을 통해 전혀 다른 조선어 시스템으로 진입했기 때문이었다. 김사량은 태항산에서 창작의 자유를 얻었을 뿐만 아니라 언어와 국가의 유기적 관계를 목도했다. 태항산에서 조선어는 투쟁과 유대의 언어였으며 독립할 조국의 언어였다.『노마만리』에 넘쳐나는 밝고 쾌활한 에너지는 여기서 기인한다.

김사량은 태항산 탈출로 인해 자유롭게 창작할 자유를 얻었다. 조선어 창작은 김사량에게 단순한 자유가 아니라 일종의 책무가 되었다. 당시 조선의용군은 전투보다는 해방구를 돌아다니며 팔로군 혁명과 조선 민족 해방을 홍보하는 선전 활동에 주력하고 있었다. 이때 효과적인 선전 활동을 위하여 노래와 연극, 무용이 동원되었다.『노마만리』에 인용되는 조선어식 중국어 투쟁가도 조선의용군 활동을 위해 만들어진 것이다. 이때 김사량은 조선의용군 선전활동을 위해 세 편의 희곡을 썼다. 이중「호접」과「봇똘의 군복」에는 국제주의적 반식민주의 투쟁이 잘 드러나 있다.

2)「호접」·「봇똘의 군복」의 반식민주의 투쟁

태항산 체류 기간 동안 김사량은 세 편의 희곡을 썼다.「호접」은 태항산의 항일무장투쟁을 다루었으며「봇똘의 군복」은 고향의 상황을 조선의용군에게 알려주기 위한 작품으로 일제의 징병과 징용을 소재로 삼고 있다.「더벙이와 배뱅이」는 평안도 지역의 민담을 개작하여 미신타파와 반봉건 메시지를 전하는 작품이다.

이 중 「호접」은 해방 후 남북 양쪽에서 출판·공연된 작품이다. 태항산에서 조선인과 중국인이 협력하여 일제에 맞서 싸우는 내용이기에 주목을 끌었다. 연극배우 김동원의 회고록 『미수의 커튼콜』에는 「호접」을 들고 서울에 나타난 김사량의 이야기가 실려 있다. 당시 김사량은 1945년 12월 조선문학가동맹 결성을 위한 총회 참석을 위해 서울 방문중이었다. 김동원이 속해 있던 극단 전선은 「호접」의 가치를 높게 평가하고 공연작으로 택했다.132) 김사량은 1945년 7월 태항산에서 이 작품의 초고를 완성하였다. 이후 1946년 북한에서 해방 1주년 기념으로 발간된 희곡집에도 실려 있는 것으로 보아 「호접」은 북한 연극 무대에도 오른 것으로 추정된다. 대신 1947년 김사량의 작품집 『풍상』에는 누락되었다. 김사량의 사망 뒤 1955년 북한에서 출간된 작품집 『김사량 작품집』에도 「호접」은 실리지 않았으며, 1980년 복권 이후에도 이 작품은 빛을 보지 못하였다.

태항산에서 쓰인 다른 작품 「봇돌의 군복」와 「더벙이와 배뱅이」와 달리 「호접」이 잊혀진 이유는 정치적 상황으로 보인다. 자신들의 항일운동 외의 또다른 독립투쟁이 주목받길 원치 않았던 김일성파는 연안과 태항산의 항일운동을 은폐하고 관련자를 숙청했는데, 이 때 독립무장군이었던 작가 김학철이 중국으로 망명한 사실은 잘 알려져 있다. 김사량도 연안파로 분류되어 북한문학사에서 이름이 지워졌다. 더구나 「호접」은 태항산에서 실제 일어난 전투를 소재로 하고 있기 때문에 김사량의 복권 뒤에도 빛을 볼 수 없었다. 이 작품은 일본판 전집이나 북한 작품집에도 실려 있지 않다.

「호접」은 1941년 12월 태항산에서 일어난 호가장 전투를 다루고

---

132) 김동원, 『미수의 커튼콜』, 태학사, 2003, 126~127쪽.

있다. 이 전투는 조선의용군과 일본군 사이에 벌어진 것으로 남한에도 알려져 있었다. 선전 활동을 하던 조선의용군이 마을 구장의 밀고를 받은 일본군의 공격을 받고 싸우다가 중국 팔로군의 지원을 받아 격퇴시킨 전투이다. 이 싸움에서 조선인 네 명이 전사했고 김학철은 다리 부상으로 포로가 되어 일본 나가사끼 형무소에서 해방까지 옥고를 치렀다. 김사량은 이 전투에 대한 이야기를 동료들에게 듣고 이 작품을 집필했다. 탈출과 조선의용군 합류에 대한 르포인 「노마만리」에도 호가장 전투 이야기가 언급되어 있다.

> 1941년 팔로군의 정치공작에 배합하여 석가장 부근에 출동하였던 이십구 용사의 장절한 실전담도 이 동무로부터 듣게 되었다. (중략) 이들은 봉쇄선을 넘나드는 무장 선전대였다고 한다. (중략) 우리의 용감한 선전대는 오 리 내지 이삼십 리씩의 거리를 두고 옮아가며 끊임없이 선전공작과 교란공작을 감행할뿐더러 처처에서 군중대회를 열고 때로는 기회를 엿보아 유격전을 일으켜 적을 뚜들겨 부수고 하였다.[133]

『노마만리』에서 김사량은 중국 농민들에게 조선의용군이 인기가 있다는 사실을 자주 이야기한다. 조선의용군의 주요 사업은 농민을 대상으로 한 선전·계몽활동이었다. 조선의용군은 연극과 노래, 무용 등을 통하여 농민들에게 항일투쟁과 반反국민당 노선, 조선과 중국 민족의 연대 등을 호소했다. 가는 곳마다 공연을 보여주기 때문에 조선의용군이 인기가 있었던 것이다. 쉴새없이 이농하는 와중에도 김사량이 희곡 창작에 전념했던 것은 이러한 조선의용군의 사업 때문이었다.

---

133) 김사량, 『노마만리』, 김재용 편주, 실천문학사, 2002, 161쪽.

「호접」의 스토리는 비교적 복잡한 편이다. 작품은 조선의용군의 선전활동으로 시작된다. 팔로군 공작원과 조선의용군 대장이 조선 민족과 중국 민족의 단결을 호소한다. 이들은 중국 영토에 일제의 억압을 견디다 못해 망명한 조선 민중들이 적지 않다는 사실을 강조하며 이들과 연대하여 싸울 것을 주장한다. 뒤이어 선전용 연극이 공연된다. 연극 속에 또 다른 연극이 나오는 것이다. 조선과 중국의 민속 음악이 연주되면서 일본군으로 분장한 조선의용군이 등장하고 중국 농민과 조선군이 같이 노래를 부른다. 언어는 다르지만 주제는 중국과 조선 민족이 연대하는 항일투쟁이다.

「호접」 속에서 공연되는 선전용 연극은 조선과 중국 민족이 힘을 합쳐 일본군을 쳐부순다는 간단한 내용이지만 「호접」 자체의 내용은 간단하지 않다. 같은 조선의용군일지라도 저마다 배경과 목적이 다른 것이다. 가장 문제적인 인물은 차성렬과 임성옥 부부이다. 조선에서 고생을 하다 중국으로 넘어와 아편 장사를 하던 이들은 일본군의 첩자가 되어 조선의용군에 침투한다. 차성렬은 전향하여 조선의용군의 일원이 되지만 임성옥은 일본군에게 아이들을 인질로 잡힌 탓에 쉽게 결정을 내리지 못한다.

차성렬과 임성옥뿐만 아니라 다른 조선의용군들도 각기 다른 배경을 가지고 있다. 김학운은 시인으로 「호접」 속에서 공연되는 선전 연극을 쓴 인물이다. 박철동은 유복자로 태어나 가난에 시달리다가 열한 살 때 중국으로 떠나 군관학교를 졸업했다. 그는 부모도 친척도 없는 자신이 조국마저 없다며 한탄한다. 박철동에게 조선은 자랑스럽고 그리운 조국이 아니라 한스럽고 가엾은 대상이다.

박철동　　　　말일망정 동포지만 나를 그렇게까지 학대한 조선놈

들이었어. (울음) 내가 중학을 마치고 군관학교를 나
오게 된 것두 오로지 이 중국과 중국인 신세거든 ……
(주먹으로 가슴을 치며) 말하자면 내 조국은 나의 저
주를 들어야 하며 고향 사람은 내 복수를 받아야 해!
하나 …… 하루 한시 이 조국을 잊지 못하겠으니 이게
뭔 일이야.134)

고아였던 그에게 조선은 아무것도 해주지 않고 학대하고 내쫓은
조국이었다. 군관학교를 졸업한 것도 중국에서 도움을 받은 덕이었
다. 그럼에도 불구하고 그는 조선의용군에 참여한다. 가난하고 못난
조국이지만 그에게는 버릴 수 없는 핏줄 같은 존재이다.

이러한 박철동의 고백은 조선의용군 원칠성이 고향에 대한 낭만적
인 감정을 토로하는 대목 바로 다음에 배치되어 있다. 원칠성이 고향
에 두고 온 연인을 언급하며 낭만적이고 원형적인 조국애를 드러내
는 데 반해 고아인 박철동에게는 조선에 가족이 한 명도 없다. 같은
조선의용군임에도 불구하고 조국에 대한 극명한 감정 차이가 노출되
는 대목이다. 김사량은 이러한 대조를 통해 조국 해방이라는 동일한
목적을 추구하는 민족 주체 내부의 온도차를 드러낸다.

전투가 끝난 뒤 일본군에 있던 조선인 포로를 처리하는 장면에서
도 갈등이 드러난다. 이들은 일제에 강제 징병되었다가 조선의용군
에게 생포되었기 때문이다. 이들을 민족반역자로서 처단해야 한다는
의견이 나오지만 김세중 대장은 조국을 잃은 책임을 이들에게 전적
으로 물을 수 없다고 판단하고 의용군 참여를 전제로 풀어준다. 이 대
목으로 보아 「호접」을 쓰면서 김사량은 조선의용군에게 조선의 실상

---

134) 김사량, 「호접」, 『8 · 15해방1주년기념희곡집』, 1946; 김재용 · 곽형덕 편역, 『김사량,
　　작품과 연구 2』, 도서출판 역락, 2009, 370쪽.

을 알려줄 필요를 느낀 듯하다. 실제 일어났던 호가장 전투를 소재로 삼은 것으로 미루어 보아 당시 조선의용군 내에서도 일본군에 징병 된 조선인에 대한 의견차이가 있었으리라 추측된다. 이에 김사량은 조선 내부의 실상을 전달하기 위해 일제 강제 징병을 다룬「봇똘의 군복」을 집필하였다.

이 작품의 독특한 점은 극의 클라이맥스가 전쟁 장면이 아니라 맨 마지막에서 임성옥이 실성하는 장면이라는 것이다. 일본군에게 아이 들을 인질로 잡혀 갈등하던 그녀는 남편에게 투항을 권유하지만 거 절당한다. 자신의 잘못된 판단 때문에 아이들이 죽었다는 사실을 안 그녀는 아이들을 잡고 있던 일본군을 죽이고 제정신을 잃는다. 그녀 가 조국과 가족을 배신하고 아이들을 죽였다는 가책에 사로잡혀 자 살하는 장면은 이 작품에 비극성을 부여한다.

<blockquote>

차성렬   음 바로 그 통역놈이로구나! (웃복을 쥐고 흔들며) 바
로 이놈입니다. (성옥에게) 여보 …… 고맙소! (울며)
고맙소!

김대장   차 동무, 그놈의 모가지 대신 가져온 가 보오. 부인을
용서하시오. 어서 안정시키시오.

임성옥   피를 빨아 먹는 녹사뱀은 내가 잡으러 갈 테에요 ……
(움직인다) …… 두꺼비는 뱀의 첩살이를 하고 있다
우. 저도 태극기를 좋아한다구 아까 그러겠지요.[135]

</blockquote>

임성옥은 반식민주의 투쟁 내부의 다양한 인물형들을 대변한다. 그녀에게 중요한 것은 조국이나 남편의 신념이 아니라 자신의 아이 들을 살리는 것이다. 전시 상황에서 두 가치는 서로 조화되지 못하고

---

135) 김사량, 「호접」, 앞의 책, 421쪽.

대척점에 선다. 김사량은 큰 것을 위해 작은 것을 희생하는 식의 거대 이데올로기에 수렴되는 대신 임성옥을 자신이 중요시하는 가치를 위해 적극적으로 움직이는 인물로 그리고 있다. 전시 상황이라는 절박한 상황에서 그녀의 선택은 목숨을 앗아간다. 그러나 상위적 가치—민족·국가에 하위 가치—가족·모성을 일방적으로 종속시키기를 거부하는 작가의 선택이 「호접」의 작품성을 받쳐주는 중요한 요소이다. 그녀의 죽음으로 인해 「호접」은 민족 이데올로기로 수렴되지 않고 다양한 주체들의 연대라는 열린 결말을 유지할 수 있는 것이다.

북한에서 항일무장투쟁은 단순한 역사적 사건에 머물지 않고 일종의 건국 신화로 작동했다. 그래서 김일성파의 항일무장투쟁은 내부의 이질적인 요소를 용납하지 않는 단일한 신념과 이데올로기의 신화로 포장되어야 했다. 또한 만주 외의 연안과 태항산 등에서 벌어진 항일투쟁도 김일성의 건국 영웅신화를 위해 은폐되었다. 김사량이 그렸던 다양한 주체들이 갈등하고 협력하는 생동감 넘치는 항일무장투쟁의 역사는 북한 내에 자리잡을 여지가 없었다.

「봇똘의 군복」은 중국에 체재하는 까닭에 조선의 사정에 어두웠던 의용군에게 일제의 강제 징병 실상을 알리기 위해 쓰여진 「호접」의 외전격인 작품이다. 「호접」에서 조선의용군 원칠성은 일제 징병을 당했다가 탈출한 경험담을 이야기하는데 「봇똘의 군복」은 바로 이 경험담을 새롭게 극화한 작품이다. 마을 처녀 서분네와 봉의, 이뿐이는 마을 청년들을 징병해가는 일제를 원망하며 앞으로의 일들을 걱정한다. 칠성과 봇똘 두 사람은 형제이자 봉의의 오빠들이다. 칠성은 일찌감치 징병당해 훈련중이고 봇똘은 머리가 모자라는 백치로 징병을 피할 수 있었다. 한편 총 쏘는 법을 배운 칠성은 탈영하여 마을로 들어와 애인 서분네에게 조선의용군에 들어갈 결심을 고백한다. 봇똘과 세 마을 처녀는 칠성의 탈출을 돕는다. 그러나 칠성을 찾으러 온 일본군에 의해 칠성의 어머니와 봉의가 잡혀들어가자 봇똘은 일본군의 가슴에 칼을 꽂고 서분네는 주재소에 불을 지른다.

이 극은 강제 징병을 자원 입대로 왜곡 선전하던 일제의 실상을 폭로하고 있다. 조선인 전체 징병을 계획하던 일제는 그에 앞서 자원입대를 받았으나 사실 협박과 회유에 의한 강제 징병과 마찬가지였다. 일본어를 구사하는 중산층 자녀를 받으려던 처음 계획과 달리 대부분의 자원입대자는 농민의 자식이었다. 강제로 징병을 당한 조선인 병사들은 일본군에 협력해 싸울 의사가 거의 없었으며 입대하여 군사 훈련을 받은 뒤 탈출하여 조선의용군에 가담하거나 고향에 몰래 돌아가기도 했다. 엘리트층에서 선발한 학병들도 비슷한 실정이었다. 오히려 조선인 병사는 신뢰할 수 없다는 불안감이 일본군내에 팽배했다.136)

「봇똘의 군복」에도 반식민주의 투쟁의 다양한 양상을 그려내려는 김사량의 노력이 배어 있다. 극의 중심은 서분네와 봉의, 이뿐이 세 여성이다. 서분네의 아버지 박첨지는 면서기 가네다의 속임수에 속아 딸을 팔아넘기는 어리석은 인물이다. 봉의의 오빠 봇똘은 여동생의 걱정거리이다. 의용군이 되는 칠성도 그녀들의 도움을 필요로 한다. 청년들이 모두 징병당하자 마을 사람들은 농사를 짓고 시집을 보낼 상대가 모조리 전쟁터에 끌려갔다고 개탄한다. 이렇듯 일제의 압제 아래 여성들의 보호자 역할을 하는 부모나 남성들은 모두 어리석거나 무력하다.

그러나 세 여성은 한탄하는 대신 적극적으로 서로 협력하고 일제에 맞서 싸운다. 평소에 걱정만 끼치는 봇똘도 칠성의 탈출에 힘을 보

---

136) 미야다 세츠코, 앞의 책, 156~157쪽.

땐다. 극 결말에 주재소에 불을 지르는 사람도 서분네이다. 싸울 만한 남자는 모두 끌려가고 사회적 약자밖에 남지 않은 조선의 실상이 생생하게 드러난다. 김사량은 이들이 연대하여 일제에 맞서 싸우는 과정을 드라마틱하게 그려내고 있다.

　김사량이 태항산 시절 집필한 희곡은 종이 한 장 구하기 힘든 악조건 속에서 쓰여졌으며 그 존재만으로도 역사적 가치를 지니고 있다. 김사량은 이들 작품을 통해 다양한 주체들의 반식민주의 투쟁을 그려냄으로써 항일무장투쟁을 새롭게 해석할 역사적 시각을 보여주었다. 그가 목격한 태항산과 항일투쟁은 단일한 이데올로기로 무장된 국가주의적 조직이 아니라 각기 합리적인 가치를 지닌 다양한 인물들의 자유롭고 평등한 연대였다. 이들은 일제의 폭력에 휘둘리는 대신 자발적인 선택으로 투쟁에 나섰으며 그로 인해 해방될 수 있었다. 이러한 항일무장투쟁의 역사는 각기 정치적 이유로 인해 남북한 양쪽에게 망각되었다. 그러나 김사량이 경험하고 글로 남긴 항일투쟁의 역사는 단지 일제에 맞서 싸운 신화적 기록이 아니라 식민지 현실을 직접 살아가던 평범한 사람들의 싸움이었다.

　직접 탈출을 경험한 김사량은 모든 사람에게 항일투쟁이 단일한 동기에 의해 선택되는 것이 아니라는 사실을 잘 알고 있었다. 민족과 국가의 당위성도 크게 작동하지만 개중에는 가족과 모성 등 사적인 이유나 억누르기 힘든 감정적인 동기도 작동하는 게 사실이다. 인간은 각기 상이한 욕구와 이해관계로 구성된 복합적인 정체성을 지니고 있으며 그러한 개인들이 저마다의 과서를 부정한 채 민족 국가의 거대 이데올로기에 무조건적으로 수렴되기는 어려운 일이다. 김사량은 자신이 일본과 조선 양쪽에서 이질적인 존재로 살아왔기에 그러한 사실을 잘 알고 있는 작가였다.

물론 김사량도 국가의 필요성을 인식하고 있었다. 해방 이후 그는 조선문학가동맹을 결성하고 종군 작가로 활발히 활동하였다. 그가 꿈꾸었던 국가는 그 내부에 다양한 가치와 존재들을 수용하고 통합하는 공동체였다. 이러한 김사량의 생각은 해방 뒤 북한 공간의 사실주의적 재현으로 구체화되었다. 일제 파시즘과 공존할 수 없었던 것처럼 김사량은 북한과도 근본적으로 불화할 수밖에 없는 성향의 작가였다.

3) 「마식령」· 「차돌의 기차」의 사회주의 조국 건설

해방 뒤 귀국한 김사량은 1950년 사망까지 급박하게 돌아가는 시국 속에서도 꾸준히 작품활동에 매진했다. 이 시기의 작품은 1947년 작품집 『풍상』에 모아져 출간되었다. 또한 일본에서 간행된 전집에도 수록되었다.

「마식령」과 「차돌의 기차」는 해방 직후 국가가 형성되는 과정에 놓인 북한 공간을 주제로 삼은 작품이다. 이중 「마식령」은 해방 공간을 살아가는 당시 민중들의 사실적인 생활상과 국가 이데올로기가 마찰하는 양상이 주요한 주제이다. 「차돌의 기차」는 소년 노동자의 노동시간 제한으로 상징되는 국가 체제의 형성을 그린 짤막한 작품이며 이 두 작품에는 김사량이 꿈꾸던 이상적인 국가관이 드러나 있다.

「마식령」은 강원도 산골 고개를 넘는 화물차 승객들을 소재로 삼고 있다. 그들 중 중년 여자 박을녀와 한 청년의 입을 통해 대장장이 출신의 농민위원장에 대한 이야기가 들려진다. 술망나니에 싸움꾼이었던 대장장이 무쇠풍구는 대단한 완력과 배짱으로 관할 일본 경찰도 함부로 대하지 못하는 협객이었다. 한편 을녀의 술집에서 일하던 보비는 만주 유격대인 오빠 때문에 일본 경찰의 감시를 받고 있었다. 보비의 오빠가 국내에 잠입했다는 정보를 접한 일본 경찰은 보비를 유치장에 가두지만 무쇠풍구가 그녀를 구출하여 산속으로 도망친다. 이후 일제가 패전하자 무쇠풍구는 화전을 일군 수확으로 마을 사람들과 인민군의 식량을 댄 공으로 농민위원장이 된다. 그러나 을녀는 자기의 술집이 망했기 때문에 두 사람에 대한 좋지 않은 감정을 감추지 못한다. 이야기 끝에 화물차가 고개를 넘어 평지대로에 도착하자 청년은 보안서 소속 신분을 밝히면서 공장 약품을 훔친 혐의로 을녀를 구속한다.

이 작품에는 김사량의 이전 작품에서 볼 수 없었던 함경도 방언이 구사된다. 험한 고개를 넘는 화물차 승객들의 고단한 분위기와 춥고 삭막한 강원도 산골의 풍경이 서북 방언을 통해 효과적으로 묘사된다. 등장인물들은 해방 등 정치적 시국에 대한 관심은 거의 없고 장사와 치정 등에 손쉽게 휩쓸리는 갑남을녀들이다.

> "좀 있다가 같이 갑세. 엥. 이번에사 아즈방이랑 한 자리에 타야겠군. 꼭 붙어서 떨어지지 않겠당이 ……."
> 우리 좌석에 끼어서도 아양을 떨고 엉석을 부려보느라고 말상을 실룩거리며 여기저기 남아돌던 술잔을 하나하나 집어치우기 시작한다.
> "아즈방이는 어디메 가오?"
> 개차밥처럼 지근대는 놀음에 마지못해, 길주를 간다면 제 고향이 길주라며 나진을 간다면 나두 나진 갈까 함흥이라면 제 집이 바로 함흥이니 여관 잡을 생각은 말라는 둥 어느 언덕이든지 찾아 부비려는 태도가 어지간히 안정지 못한 눈치었다.[137]

---

137) 김사량,「마식령」, 작품집『풍상』, 1947, 민주조선출판사, 1947; 김재용 · 곽형덕 편역, 『김사량, 작품과 연구 1』, 도서출판 역락, 2008, 274쪽.

승객들 중 가장 문제적인 인물은 박을녀라는 여자이다. 그녀는 해방 전에는 놀랑관이라는 술집을 운영하다가 무쇠풍구와 보비의 탈출에 휘말려 장사를 망하기도 하였다. 그녀는 화물차 승객들과 지분거리며 놀아나면서 남자를 유혹하는 등 칠칠맞지 못한 위인이다. 화물차 운전수와 승객들은 그녀의 유혹에 정신을 차리지 못하다 싸우기도 한다.

고갯길 꼭대기에서 한 학교 선생이 나타나면서 작품은 미묘한 국면에 접어든다. 그녀는 을녀의 술집에서 일하던 보비이다. 을녀와 마주친 무쇠풍구는 청년에게 그녀를 '놀랑 간나'로 지목한다. 놀랑관을 운영하는 여자라는 의미이다. 을녀와 무쇠풍구는 해방 이후 좋은 세상이 되었다고 푸념하며 서로에 대해 나쁜 감정을 내비친다. 이후 청년의 입을 통해 을녀와 무쇠풍구, 보비 세 사람에 얽힌 이야기가 들려진다.

액자소설 형식은 김사량이 즐겨 취하는 형식 중 하나이다. 「마식령」속 이야기에서 무쇠풍구는 일본 경찰도 쉽게 건드리지 못하는 협객으로, 보비는 보기드문 미인으로 묘사된다. 무쇠풍구와 보비가 속임수를 써서 일본 경찰을 농락하는 대목은 영웅적으로 서술된다.

> 보비가 유치장에서 나온 참으로 감쪽같이 자취를 감추고 보니 노다지를 잃은 놀랑관에만 대소동이 인 것이 아니라, 경찰은 중요한 볼모를 놓쳐버려 대경실색하여 수색을 펴게 되었다. 더욱이 무쇠풍구까지 한날 한시에 없어진 것이 판정되었을 때는 모두가 입을 쩍 벌렸다. (중략) 그러나 이들의 수수께끼 같은 실종에 사람들은 모두 알고도 모를 일이라고 모여 앉기만 하면 뒷공론이다.[138]

---

138) 김사량, 앞의 책, 302~303쪽.

무쇠풍구와 보비의 탈출은 사람들로 하여금 일종의 신화적인 이야깃거리가 된다. 두 사람이 정사情死했으리라는 주장, 두 사람이 전국을 돌아다니며 몸을 숨기고 있으리라는 주장 등이 풍문처럼 떠돌아다닌다. 이러한 이야기는 일본 경찰에 맞서 싸운 배경과 맞물려 점점 부풀려진다. 도망친 무쇠풍구는 화전민 생활—이 작품에서도 화전민에 대한 김사량의 관심이 드러난다—을 하면서 궁핍한 마을에 식량을 대는 한편 보비를 감금했던 일본 경찰과 패잔병들을 소탕했다. 이러한 활약으로 말미암아 무쇠풍구는 그 지역의 농민위원장이 되었다.

> "그 놈이 없어지면서 나만 영업을 둘러엎었지비 ……. 보비가 없이 개이으니까니 손님의 발은 덜리지, 기무란지 개무란지는 화풀이를 애매한 우리에게 들이대며 이래라 저래라 영업은 몇 시까지다! 벌금이다!"
>
> 을녀는 입맛을 다시며 물러나 앉았다.
>
> "아무래껀 그런가 다 농민위원장이라구야. 흥 장하우다 ……. 그래 이 산끝에 숨어 살면서 부대나 키구 있었더랬지. 제 금새를 알기는 아는갑지비."139)

을녀는 무쇠풍구가 일본에 맞서 싸운 것은 아랑곳하지 않고 장사가 망한 것만 탓한다. 조국의 해방이나 식민지의 고통은 그녀의 관심사가 아니다. 그녀의 관심은 개인적인 욕망을 채우는 데에만 쏠려 있다. 그런 와중에서 무쇠풍구와의 대면은 반가울 리가 없는 것이다.

이제 농민위원장이 된 무쇠풍구는 그녀를 일본 경찰과 유착했던 장사꾼이자 절도범으로 지목한다. 보안서 청년은 미식령 고개를 넘자마자 을녀를 잡아들인다. 그녀는 해방된 조국에 있어 이롭지 못한

---

139) 김사량, 앞의 책, 303쪽.

존재이다. 식민지 시절 일본 경찰과 유착한 과거를 반성하기는커녕 귀중한 약품을 훔쳐 파는 배신자이자 범죄자이다. 뿐만 아니라 조국 건설에 매진해야 할 노동자들의 욕망을 자극하여 타락으로 이끄는 유혹자이기도 하다. 그러한 을녀는 '징그러운 짐승 같은 퇴물 술장사'로 묘사된다.

액자소설 구성을 띤 이 작품은 겉 이야기와 속 이야기가 취하는 문체가 상이하다. 을녀를 중심으로 한 마식령 고개의 이야기는 함경도 방언으로, 농민위원장인 무쇠풍구와 여선생이 된 보비의 해방 전 행적은 표준어로 서술된다. 겉 이야기가 구체적인 상황과 풍경, 인물의 행동 묘사에 집중한다면 속 이야기는 두 사람의 배경과 행적을 서사적으로 서술하고 있다. 겉 이야기가 사실적인 묘사를 중심으로 이루어진다면 속 이야기는 인물의 영웅적 행위에 주안점이 된다.

속 이야기가 서술되는 궁극적인 목적은 을녀를 체포하는 데 있다. 을녀는 단순한 절도범이 아니라 일경과 결탁한 친일파이자 민족반역자이기도 하다. 속이야기를 통하여 비로소 겉 이야기는 맥락을 획득한다. 제각기 개인적인 욕망만을 추구하는 을녀 · 버텅니 · 운전수는 무쇠풍구와 마주치면서 과거가 노출된다. 해방 후 새로운 조국을 위해 이들은 제거 혹은 교화되어야 할 대상이다.

속 이야기—무쇠풍구와 보비의 항일투쟁—은 겉 이야기의 변화—을녀와 승객들—의 원인으로 작동한다. 그러므로 속 이야기는 겉 이야기에 대응하는 역사로 화한다. 겉 이야기는 해방 후 혼란스러운 현실의 단면이다. 제각기 부끄러운 과거는 잊어버리고 사익 추구에만 몰두하는 사람들을 국가적으로 통합하기 위해 속 이야기가 동원된다. 역사가 현실을 바꾸기 위해 작동하는 것이다. 이때 동원되는 역사는 현실의 모든 사람들을 설득해야 한다. 무쇠풍구와 보비의 이야기가 방언이 아닌 표준어—국가의 권력으로 통일되고 보편화된 언어—
로 서술되는 것은 바로 이것 때문이다.

이 과정에서 무쇠풍구의 행적은 영웅화·신화화된다. 보편어인 표
준어로 쓰여진 저항의 역사—무쇠풍구의 이야기—는 과거를 재해석
—을녀를 일제와 결탁한 범죄자로 지목—하고 현재에 변화를 추동한
다. 무쇠풍구라는 인물은 사실성과 개연성을 잃고 초인적인 능력을
부여받는다. 일경에서 도망친 뒤 혼자서 화전을 일구어 마을 주민과
군대에 식량을 조달하는 활약은 그 개연성이 의심되는 초인적인 행
위이다.

저항의 역사는 신화가 되어 현실에 압력을 행사한다. 대개 역사의
신화화는 재해석을 용납하지 않는다. 신화가 된 역사는 그대로 응고
되어 현실이 나아가야 할 이상을 지시하기 때문이다. 문제는 역사가
재해석을 용납하지 않는다면 변화하는 현실에 조응하기 힘들어진다
는 것이다. 역사는 현재와 과거와의 끊임없는 대화이기 때문이다. 새
로운 해석에 닫혀 있는 역사는 현실에 유연하게 대처하지 못하고 종
종 현실의 발목을 잡게 된다.

「마식령」의 역사관은 북한 건국 초기의 김일성 신격화를 상기시킨
다. 저항과 투쟁의 역사가 국가 권력의 정당성을 창출하는 것은 당연
한 일이나, 그 역사를 신화화하여 재해석을 차단하는 것은 결코 바람
직한 일이 아니다. 「마식령」은 얼핏 스케치에 가까운 작품이나 저항
의 역사가 신화화되는 양상이 흥미롭게 드러난다.

「차돌의 기차」는 기차 부품 공장에서 일하는 소년의 이야기이다.
차돌은 공장에서 밀차바퀴를 깎는 소년공으로 편모슬하에서 동생 깜
돌과 함께 살고 있다. 차돌은 노동영웅이 되고 싶은 욕심에 공장 동료
와 경쟁하다가 과로로 쓰러진다. 병원에서 일어나자 공장 책임자가

16세 이하 노동자는 하루 6시간 이상 노동을 금지하고 13세 이하는 의무교육을 받도록 법률이 제정되었다는 소식을 전한다.

이 작품은 길이가 매우 짧은 장편掌篇에 가깝다. 차돌의 일기 형식을 빌려 쓰여진 이 소설은 차돌이 더 많은 일을 하려는 욕심이 주요한 갈등 요소이다. 차돌은 새로운 국가 건설을 위해 기차 바퀴를 더 많이 깎아야 한다고 생각한다. 동생 깜돌은 형에 지기 싫은 마음에 공부보다 공장에서 일하고 싶은 마음이 앞선다.

그러나 작품의 결말은 두 소년의 꿈이 실현되는 대신 둘 다 학교에 가는 것이다. 두 소년이 원하는 영웅서사는 작품에서 실현되지 않는다. 실현되는 것은 청소년 의무교육으로 나타나는 국가 권력이다.

> "차돌이 너 암만 그래야 쓸데없다. 이제 노동법령초안에 발표되었거든, 열여섯 살까지는 6시간짜리야."
> "이놈생이 그런 법이 어디 있니?"
> 놀리는 줄만 알고 보지두 않구서 신문을 득 찢으려는데 그 위에 실린 우리 김 장군의 사진이 얼핏 눈에 띠였다.140)

아직 나이가 어린 차돌은 공장 동료와 경쟁하면서 과로를 무릅쓴다. 차돌이 그렇게 행동하는 이유는 국가 건설에 참여하려는 의지 때문이다. 차돌의 일인 기차 제작은 근대화 사업을 의미한다. 기차는 근대의 상징이기 때문이다. 기차로 상징되는 조국 근대화를 위하여 차돌은 코피를 흘리고 기절하면서까지 일에 매달린다. 그러나 노동법령에 의해 차돌은 하루 여섯 시간 이상 노동을 할 수 없게 된다.

이 결정에 공장 동료들은 북조선인민위원회를 찬양하는 환호성을 올린다. 차돌은 일이 적어지는 것이 못마땅하지만 같은 법령에 의해

---

140) 김사량, 「차돌의 기차」, 앞의 책, 319쪽.

동생 깜돌이 의무교육을 받게 되는 데 감격한다. 명시되지는 않지만 이들의 어머니도 노동법령상의 혜택을 받는 것으로 서술된다. 이들이 이러한 결정을 환영하는 이유는 국가가 인민을 노동의 대상으로만 간주하는 수준을 넘어 삶의 복지를 제공하는 차원에 이르렀기 때문이다. 교육은 가장 기초적인 복지에 속하며, 그 대상은 청소년부터 우선적으로 시행되는 것이 당연하다.

짤막한 작품이지만 이 작품에는 김사량이 이상적으로 생각하는 국가의 모습이 그려져 있다. 그가 꿈꾸었던 나라는 누구나 조국 건설에 참여하는 나라이다. 그와 동시에 아동과 여성이 특별히 보호받는 나라이기도 하다. 작품의 주인공은 조국 근대화의 신체적 상징인 건강한 성인 남성이 아니라 과로를 감당하지 못해 코피를 흘리는 병약한 청소년과 여성이다. 새로이 발효된 노동법령은 '세 식구 모두 만세를 부르는' 법률이다. 김사량이 꿈꾸었던 나라는 바로 이러한 법령을 제정하는 나라였다.

망명과 탈출 후 해방에 이르기까지 짧은 기간 동안 김사량은 희곡과 소설 등 적지 않은 작품을 남겼다. 김사량은 도쿄 시절에 비해 한결 자유롭고 편안한 환경에서 창작할 수 있었다. 이 시기 그의 문학은 하위주체에 대한 관심은 더욱 확장되는 면모를 보여준다. 밑바닥에서 살아가는 하층계급에 대한 자연주의적 관심을 넘어 다양한 주체들이 보편적 관심사를 도출해가는 과정이 그려진다.

4) 해방 후 김시량의 북한 활동과 「칠헌금」

한반도가 완전히 분단된 후 김사량의 행적과 작품 기록은 아직 명확하지 않다. 북한 쪽의 자료가 너무 부족하기 때문이다. 호테이 토시히로는 「초기 북한문단 성립 과정에 대한 연구―김사량을 중심으로」[141]
에서 해방 후 김사량의 활동과 작품을 정리하고 있다.

그의 연구에 따르면 해방 후 김사량의 소식을 최초로 전한 자료는
『自由新聞』에 실린 「태항산서 삼천리를 보행 연안에 갔던 김사량씨
의 입경담」(이하 입경담)이다. 이 기사에는 서울 입경 전후의 모습으
로 추측되는 사진도 실려 있다. 이 기사는 짧지만 태항산 팔로군과의
생활을 기술한 귀중한 중언이다.

> 문학방면의 작가들을 이야기하자면 팔로군 관계에는 별로 이렇
> 다 할 작가가 없으며 본래가 수가 적은데다가 사상적으로는 늘 정풍
> (이곳서 말하는 숙청)이 있어 사상이 건전치 못한 작가는 그 지위를
> 보존하지 못하며 이곳의 표준은 농민작가라면 먼저 농민이 된 후에
> 농민의 길을 완전히 체득한 후에 써내는 것이라야 완전한 농민작가
> 로 인정받으며 공장 직공 노릇을 해야만 한다는 것을 이념으로 해서
> 작가적 활동을 하고 있다.[142]

호테이 토시히로는 2개월 남짓한 짧은 태항산 생활에서 김사량이
"피눈물나는 투쟁에 상당한 단련을 받으면서" 사상 개조를 했을 것으
로 추측한다. 또한 해방 후 북한 문단의 지배적인 사고방식과 김사량
의 기대 사이에 상당한 차이가 생기는데, 위의 「입경담」에 김사량의
사고를 길러낸 토양이 반영되어 있다고 보고 있다.

해방 후 김사량의 행적을 요약하면 김사량은 1946년 발족된 북조
선 예술 총연맹(이하 예총, 1946년 12월 북조선 예술 총동맹으로 개

---

141) 호테이 토시히로, 「초기 북한문단 성립 과정에 대한 연구―김사량을 중심으로」, 서울대
　　학교 박사논문, 2006.
142) 「태항산서 삼천리를 보행 연안에 갔던 김사량씨의 입경담」, 『자유신문』, 호테이 토시히
　　로, 앞의 논문, 16쪽, 재인용.

편됨)에서 집행위원 겸 국제문화국장으로 일하면서 희곡과 소설 등
을 발표했지만 작품에 대해서는 좋은 평가를 받지 못하였다. 이에 김
사량은 지속적으로 자기 비판과 개조의 발언을 남기고 있다. 이중 몇
가지 중요한 것을 인용한다.143)

우리 작가자신이 이제부터 농촌 속으로 들어가 실천과 투쟁 속에
서 자기를 탈피개조하는 일방 진정 농촌 파악한 뒤에야만 농촌과 농
민을 그릴 수 있을까 생각합니다. (중략) 그러나 현재 우리들이 대부
분 소자산계급출신인만큼 새로운 각오와 노력이 요구되며 실천속에
서 자기를 단련함으로써 우리가 등진을 해야나가야 된다는 점은 특
히 강조됩니다.144)
8·15 이후에도 나는 작품을 몇 개 썼습니다. 비판도 많이 받고 싸
우기도 많이 했습니다. 그런데 솔직히 고백하면 나는 아직 내 출신성
분인 도시시민의 생활을 깨끗이 청산치 못했습니다. 그래서 내 작품
의 세계는 아직 소시민적인 면이 나타나고 있습니다. (중략) 그러기
때문에 나는 새로운 육신 새로운 표현 새로운 스탈을 쟁취해야겠는
데 아직 그것이 부족합니다. (중략) (그래서) 작가들을 현지생활을 시
켜야 하겠다고 믿습니다. 현재는 작가들이 작품을 쓰는 것보다 사무
보는 시간이 많습니다. 빨리 이 사무보는 책상을 물리치고 작품쓰는
시간을 가져와야 하겠다고 믿습니다. 145)

---

143) 같은 해 김사량의 활동 중 특기할 만한 것이 『응향』 사건이다. 1946년 12월 20일 북조선
문학예술총동맹은 원산의 북강원도 문학가 동맹이 발행한 시집 『응향』의 소시민적 반
동성을 비판한 뒤 발금 조치를 취했다. 같은 때 평양에서 해방 1주년 기념으로 나온 『관
서 시인집』과 함흥에서 나온 『문장독본』, 『써클 예원』, 『예술』 등도 '무사상적' 내용이
라 비판받았다. 이때 김사량은 『응향』에 실린 작품의 심사 겸 탄핵위원으로 최명익, 송
영, 김이석 등과 함께 직접 원산으로 향했다. 이 사건을 계기로 시인 구상이 1947년 2월
서울로 월남하고 심사위원이었던 김이석도 1·4 후퇴때 월남했다.

144) 「북조선예술가회집좌담회」, 『正路』, 1946.3.14(제58호 2면), 호테이 토시히로, 앞의 논
문, 49쪽 재인용. 『정로』는 『로동신문』의 전신임.

145) 『文化戰線』 제2집, 1946.11, 76쪽, 호테이 토시히로, 앞의 논문, 57~58쪽 재인용.

첫 번째 것은 1946년 3월 10일 조선공산당 북조선 분국 선전부 주최로 열린 북조선 예술가 좌담회의 발언으로, 북한의 토지개혁 실시에 맞추어 열린 것이었다. 두 번째는 같은 해 9월 28일 북조선 각 도 예술연맹 관계자 좌담회에 평남 대표로 출석한 발언이었다. 이때 김사량은 평남 예총 위원장으로 북조선 문학예술 총연맹 중앙상임위원과 북조선 문학동맹의 서기장 겸 중앙상임위원, 북조선 연극동맹 중앙위원을 겸임하고 있었다.[146)]

위 김사량의 두 발언에 나타난 그의 북한 활동은 다음과 같이 정리할 수 있다. 김사량은 자신의 부르주아 출신 성분을 강하게 의식하고 있었으며 작품에 대한 비판에 대응하며 때로 논쟁도 벌였다는 점이다. 호테이 토시히로는 김사량이 관념적인 자세로는 위대한 문학이 나올 수 없으며 과거 전통 예술 유산을 비판적으로 섭취하고, 외국 예술의 보고를 받아들여 새롭고 위대한 민족문화를 창출해야 한다는 주장을 펴고 있다고 분석한다.[147)] 이러한 김사량의 주장은 "작가들이 사무에서 벗어나 현지활동과 작품 창작"에 전념해야 한다는 두 번째 발언에서 두드러진다.

이러한 발언에도 불구하고 김사량의 작품에 대해서는 비판적인 평가가 이어졌다.

> 이 소설(「마식령」) 그밖에 「차돌의 기차」(희곡)「더벙이와 배뱅이」 등에서 현착(顯着)하게 추출할 수 있는 사실은 주제의 엽기성이다. (중략) 사량씨의 소설에서 우리가 느끼는 하나의 점은 생활의 진실감의 미약성이란 데 있다. (중략) 가령 「차돌의 기차」는 노동법령을 취급한 것임에도 불구하고 일제적 섭취관계의 최후적 정산과 그로

---

146) 호테이 토시히로, 앞의 논문, 49, 57쪽.
147) 호테이 토시히로, 앞의 논문, 49쪽.

말미암아 노동자의 생활개변 의식적인 투쟁 등의 전형적 사실을 찾
을 수가 없고 차돌과 감돌 형제의 심리적 묘사에서 겨우 노동법령의
혜택과 그 의의를 들여다보는 것이다. 그만큼 이 작품은 주제의 국한
성이 가로막고 있다.[148]

이 글의 제목은 「창작상의 있어서의 테마에 대한 몇 가지 문제」이
다. 박종식은 김사량이 "전형적 사실"을 담아내지 못하고 "심리적 묘
사" 차원에서나 노동당 정책을 겨우 드러낸다고 보고 있다. 또한 박
종식은 「마식령」 · 「차돌의 기차」 · 희곡 「더벙이와 배뱅이」 등의 작
품의 주제가 엽기적이고 국한적이기에 노동자의 생활과 투쟁에 담긴
진실성을 담아내지 못한다고 비판한다.

호테이 토시히로는 위 평론이 김사량이 쓴 「마식령」과 「차돌의 기
차」를 토지개혁과 노동법 실시에 따라 혜택받은 인민들의 기쁨이나
사회주의 국가 건설의 승리를 고양하지 않음을 비판하는 것으로 분
석하고 있다. 여기서 중요한 것은 비평가 박종식의 개인적 의견보다
는 그의 진술 속에 드러난 당시 북한 문단의 요구이다. 북한의 작가들
은 노동자 생활 속의 진실을 형상화해야 한다. 여기서 진실이란 토지
개혁 등 일제 잔재 청산과 노동자의 투쟁을 구체적으로 묘사하는 것
이다.

박종식은 김사량 작품의 주제 ─ 인물이 국한적이라고 비판한다. 김
사량 작품 속에 나타나는 화전민과 여성, 청소년 등은 사회주의 조국
이 지목하는 신념에 찬 전투적이고 투쟁적인 노동자상과 아무래도
거리가 멀다. 그러므로 진실을 담아내기에 적합하지 않은 주제라는
것이다. 이 진술에 북한 문단의 김사량에 대한 요구가 드러난다. 사회

---

148) 박종식, 「창작상의 있어서의 테마에 대한 몇 가지 문제」, 『민주조선』 647~648호,
    1948.7.8~9. 호테이 토시히로, 앞의 논문, 64~65쪽 재인용.

주의 조국의 진실을 그리기 위해서 작가는 자신의 시각으로 주제를 고르지 말고 빛나는 사회주의 국가 건설의 승리와 당의 지도에 따라 투쟁하는 노동자상을 작품의 주제로 삼으라는 의미이다.

다시 「입경담」으로 돌아가면, 호테이 토시히로가 제시한 '북한 문단의 지배적인 사고방식과 김사량의 기대 사이에 상당한 차이'의 정체를 어느 정도 추측할 수 있다. 김사량은 태항산 생활을 통해 농민과 노동자 속에서 작가를 사상적으로 단련하고 진실을 보는 안목을 기르는 현지체험의 중요성을 깨닫고 있었다. 이러한 태항산 생활은 망명 전에도 김사량이 견지하던 자세와 일치한다. 화전민 실태 조사와 북경 여행이 「풀숲 깊숙이」와 「향수」를 낳았고 독립무장투쟁의 경험이 「호접」 등의 작품을 탄생시켰듯이 김사량은 현실 체험과 냉정한 관찰을 기반으로 작품을 집필해왔다.

그러나 북한에서 김사량은 현지 체험과 창작보다 각종 정치단체의 사무와 활동에 주로 시간을 보냈고 그 결과 건강마저 해쳐 휴양을 해야 할 정도였다. 그러나 북한 문단은 김사량의 활동을 높이 평가하는 대신 현지체험을 중점으로 하는 그의 작품을 지속적으로 비판하였다. 즉 북한 문단은 당과 조국 건설의 이데올로기를 "전형적 진실"로 설정하고 그에 부응하는 작품 창작을 요구했던 것이다.

이에 김사량은 자기비판도 하고 때로 자기 고집대로 집필하는 등 북한 문단 내에서 유연한 자세를 취해왔다. 비판을 받은 「마식령」 등의 작품을 제외하면 김사량은 소설 「팔삭둥이」(1946.3)와 「총총걸음」(1946.9), 희곡 「뇌성」(1946.8)을 발표했다. 이중 「팔삭둥이」는 콩트에 가까운 벽소설이며 「총총걸음」149)은 「향수」의 중심 설정이 성별

---

149) 「총총걸음」은 중국에서 독립운동을 하던 형부를 둔 곱단이를 주인공으로 하고 있다. 형부가 죽은 뒤 곱단이는 조카 문삼이를 키운다. 강제징용된 남편이 죽고 나서 일본군에

이 바뀌어 삽입되어 있다. 「뇌성」은 김일성부대의 항일투쟁을 찬양하는 작품이고, 「호접」은 태항산 시절 쓰여진 작품이다. 호테이 토시히로는 김사량이 쭉 비판을 받았으며 비판문의 내용만 참고한다면 그의 근본적인 체질에 관계된 것이라고 보고 있다. 즉 북한 체제가 요구하는 문학과 김사량이 생각하는 새로운 문학과 문학자로서의 자세에는 차이가 있었던 것이다.150)

김사량은 좌담회 등의 발언을 통하여 작가들은 예술동맹 등의 사무에서 벗어나 노동과 창작을 병행할 수 있는 환경에서 작품을 생산해야 한다고 주장하였다. 1949년 김사량은 평소 원하던대로 황해도 제철소에서 반 년 간 머무를 수 있었고, 그 체험이 반영된 작품이「칠현금」이다.「칠현금」은 1950년 4월 발표된 빨치산 소설「대오는 태양을 향하여」를 제외하면 김사량의 마지막 소설이다.

이 작품은 김사량 작자를 연상시키는 작가 S를 화자로 삼고 있다. 작가 S는 문학동맹 중앙위원회로부터 국영제철소에 파견되어 노동자들의 문학작품을 살펴보는 일을 맡게 된다. 그중 윤남주라는 노동자는 해방 전 부상을 당하여 하반신 마비로 누워 있으면서도 꾸준히 동화를 써왔다. S는 윤남주의 동화를 높이 평가하고 소설 쓰기를 권유한다. 그런데 S의 격려를 받고 윤남주가 쓴 소설은 수준이 턱없이

끌려간 문삼이가 탈출하여 조선의용군에 가담한 사실을 알게 된 것은 1947년이다. 야미 상인으로 생계를 잇던 곱단이는 1947년 삼일절 기념 행진에서 조카와 오빠의 목소리를 듣고 행진에 참가한다. 그리고 장사를 그만두고 <공장>에 갈 때라고 결심한다. 호테이 토시히로는 「총총걸음」을 부자연스럽고 성긴 문장과 줄거리이 비야이 신한 번자으로 평가한다.

150) 호테이 토시히로, 앞의 논문, 59쪽 127번 주석, 84쪽. 일제 말기에 활동했던 김사량에게 국가 시책과 문학자의 견해 불일치는 처음 겪는 일이 아니었고, 더구나 그는 그러한 검열과 탄압을 피하는 '아슬아슬한 재주'를 가졌다는 사실을 상기하면 김사량의 북한 활동은 참으로 역설적인 일이 아닐 수 없다.

떨어지는 것이었다. S는 그의 동화와 소설을 비교해 읽으면서 내심 실망을 금치 못한다. 한편 윤남주는 S에게 하반신 마비로 누워 있으면서 그간 겪은 고통을 털어놓는다. 한편 소련에서 온 의사에게 수술을 받은 윤남주는 회복의 가능성을 보이기 시작한다. 윤남주는 여태껏 그를 돌보아 온 간호원과 함께 휴양소를 떠나면서 창작의 의지를 새롭게 다진다.

작품은 작가 S가 제철노동자들의 문예작품을 읽는 장면으로 시작한다. S는 제철노동자들의 문예작품에서 생산계획 초과 달성과 기간 단축 운동에 여념이 없는 노동 현장의 생생한 목소리를 느끼며 만족해한다.

> 격조 높고도 씩씩하고 아름다운 시가의 귀중한 새싹들이 남몰래 움트고 있음을 엿볼 수 있었다. 이렇듯 소담한 새싹들을 어째서 아직까지 묻어두었을까고 직장위원회 문화부의 등한한 처사를 비난하기 전에 S는 도리어 작가 자신들의 무관심성을 뉘우치게 되었다. (중략) 그 소재가 한결같이 공장의 실생활과 노동자의 생동한 감정에 토대를 둔 적절한 내용임에 새삼스레 놀라게 되는 경우가 많았다.[151]

김사량은 사회주의 이데올로기에 충실하면서도 노동현장의 입체적 사실을 담아내는 제철노동자들의 문예작품을 묘사한다. 동시에 직장위원회 문화부의 무관심을 은근히 비판한다. S가 찾아내기 전에 직장위원회 문화부는 윤남주에게도 별 관심을 기울이지 않았기 때문이다.

> 문화적 소양도 풍부하고 재능도 출중한 편으로 얘깃거리는 비교

---

151) 김사량, 「칠현금」, 『김사량 작품집』, 임헌영, 지만지고전천줄, 2008, 82~83쪽.

적 규모 있게 짜여졌으나 너무도 노동자들의 생활과 거리가 먼 공허
하고도 허구적인 내용을 담은 작품이었다. (중략) 노동자라고 농촌
을 못 그리고 운신을 못하는 몸이라고 가보지도 못한 선거장 풍경을
못 그리겠소만 워낙 허궁 뜬 얘기가 돼서 실감이 나지 않을 것 같습
니다.[152)

직장위원회 문화부가 윤남주에게 관심을 두지 않은 이유는 그의
소설이 노동자들의 생활과 동떨어진 공허한 내용을 담고 있기 때문
이었다. 하반신 마비로 간호원의 도움이 없이 돌아눕지도 못하는 사
람이 농촌이나 한 번도 보지 못한 선거장 풍경을 그리는 것은 무리가
따를 수 밖에 없다. 그럼에도 불구하고 S는 윤남주의 작품에 담긴 "어
떤 절망적인 고독과 설움"에 이끌려 그를 만난다.

윤남주는 간호원의 도움을 받아 그동안 동화를 쓰면서 여러 번 라
디오에 방송되기도 하였다. 그러던 중 소설에 의욕을 보여 창작을 시
작했으나 영 공허하고 현실과 동떨어진 작품만 나올 뿐이었다. S는
그의 동화와 소설을 읽으면서 윤남주의 소설 작품이 가진 명백한 한
계를 인식한다.

아동의 환상 심리를 헤치고 들어가는 우화적인 작품 가운데서도
실상은 아주 현실적인 작가의 너무도 건전한 감성과 사상과 입김이
기운차게 숨쉬고 있는 것이 놀라울 지경이었다. (중략) 작가 S는 이
동화 원고들을 앞에 놓고 오래오래 생각하였다. 일단 동화의 세계에
서 떠나기만 하면 발이 땅에 붙지 않는 이유는 어디에 있을까? (중략)
(윤남주의 소설은) 말하자면 이렇게 엉터리없게 꾸며진데다가 여러
가지로 빈 구석조차 많은 이야깃거리에 지나지 않았다. 우선 어떻게
맺어진 사랑이라는 구체적인 해명도 없고 또 여주인공은 작자의 필

---

152) 김사량, 앞의 책, 85~86쪽. '허궁'은 북한어로 어떤 사물이나 현상이 터무니없어지거나
보람없이 되어버리는 모양이라는 뜻.

요와 줄거리의 형편에 따라 허수아비처럼 움직인다. (중략) 이렇게
놓고 보면 조금도 취할 바 못 되는 결함투성이의 작품임에 틀림없다.
그러나 어디엔지 매우 절절하고도 애타웁고 심혹한 주인공의 심정
이 읽는 사람의 가슴을 치는 이상한 작품이었다.[153]

동화는 대상의 단순화에서 출발한다. 등장인물들의 관계도 일차적
이며 갈등도 쉽게 마무리되는 편이다. 동화는 주제의식을 은유·상
징화하기 때문이다. 현실에 존재하는 대상의 복잡성과 다차원성은
작가의 의도에 따라 단순화되며, 인물들도 작품의 전체 구도를 위한
역할 이상을 수행하지 않는다. 동화 작가는 아직 지적 수준이 미발달
된 아동들에게 주제의식을 전달하기 위해 대상을 단순화시킨다. 이
러한 간결화와 단순화는 성장이나 권선징악, 삶과 죽음의 문제 등 보
편적인 주제를 전달하기 위해 필수적인 과정이다. 동화는 이러한 보
편적인 주제를 간결화하여 아동에게 전달하는 장르이다.

이에 반하여 소설은 작가와 사회가 경험하는 현실을 핍진하게 구
성하는 장르적 특성을 가진다. 소설도 대상을 은유·상징화시키지만
동화에 비해 그 정도는 현격히 떨어지며, 무엇보다도 등장인물들이
자율적 독자성을 가지고 움직인다. 이야기의 기승전결이 작가의 의
도에 종속되어 있는 동화와 달리 소설의 등장인물이 가진 자율성은
때로 작가의 통제를 벗어나는 힘을 지닌다. 소설은 그 사회가 가진 근
본적인 구조와 깊은 관계를 맺고 있기 때문이다. 그래서 소설은 작가
가 의도한 대로만 쓰여지지 않으며 사회가 지닌 진실을 필연적으로
반영하기 마련이다. 단순화와 상징화를 요구하는 동화와 달리 소설
은 세부묘사로 생명을 가지는 장르이기 때문이다. 장르 본연의 요구

---

153) 143~144쪽, 154쪽.

대로 작가가 디테일에 충실할수록 등장인물의 자율성은 높아진다. 이러한 소설의 장르적 특성은 작가가 특정 집단의 이해나 이데올로기에 부합하는 작품을 창작하는 데 매우 고도의 역량을 요구한다. 보편적 주제와 특수성을 모순 없이 결합시켜야 하기 때문이다.

「칠현금」의 윤남주의 소설이 허구적이고 공허한 이유는 재능이 부족해서가 아니라 병으로 누워 있느라 바깥 세상을 거의 접하지 못하기 때문이다. 그렇지 못한 윤남주가 쓰는 소설은 가장 가까이 지내는 간호원과의 허무맹랑한 연애소설에 불과하였다. 척추 수술을 받은 윤남주가 운신을 할 수 있다면 바깥 세상을 직접 접하고 느낀 체험을 소설화할 수 있을 것이다.

김사량은 좌담회 발언에서 작가의 창작에 있어서 현지 체험의 중요성을 강조해왔으며 노동자와 농민의 생활 속에서 입체적 사실을 포착해야 한다고 주장했다. 이러한 김사량의 창작관은 여러 번 작품으로 형상화되었다. 그에 반해 북한 문단과 체제가 요구하는 문학은 사회주의 조국 건설의 전형적 사실을 형상화하는 것이었다. 김사량 작품 속에 나타난 편모 가정, 화전민, 청소년 등의 대상은 "엽기적이고 국한적인 주제"에 지나지 않았다. 김사량은 이러한 비판을 받는 동시에 현지체험과 동떨어져 각종 사무에 시달리느라 작품을 쓸 기회를 거의 갖지 못하였다.

「칠현금」은 당시 북한 문단의 문학관과 김사량의 문학관 사이의 불일치가 반영된 작품으로 볼 수 있다. 비슷한 시기 김사량은 『응향』 사건을 통하여 북한 체제가 문학 창작의 자유를 제한하는 사태를 경험하기도 했다. 일제 말기의 활동에 나타난 바와 같이 김사량은 권력의 칼날을 우회하여 자신의 의도를 전달하는 슬기를 가진 작가이다. 「칠현금」을 통해 김사량은 현실과 동떨어진 전형적 주제의 창작만 요구하는 북한 문단에 대해 우회적인 불만을 드러내었다. 한효는 「보다 높은 세계를 향하여」라는 평론에서 다음과 같이 평가한다.

> 「칠현금」의 작가 김사량씨는 아주 능난하고 재질있는 필치로 오래인 일제통치하에서 육체적으로 또 정신적으로 희생된 불행한 「병신작가」를 자기의 주인공으로 삼았다. 모든 인민들의 관심이 새로운 창건에로 민주건설과 매국노의 타파에로 쏠리고 있는 그러한 새로운 환경에서 이 작가의 관심은 다만 낡은 시대의 비참한 희생자인 병신작가에게로 쏠리고 있는 것이다. (중략) 김씨는 해방 후에 쓴 거의 전부 작품에서 참으로 건강하고 우리 시대의 진정한 주인공들인 새로운 인물들을 그리지 않고 있다. 이 작가는 모든 건강한 인간들 대신에 항상 기형적 인물들에 대하여 많은 흥미와 관심을 가지고 있으며 이러한 인물들을 통하여 기껏해야 그 인물들의 불완전한 주관에 지나지 않는 세계를 그리었다. (중략) 김사량씨의 이와 같은 태도는 아직도 그의 많은 건강치못한 주인공들과 더불어 인간생활의 아주 좁은 면 혹시 뒤떨어져지는 ○○○도 실지에 있어 생활의 한 파편에 지나지 않는 그러한 면만을 추구하는 자연주의적 수법을 완전히 벗어버리지 못하고 있다는 증재이다. 그 능난하고 재질있는 필치를 어째서 건강한 인간들—우리 시대의 진정한 전형들의 묘사에로 돌리지 못하는가?154)

한효의 평론에는 북한 문난이 김사량에게 가신 불만이 보다 식접적으로 드러난다. 김사량이 건강한 인간들 대신 일제의 희생자이자 장애인인 기형적 인물들에게만 관심을 쏟는 이유는 자연주의적 수법을 완전히 벗어버리지 못했기 때문이다. 한효는 김사량에게 "기형적 인물에 대한 관심"을 벗어버리고 건강한 인간들의 전형적 진실에 관심을 가질 것을 요구하고 있다. 김사량이 이에 어떠한 답변을 남겼는

---

154) 한효, 「보다 높은 세계를 향하여—1946년도 소설계의 회고」, 『문자예술』 3권 1호, 1950.1, 호테이 토시히로, 앞의 논문, 73~74쪽 재인용.

지 알 수 없으나 1950년 4월 발표된 「대오는 태양을 향하여」도 어린 소녀를 주인공으로 삼고 있다.

「칠현금」의 제목은 프랑스 인민 봉기 소식을 들은 하이네가 쓴 시에서 따온 것이다. '내게 칠현금을 주면 싸움의 노래를 부르리라'는 하이네의 시는 해방 이데올로기와 문학의 합일을 노래하고 있다. 하이네의 시는 그러한 사회를 위해 기꺼이 자신의 역량을 바치고자 하는 작가정신의 표상이다. 김사량도 『노마만리』와 「호접」 등을 쓰면서 문학과 체제가 조화를 이루는 사회를 꿈꾸었을 것이다.

6·25가 발발하면서 김사량은 종군 작가로 복무하면서 여러 르포를 남겼으며 그 활동은 복권 전까지 북한 내 김사량의 평가의 전부라고 해도 과언이 아니다. 1955년 간행된 『해방 후 10년간의 조선문학』에는 소설과 극문학 분야 모두 김사량의 이름을 전혀 찾아볼 수 없다. 대신 엄호석의 평론 「조국 해방전쟁 시기의 우리 문학」의 제4장 「예리한 전투적 무기로서의 산문」 부분에 김사량의 전쟁 르포 「우리는 이렇게 이겼다」와 「바다가 보인다」 두 편이 겨우 언급되어 있을 뿐이다. 남한에서도 김사량은 일본어로 작품을 쓴 월북 작가로 취급되어 오랫동안 잊혀지게 되었다.

IV. 결론

언어는 존재를 규정한다. 일제 말기 언어는 존재뿐만 아니라 민족과 사회를 규정했다. 식민지 조선의 근대 문학은 근대 조선어의 성립과 아울러 식민통치의 영향으로 이중언어 사용 속에서 전개되었다.

근대 조선어와 근대 조선 문학의 성립이라는 과제를 수행하기 위해 식민지 조선의 지식인들에게 이중어 능력은 필수적이었다. 일본어를 비롯한 외국어는 근대 국가와 근대 문학 모형을 수입하기 위해 없어서는 안 될 도구였다. 식민지 조선 지식인들은 일본어를 통해 근대 지식을 수입하였고, 특히 이광수의 「사랑인가」는 근대 조선어 문체를 일본어 번역을 통하여 획득한 경우로 볼 수 있다. 1930~1940년대에 들어서 식민지 조선의 일본어 해독률이 높아지면서 조선에서 일본어의 중요성은 더욱 높아졌다.

식민지 조선의 지식인들이 근대 지식을 획득하기 위해 일본어는 반드시 필요한 언어였다. 식민지 조선 지식인들은 모두 이중어 사용자였다. 일제 말기 이중언어 양상이 강화됨에 따라 조선어와 일본어 두 개 언어를 사회적 상황에 따라 사용하는 이중어 현상이 나타나기 시작하였다. 같은 시기 학교 교육에서 선택과목으로 지정되면서 조선어는 더욱 위축되었다. 일제는 식민지 조선의 문인들에게 일본어 창작을 강요하였다. 식민지 조선의 문인들은 협력이나 저항 혹은 도피 등 다양한 방법으로 이에 대응했다.

김사량은 일제에 협력하거나 도피하는 대신 자신의 이중어의식과 모어ー조선어와 근대어ー일본어의 식민주의 관계를 예리하게 인식했다. 창작 초기 김사량은 조선어로 동시와 아동극 등을 쓰면서 조선 문단 등단을 준비했지만 일본으로 건너간 뒤 일본어 시와 소설을 창작하기 시작한다. 김사량의 창작 시작이 조선어 동시였다는 사실은 그가 조선어를 모어로, 일본어를 근대어로 인식하는 이중어의식의 단면을 드러낸다.

이후 「빛 속에」가 아쿠다가와상 후보에 오름으로으써 김사량은 일본 주류 문단에서 활동할 기회를 얻는다. 「빛 속에」는 김사량 작품에 지속적으로 등장하는 이중어 사용자가 처음으로 나타나는 작품으로, 이중어의식과 조선ー일본의 혼종적 정체성을 수용하고 받아들이는 것으로 결말지어진다. 이 작품을 통해 김사량은 장혁주 이후 일본 문단에서 활동하는 조선인 작가로 자리매김하고 각종 문예시평을 통해 그의 문학적 견해를 밝힐 기회를 가질 수 있었다. 김사량은 당시 조선 작가들에게 강요되던 일본어 창작을 비판하고, 일본어로 쓴 작품이지만 자신의 문학이 어디까지나 조선 문학임을 밝히고 있다. 이 때 그의 활동에서 두드러진 것은 이광수의 「무명」을 번역한 것으로 이광수는 이 게기로 일본에서 제1회 조선예술상을 수상했다.

「풀숲 깊숙이」는 식민지 조선의 다양한 계층 속에서 나타나는 이중어 사용 양상을 예리한 필치로 그려낸, 당시 최하층이었던 화전민에 대한 김사량의 관심이 처음 나타난 작품이다. 이 소설은 조선총독부의 색의장려 정책의 허구성과 백백교 사건을 화전민을 매개로 연결짓고 있으며 사회를 비판적으로 관찰하는 김사량의 시각이 잘 드러난 수작이다. 이 작품의 주인공 '인식'은 대학생이자 이중어 사용자로서 식민지 조선의 이중언어 양상의 관찰자이다. 그의 시각을 통해 식민지 조선에서 일본어가 가진 우위는 문화적 우위나 근대적 권위가 아니라 국가 권력과의 유기적 관계에서 비롯된다는 사실이 폭로된다. 중국 체험을 바탕으로 쓴 「향수」는 재외 조선인의 전향 문제를 주제로 삼고 있다. 이 작품에서 조선인들의 전향은 협력이나 도피가 아닌 타락을 피하기 위한 불가피한 선택이다. 이 작품에는 신이 이들을 구원할 것이라는 기독교적 의식이 강하게 깔려 있다. 이 작품의 주인공 현이 일본어를 구사하여 그의 누이를 공포에 빠뜨리는 장면은 일제하 전향이 일본어 사용과 강한 연관관계 속에 놓여 있다는 사실을 드러낸다. 「천마」는 식민지 조선 지식인의 대일본 협력 양상을 적나라하게 묘사한 작품이다. 김사량은 이 작품에서 식민지 조선 지식인과 일본 지식인의 관계와 일제에 협력하는 조선 문인들의 모습을 냉정하게 그리고 있다. 동시에 조선 문인들에 대한 일본어 창작 강요의 허구성과 대일본 협력 지식인의 혼란한 내면을 경성 공간 배치를 통해 나타내었다.

도쿄 문단에서 활발한 창작 활동을 벌이던 김사량은 도쿄를 떠나 가마쿠라의 고메신테에서 머물면서 태평양 전쟁 발발에 따른 검속 사건에 이르기까지 작품을 집필한다. 이 때 「유치장에서 만난 사나이」와 「지기미」를 조선어로 쓰고, 이 작품들을 일본어로 번역하여 각각 「Q백작」과 「벌레」라는 제목으로 발표했다. 또한 「지기미」의 속편격인「십장꼽새」도 같은 시기 발표한다. 이들 작품은 재일 조선인의 고통스러운 삶을 애정어린 시각으로 묘사하면서 조선인의 정체성을 탐구하고 있다. 같은 시기 쓴「며느리」와「천사」,「물오리섬」등의 작품에도 김사량의 모어 이상주의가 나타나 있다.

김사량은 장편소설을 두 번 연재하지만 두 편 모두 완성하지 못했다. 조선어로 쓰여진『낙조』는 일제 주권 침탈 시점을 배경으로 친일파 집안의 흥성과 몰락을 다루고 있으며, 일본어로 쓰여진『태백산맥』은 갑신정변에 실패한 윤천일 부자가 화전민들을 이끌고 새로운 나라를 건설하려는 희망을 불태우는 내용이다. 두 편 모두 미완성이라 김사량의 최종적인 작가 의도를 완전히 분석하기는 어렵다. 그러나『낙조』에는 김사량의 감각적인 조선어가 각종 의성어·의태어·민요조를 통해 풍성하게 표현되었고,『태백산맥』에는 이전 역사와 단절하려는 김사량의 역사의식이 나타나 있다.

일제의 탄압이 심해짐에 따라 김사량은 1945년 중국으로 탈출한 뒤 조선의용군에 가담하여 독립무장투쟁을 전개한다. 이 때의 경험은 르포『노마만리』로 형상화되었다.『노마만리』는 조선의용군의 독립무장투쟁을 다루어 역사적 가치가 높을뿐만 아니라 처음으로 조선어와 국가의 유기적 관계를 목도한 김사량의 언어의식이 십분 반영된 중요한 작품이다. 이 때 김사량은 조선의용군 선전활동을 위해 태항산 호가장 전투를 다룬 국제주의적 연대 성향의 희곡「호접」과 조선의용군에게 조선 실상을 알려주기 위한「봇똘의 군복」을 집필한다. 두 작품 모두 비민족주의적 반식민주의 투쟁이 나타나 있을뿐만 아니라 식민지의 다양한 주체들의 연대를 중요 주제로 삼고 있다. 이들 작품에는 일제 투쟁뿐만 아니라 소외된 하위계층에 대한 김사량의 관심이 나타나 있다.

　　북한 인민들의 생활을 형상화한 「마식령」과 노동법령의 혜택을 받게 된 편모 가정을 다룬 「차돌의 기차」는 새로운 사회주의조국 건설에 김사량이 가진 희망이 나타나 있다. 김사량이 꿈꾸는 사회주의 조국은 화전민 출신 농민이나 편모 가정의 청소년들이 걱정없이 일하고 공부할 수 있는 나라였다. 그러나 새로운 시대를 맞아 건강한 인간들의 전형적 진실을 그리라는 북한 문단의 요구와 김사량의 문학관은 불일치할 수밖에 없었다. 이에 김사량은 북한 문단의 요구에 부응하는 작품을 쓰면서도 한편 자신의 고집이 반영된 작품을 집필하는 등 융통성 있는 자세를 취했다. 한편 각종 좌담회의 발언을 통해 작가 현지체험의 중요성을 역설하였다.

　　「칠현금」은 빨치산 소설 「대오는 태양을 향하여」를 제외하면 맨 마지막으로 발표한 소설이다. 김사량은 이 작품을 제철소 현지 체험을 통해 집필했다. 하반신 마비 노동자의 창작활동을 제재로 삼은 이 작품에서 김사량은 자신의 문학관과 북한 문단의 문학관의 견해차이에 대한 불만을 우회적으로 드러내고 있다. 이후 김사량은 1950년 종군작가 복무 중 사망하지만, 1955년 북한에서 간행된 『해방 후 10년간의 조선문학』에는 전쟁르포 두 편을 제외하고 그 존재가 모두 지워졌다. 남한에서도 김사량은 일본어로 작품을 쓰다가 월북한 작가로 취급받아 오랫동안 잊혀지고 말았다.

　　김사량은 일제 말기 식민지 조선의 이중어 사용자로서의 자기 정체성을 예민하게 의식하고 있었다. 모어—조선어와 근대어—일본어의 이중어 안에서 김사량은 두 언어 사이의 식민주의 관계를 잘 파악하고 있었다. 이러한 김사량의 이중어의식은 일제 말기 식민지 조선의 현실과 식민지 조선 지식인의 언어의식을 통찰한다. 일제의 탄압이 심해짐에 따라 많은 식민지 조선의 작가들이 일본어로 기울어졌으며 협력의 길로 들어섰다. 그러나 처음부터 일본어로 작품을 쓰던 김사량이 협력 대신 저항의 길을 택한 이유는 그가 처음부터 모어— 조선어를 놓지 않았기 때문이며, 그 이유는 조선의 최하층 민중에 대한 근본적인 애정이었다. 그가 가진 조선의 최하층 민중에 대한 애정은 그의 작품을 이끌어가는 강력한 에너지로 작동했다.

김사량의 작품과 드라마틱한 탈출, 해방 뒤 활동의 중심에는 식민지 지식인의 정체성에 대한 고민이 놓여 있다. 식민지 지식인은 근본적으로 두 가지 언어를 사용하는 존재이며, 김사량은 자신의 이중어 사용을 항상 의식하면서 작품에 반영하였다. 앞으로도 일제 말기 식민지 조선의 이중어 사용 양상과 지식인의 이중어의식이 식민지 근대성에 미친 영향은 계속 탐구되어야 할 연구 과제이다.

■ 참고문헌

1. 기본자료

김사량,『金史良全集』, 河出書房新杜, 1974.
_____,『종군기』, 김재남 엮음, 살림터, 1992.
_____,『노마만리』, 이상경 편집, 동광출판사, 1989.
_____,『노마만리』, 김재용 편주, 실천문학사, 2002.
_____,『김사량 작품집』, 임헌영, 지만지고전천줄, 2009.
_____,『태백산맥』, 김학동 역, 노트북, 2006.
_____,「태백산맥」, 서은혜 역,『실천문학』66~69권, 2002~2003.
김재용・곽형덕 편역,『김사량, 작품과 연구 1』, 도서출판 역락, 2008.
________________,『김사량, 작품과 연구 2』, 도서출판 역락, 2009.
김재용・김미란・노혜경 편역,『식민주의와 비협력의 저항』, 도서출판역락, 2003.

2. 학위 논문

임위정,「일제말기 한국과 타이완 친일문학의 비교연구」, 경남대학교 박사논문, 2008.
조진기,「김사량의 일본어 문학 연구」, 경남대학교 박사논문, 2007.
황호덕,「한국 근대 형성기의 문장 배치와 국문 담론」, 성균관대학교 박사논문, 2002.
호테이 토시히로,「일제말기 일본어 소설 연구」, 서울대학교 석사논문, 1996.
____________,「초기 북한문단 성립 과정에 대한 연구-김사량을 중심으로」,
            서울대학교 박사논문, 2006.

3. 연구논문 및 평론

곽형덕, 「김사량의 일본문단 데뷔에서부터 '고메신테' 시대까지(1940~1942)」, 한
　　　국근대문학회, 『한국근대문학회』 제17호, 2008.
＿＿＿, 「김사량의 <토성랑> 판본 비교 연구」, 한국문학연구학회, 『현대문학의
　　　연구』 제35호, 2008.
＿＿＿, 「김사량의 일본어 소설 생성과정 연구 「풀숲 깊숙이」와 「산의 신들」을 중
　　　심으로」, 한국문학연구학회, 『현대문학의 연구』 제38호, 2009.
고인환, 「김사량 소설의 현실인식 변모양상 연구」, 국제비교한국학회, 『비교한국
　　　학』 제15호, 2007.
＿＿＿, 「김사량의 <노마만리> 연구 ─ 텍스트에 반영된 현실 인식의 변모 양상을
　　　중심으로」, 어문연구학회, 『어문연구』, 2009.
김미지강, 「김사량 「천마」 소고」, 한국일본학회, 『일본학보』 제30호, 1993.
김양선, 「근대 여성문학의 형성 원리 연구」, 한국어문교육연구회, 『어문연구』 제
　　　13호, 2007.
김용인, 「식민지시대 소설에 나타난 민족수난의 양상(Ⅱ)」, 우리문학회, 『우리 문
　　　학연구』 제10집, 1995.
김응교, 「김사량 「빛 속을」의 이름, 지기미, 도시유람 ─ 도쿄와 한국인 작가(2)」,
　　　민족문학사학회, 『민족문학사연구』 제20호, 2002.
김석희, 「김사량 평가사 ─ "민족주의"의 레토릭과 김사량 평가」, 한국일어일문학
　　　회, 『일본어일본문학연구』 제57호, 2006.
＿＿＿, 「식민지인의 가책과 폭로의 구조 ─ 김사량 「빛 속으로」를 중심으로」, 한국
　　　일어일문학회, 『일어일문학연구』 제71호, 2009.
김수영, 「"동화 이데올로기" ─ 그 이상과 현실의 변주」, 한민족문화학회, 『한민족
　　　문화연구』 제22호, 2007.
김재용, 「내선일체의 우회적 비판으로서의 김사량의 「천마」」, 『어문논총』 제40
　　　호, 한국문학연구학회, 2004.
김진구, 「김사량 소설의 인물의 정체성 문제 ─ 「덤불 헤치기」, 「빛 속으로」를 중심
　　　으로」, 시학과 언어학회, 『시학과 언어학』 제8호, 2004.

김학동, 「김사량 문학과 내선일체」, 한국일본문화학회, 『일본문화학보』 제32호,
　　　2007.
＿＿＿, 「민족문학으로서의 재일조선인 문학－민족문학으로서의 일본어 글쓰기」,
　　　한국일본문화학회, 『일본문화학보』 제34호, 2007.
노상래, 「김사량 소설 연구」, 한국어문학회, 『어문학』 제73호, 2001.
＿＿＿, 「김사량의 창작어관 연구」, 한국어문학회, 『어문학』 제82호, 2003.
＿＿＿, 「이중어 연구－『국민문학』 소재 한국작가의 일본어 소설 연구」, 한국어문
　　　학회, 『어문학』 제86호, 2004.
＿＿＿, 「이중어 연구－『국민문학』 소재 비친일 일본어 소설을 중심으로」, 한민족
　　　어문학회, 『한민족어문학』 제44호, 2004.
＿＿＿, 「『조선국민문학집』 소재 이중어 소설 연구」, 한국어문학회, 『어문학』 제
　　　90호, 2005.
＿＿＿, 「일제하 이중어문학의 연구 성과와 기대 효과」, 한국어문학회, 『어문학』
　　　제102호, 2008.
류보선, 「친일문학의 역사철학적 맥락」, 한국근대문학회, 『한국근대문학연구』 제
　　　4권 제1호, 2003.
미쯔이 다카시, 「식민지하 조선에서의 언어문제－조선어 규범화 문제를 중심으
　　　로」, 한일문제학회, 『한일민족문제연구』 제4호, 2003.
민현식, 「표준어와 언어정책론」, 『남천박갑수교수 정년퇴임논문집』, 2007.
박남용, 「김사량 문학에 나타난 북경체험과 북경 기억」, 한국외국어대학교 국제지
　　　역연구센터 중국연구소, 『중국연구』 제45호, 2009.
박종홍, 「신여성의 '양가성'과 '집 떠남' 고찰」, 한민족어문학회, 『한민족어문학』
　　　제48집, 2006.
사희영, 「식민지시대 작가 김사량 연구－작가의 '현실' 인식과 작품 수용 양상 을
　　　중심으로」, 한국일본어문학회, 『일본어문학』 제29호, 2006.
사희영·김순전, 「일본문단에서 그려진 로컬칼라 조선」, 한국일본문화학회, 『일
　　　본문화학보』 제41호, 2009.
서기재·김순전, 「『국민문학』을 통하여 본 한일 작가의 표상」, 한국일본어문학
　　　회, 『일본어문학』 제41호, 2009.
서경석, 「카프 작가의 일본어 소설 연구」, 우리말글학회, 『우리말글』 제29호, 2003.

손혜숙, 「김사량 소설에 나타난 '탈식민성' 고찰」, 중앙어문학회, 『어문논집』 제33집, 2005.

신희교, 「김사량의 「물오리섬」 연구」, 국어문학회, 『국어문학』 제33집, 1998.

심진경, 「문단의 '여류'와 '여류문단' - 식민지 시대의 여성작가의 형성과정」, 상허학회, 『상허학보』 제13집, 2004.

유임하, 「사회주의적 근대 기획과 조국해방의 담론 : 해방 이후 김사량 문학의 도정」, 한국근대문학회, 『한국근대문학연구』 제1권 제2호, 2000.

_____, 「기억의 호명과 전유 - 김사량과 북한문학의 기억 정치」, 한국어문학연구학회, 『한국어문학연구』 제53집, 2009.

_____, 「1940년을 전후한 조선의 언어 상황과 문학자」, 한국근대문학회, 『한국근대문학연구』 제4권 제1호, 2003.

윤대석, 「식민지인의 두 가지 모방 양식 - 『문예』지 「조선문학특집」을 중심으로」, 『한국학보』, 한국학보, 2001.

윤인로, 「일제말기 한국문학의 생극론적 이해를 위한 시론 - 김사량의 단편소설을 중심으로」, 동남어문학회, 『동남어문논집』 제22집, 2006.

염인수, 「김사량 소설 연구 : 「빛 속으로」와 「칠현금」을 중심으로」, 민족어문학회, 『어문논집』 제56호, 2007.

이승하, 「재일교포 작가 소설의 변화 양상」, 『문학예술』, 중앙대학교 예술대학원 문학예술학과, vol.13, 2010.

이영구·박민호, 「식민·반식민 시기 '타자적 주체'로서의 피억압 민족 형상」, 중국어문논역총간, 『중국어문논역학회』 제24호, 2009.

이정숙, 「김사량과 평양의 문학적 거리」, 국어국문학회, 『국어국문학』 제145호, 2007.

이재명, 「김사량의 희극 『더벙이와 배뱅이』 연구」, 한국문학연구학회, 『현대문학의 연구』 제36호, 2008.

이수미, 「김사량 소설에 나타난 탈식민주의적 양상」, 한국현대소설학회, 『현내소설연구』 제19호, 2003.

이철호, 「동양, 제국, 식민주체의 신생 - 1930년대 김남천과 김사량 소설을 중심으로」, 동국대학교 한국문학연구소, 『한국문학연구』 제26권, 2003.

이춘매, 「김사량의 『노마만리』 연구」, 한중인문학회, 『한중인문학연구』 제23집,

2008.

______, 「김사량 소설의 서술 특성」, 한중인문학회, 『한중인문학연구』 제26집, 2009.

임영봉, 「이광수 문학과 식민지 근대 체험」, 한국어문교육연구회, 『어문연구』 제119권, 2003.

임형모, 「김사량의 초기 한글 소설 연구—해방 이전을 중심으로」, 국제한인문학회, 국제한인문학회, 『국제한인문학연구』 제3호, 2006.

______, 「알레고리로 읽는 전환기적 현실—김남천의 <대하>와 김사량의 <낙조>를 중심으로」, 국제한인문학회, 『국제한인문학연구』 제5호, 2008.

정백수, 「<말할 수 없는> 존재의 표상, 그리고 대변 : 김사량의 「토성랑」」, 한국근대문학회, 『한국근대문학연구』 제1권 제2호, 2000.

전영선, 「김일성상 계관 작가 '고난의 행군' 석윤기, 혁명 작가 김사량」, 북한연구소, 『북한』 제349호, 2001.

정윤길, 「「번역」과 「풀속 깊이」를 통해 본 포스트콜로니얼적 문화실천 비교 연구」, 한국동서비교문학학회, 『동서비교문학저널』, 제20호 2009.

정창석, 「친일문학의 언어문제」, 한국일본문학회, 『일본문학연구』 제1집, 1999.

정현기, 「김사량論」, 『현대문학』 제429호, 현대문학사, 1990.

조남현, 「동아시아 현대소설과 도시 : 한국현대작가들의 "도시" 인식 방법」, 한국현대소설학회, 『현대소설연구』 제35호, 2007.

조미숙, 「지식인 여성상의 사적고찰—여성작가들의 작품을 중심으로」, 동국대학교 한국문학연구소, 『한국문학연구』 제28집, 2005.

______, 「식민지 시대 지식인 여성상 연구」, 한국현대문예비평학회, 『한국문예비평연구』 제28권, 2005.

추석민, 「김사량 연구—일본어로서의 작품을 중심으로」, 한국일본어일본문학회, 『일본어일본문학연구』 제12호, 1992.

최광석, 「김사량의 습작기 문학연구」, 한국일본어교육학회, 『일본어교육』 제32호, 2005.

______, 「김사량 문학에 나타난 친일성 연구」, 한국일본어교육학회, 『일본어교육』 제36호, 2006.

______, 「김사량의 「천마」에 나타난 탈식민주의 연구」, 한국일본어교육학회, 『일

본어교육』 제42호, 2007.
한영목, 「국어학 : "한글 마춤법 통일안"(1933) 발표에 대한 문인들의 태도와 준용 실태고찰 – "한글" 지(1934-35)를 중심으로」, 한국언어문학회, 『한국언어문학』 제62호, 2007.
황봉모, 「김사량의 「빛 속으로」」, 한국외국어대학교 외국문학연구소, 『외국문학연구』 제21호, 2005.
황호덕, 「변비와 설사의 생정치 – 『無明』의 이광수, 식민지(감옥)의 구멍들」, 상허학회, 『상허학보』 제16집, 2006.
_____, 「제국 일본과 번역(없는) 정치 – 루쉰, 룽잉쭝, 김사량, "아Q적" 삶과 주권」, 성균관대학교 대동문화연구원, 『대동문화연구』 제63호, 2008.
_____, 「김사량의 「빛 속으로」, 일본어로 쓴다는 것」, 내일을 여는 역사, 『내일을 여는 역사』 제32호, 2008.

4. 단행본

강경애, 『강경애전집』, 연변대학교 조선문학연구소, 보고사, 2006.
고길섶, 『스물한 통의 역사 진정서』, 앨피, 2005.
고영근, 『한국어문운동과 근대화』, 탑출판사, 1998.
김동인, 『김동인전집』, 삼중당, 1976.
김정화, 『강경애 연구』, 범학사, 2000.
김재용, 『협력과 저항』, 소명출판, 2004.
김미형, 『우리말의 어제와 오늘』, 제이앤씨, 2005.
김윤식, 『이광수와 그의 시대』, 솔출판사, 1999.
_____, 『한・일 근대문학의 관련양상 신론』, 서울대학교 출판부, 2001.
_____, 『일제말기 한국 작가의 일본어 글쓰기론』, 서울대학교 출판부, 2003.
김일우 외, 『강경애, 시대와 문학』, 랜덤하우스코리아, 2006.
류보선, 『한국 근대문학의 정치적 (무)의식』, 소명출판, 2005.
민족문학연구소, 『일제말기 문인들의 만주체험』, 도서출판 역락, 2007.
박태원, 『천변풍경』, 문학과지성사, 2006.

______, 『소설가 구보씨의 일일』, 문학과지성사, 2005.

박규태, 『상대와 절대로서의 일본』, 제이앤씨, 2005.

박지향 외, 『해방 전후사의 재인식』, 책세상, 2006.

심원섭, 『일본 유학생 문인들의 대정·소화 체험』, 소명출판, 2009.

오예영, 『형식의미론과 인지의미론에서 본 어휘의미론』, 도서출판 역락, 2004.

이경훈 엮음, 『한국 근대 일본어소설선』, 역락, 2007.

이동하, 『이광수―「무정」의 빛, 친일의 어둠』, 동아일보사, 1992.

이 상, 『이상전집3』, 권영민 엮음, 문학에디션뿔, 2009.

이상경 엮음, 『일제 말기 파시즘에 맞선 혼의 기록』, 역락, 2009.

이상옥, 『이효석―문학과 생애』, 민음사, 1992.

임종국, 『친일문학론』, 평화출판사, 1994.

윤대석, 『유진오 문학연구』, 서울대학교 대학원 현대문학연구회, 1996.

정덕준 외, 『중국조선족 문학의 어제와 오늘』, 푸른사상, 2006.

정백수, 『한국 근대의 식민지 체험과 이중언어 문학』, 아세아문화사, 2000.

조동일, 『한국문학통사 5』, 지식산업사, 1994.

차배근, 『개화기 일본유학생들의 언론출판활동 연구 Ⅰ』, 서울대학교 출판부, 2000.

차혜영, 『한국근대문학제도와 소설양식의 형성』, 도서출판 역락, 2004.

천명환, 『근대의 책읽기』, 푸른역사, 2003.

최경봉, 『우리말의 탄생』, 책과함께, 2005.

5. 번역 논문·단행본

가토 슈이치·마루야마 마사오, 『번역과 일본의 근대』, 임성모 역, 이산, 2000.

고모리 요이치, 『포스트콜로니얼』, 송태욱 역, 삼인, 2002.

마에다 아이, 『일본 근대 독자의 성립』, 유은경·이원희 역, 이룸, 2003.

마이클 로빈슨 외, 『한국의 식민지 근대성』, 도면회 역, 삼인, 2006.

마쓰오카 세이고, 『만들어진 나라 일본』, 이언숙 역, 프로네시스, 2008.

문경연 외 역, 『좌담회로 읽는 국민문학』, 소명출판, 2010.

미야다 세츠코, 『조선민족과 황민화 정책』, 이형랑 역, 일조사, 1997.

베네딕트 앤더슨,『상상의 공동체』, 윤형숙 역, 나남출판, 2002.
사와이 리에, 「한국어라는 바다를 향한 항해를 나서며 – 김사량과의 만남」, 한국문
　　　명학회,『문명연지』제4호, 2003.
안우식,『아리랑의 비가』, 최하림 역, 열음사, 1987.
_____,『김사량 평전』, 심원섭 역, 문학과지성사, 2000.
어네스트 겔너,『민족과 민족주의』, 이재석 역, 예하, 1988.
에비하라 유타카, 「일제강점기 한국작가의 일본어작품 재고」, 한국현대소설학회,
　　　『현대소설연구』제40호, 2009.
에릭 홉스봄,『1780년 이후의 민족과 민족주의』, 정도영·차명수 역, 한길사, 1998.
얼레인 아일런드,『일본의 한국통치에 관한 세밀한 보고서』, 김윤정 역, 2008.
오카다 이데키,『문학에서 본 '만주국'의 위상』, 최정옥 역, 도서출판 역락, 2008.
오오무라 마쓰오, 호테이 토시히로 엮음,『근대조선문학일본어작품집』, 綠蔭書
　　　房, 2001.
하다야마 야스유끼, 「김사량 작품집『고향』의 장정을 담당한 화가 최연해」, 한국
　　　근현대미술사학회,『한국근현대미술사학』제4호, 1996.
하야시 고지,『재일 디아스포라 문학』, 김환기 역, 새미, 2006.

한국 근대문학과 이중어연구

-김사량을 중심으로-

| 초판 1쇄 인쇄일 | 2012년 1월 30일 |
| 초판 1쇄 발행일 | 2012년 1월 31일 |

지은이	김혜연
펴낸이	정구형
출판이사	김성달
편집이사	박지연
본문편집	이하나 정유진
디자인	정문희 장정옥 김현경
마케팅	정찬용
영업관리	김정훈 권준기 정용현
인쇄처	월드문화사
펴낸곳	**국학자료원**

등록일 2006 11 02 제2007-12호
서울시 강동구 성내동 447-11 현영빌딩 2층
Tel 442-4623 Fax 442-4625
www.kookhak.co.kr
kookhak2001@hanmail.net

| ISBN | 978-89-279-0153-2 *93800 |
| 가격 | 17,000원 |

* 저자와의 협의하에 인지는 생략합니다.

잘못된 책은 구입하신 곳에서 교환하여 드립니다.